G. K. Chesterton
Pater Brown. Die besten Geschichten

G. K. Chesterton

Pater Brown
Die besten Geschichten

Acht Erzählungen

Aus dem Englischen
von Isabelle Fuchs

Anaconda

Penguin Random House Verlagsgruppe FSC° N001967

Die Deutsche Nationalbibliothek verzeichnet diese Publikation
in der Deutschen Nationalbibliografie; detaillierte bibliografische
Daten sind im Internet unter http://dnb.d-nb.de abrufbar.

© 2024 by Anaconda Verlag, einem Unternehmen
der Penguin Random House Verlagsgruppe GmbH,
Neumarkter Straße 28, 81673 München
Alle Rechte vorbehalten.
Umschlagmotive: Set of pastor with christian cross and bible
silhouette, Adobe Stock / Flatman vector 24. – Hand drawn
English cottage, Adobe Stock / Lesya
Umschlaggestaltung: www.katjaholst.de
Satz und Layout: InterMedia – Lemke e. K., Heiligenhaus
Druck und Bindung: GGP Media GmbH, Pößneck
Printed in Germany
ISBN 978-3-7306-1361-0
www.anacondaverlag.de

Inhalt

Das blaue Kreuz

Zwischen dem Silberstreif des Morgens und dem grün glitzernden Band des Meeres legte der Dampfer in Harwich an und entließ wie Fliegen einen Menschenschwarm, unter dem der Mann, dem wir folgen müssen, keineswegs auffiel – was er auch gar nicht wünschte. Bis auf einen leichten Widerspruch zwischen seiner legeren Ferienkleidung und seiner würdevollen Amtsmiene hatte er nichts Bemerkenswertes an sich. Seine Kleidung bestand aus einem leichten hellgrauen Jackett, einer weißen Weste und einem silbernen Strohhut mit graublauem Band. Dagegen wirkte sein hageres Gesicht dunkel und endete in einem schwarzen Spitzbart, der spanisch aussah und zu einer elisabethanischen Halskrause gepasst hätte. Mit der Ernsthaftigkeit eines Müßiggängers rauchte er eine Zigarette. Nichts an ihm deutete darauf hin, dass unter dem grauen Jackett ein geladener Revolver, in der weißen Weste eine Polizeimarke und unter dem Strohhut einer der genialsten Köpfe Europas verborgen waren. Denn dies war Valentin höchstpersönlich, der Chef der Pariser Polizei und der berühmteste Detektiv der Welt. Er kam gerade von Brüssel nach London, um die bedeutendste Verhaftung des Jahrhunderts vorzunehmen.

Flambeau befand sich in England. Der Polizei dreier Länder war es schließlich gelungen, die Spur des berüchtigten Verbrechers von Gent nach Brüssel und von Brüssel nach Hoek van Holland zu verfolgen; und man vermutete, dass er sich den Fremdenandrang und das Durcheinander des Eucharistischen Kongresses, der gerade in London stattfand, irgendwie zunutze machen würde. Wahrscheinlich würde er, getarnt als irgendein unbedeutender Geistlicher oder Kongresssekretär, unterwegs sein, doch natürlich konnte sich Valentin nicht sicher sein. Kein Mensch konnte sich bei Flambeau sicher sein.

Es ist jetzt viele Jahre her, dass dieser Gigant des Verbrechens unvermittelt aufhörte, die Welt in Aufruhr zu versetzen, und als er aufhörte – ganz wie es nach dem Tod Rolands hieß –, herrschte große Stille auf Erden. Aber in seinen besten Tagen (ich meine natürlich in seinen schlimmsten) war Flambeau so eine international bekannte und monumentale Figur wie Kaiser Wilhelm II. Nahezu jeden Morgen verkündeten die Tageszeitungen, dass er sich den Folgen eines außergewöhnlichen Verbrechens entzogen hatte, indem er ein neues beging. Er war ein Gascogner von hünenhafter Gestalt und herausragender körperlicher Kühnheit. Über die Ausbrüche seines athletischen Temperaments erzählte man sich die wildesten Geschichten: etwa wie er den Untersuchungsrichter gepackt, herumgedreht und auf den Kopf gestellt hatte, »um ihm zu klarem Verstand zu verhelfen«, oder wie er, unter jedem Arm einen Polizisten, die Rue de Rivoli entlanggerannt war. Fairerweise muss man sagen, dass er seine sagenhaften physischen Kräfte normalerweise bei unblutigen, wenn auch unrühmlichen Begebenheiten dieser Art einsetzte; seine wahren Verbrechen bestanden vornehmlich in raffinierten Raubzügen großen Stils. Jeder einzelne seiner Diebstähle aber war fast wie eine neue Sünde und lieferte Stoff für eine eigene Geschichte. Er war es, der die große Tiroler Molkerei-Gesellschaft in London betrieb – ohne Molkereien, ohne Kühe, ohne Wagen, ohne Milch, jedoch mit etwa tausend Kunden. Diese belieferte er, indem er ganz einfach die kleinen Milchkannen vor den Türen der anderen vor die Türen seiner eigenen Kunden beförderte. Er war es, der auf unerklärliche Weise einen regen Briefwechsel mit einer jungen Dame unterhielt, deren gesamte Post abgefangen wurde, indem er sich der außergewöhnlichen List bediente, seine Botschaften unendlich klein auf die Objektträger eines Mikroskops zu fotografieren. Viele seiner Unternehmungen jedoch waren von überwältigender Schlichtheit. Einmal soll er mitten in der Nacht sämtliche Hausnummern einer Straße übermalt haben, nur um einen bestimmten Reisenden in eine Falle zu locken. Es gilt als sicher, dass er der Erfinder eines tragbaren Briefkastens ist, den er in ruhigen Vororten an verschiedenen Straßenecken aufstellte, hoffend, dass Ortsfremde Postanweisungen hineinwerfen würden. Zu guter Letzt war er als verblüffend guter Akrobat bekannt; trotz seiner riesigen Gestalt konnte er wie ein Grashüpfer springen und wie ein Affe mit den Baumwipfeln verschmelzen. Daher war sich der große Valentin, als er sich auf die Suche nach Flambeau begab, vollkommen bewusst, dass seine Abenteuer noch längst nicht zu Ende wären, wenn er ihn gefunden hätte.

Aber wie sollte er ihn finden? Darüber hatte sich der große Valentin noch nicht abschließend Gedanken gemacht.

Es gab eine Sache, die Flambeau trotz aller Verkleidungskunst nicht verbergen konnte, und das war seine außergewöhnliche Körpergröße. Hätten Valentins scharfe Augen eine große Apfelverkäuferin, einen großen Grenadier oder auch nur eine leidlich hochgewachsene Herzogin erspäht, er hätte sie wahrscheinlich auf der Stelle verhaftet. Doch während seiner gesamten Fahrt lief ihm niemand über den Weg, der ein verkappter Flambeau hätte sein können, genauso wenig wie eine Katze eine verkleidete Giraffe sein konnte. Über die Leute auf dem Dampfer hatte er sich bereits Gewissheit verschafft; und die Anzahl der Menschen, die in Harwich oder später zugestiegen waren, beschränkte sich, soviel stand fest, auf sechs. Da gab es einen kleinen Bahnbeamten, der bis zur Endstation fuhr, drei ziemlich kleine Gemüsehändler, die zwei Stationen später hinzukamen, eine sehr kleine Witwe, die in einer kleinen Stadt in Essex, und einen ebenfalls sehr kleinen römisch-katholischen Priester, der in einem kleinen Dorf in Essex zustieg. Bei letzterem gab Valentin auf und musste fast lachen. Der kleine Priester war geradezu der Inbegriff des Einfaltspinsels aus dem Osten: sein Gesicht war so rund und nichtssagend wie ein Mehlkloß aus Norfolk, und seine Augen waren so öd und leer wie die Nordsee. Er trug mehrere in braunes Papier gewickelte

Päckchen bei sich, die er vergeblich beieinanderzuhalten versuchte. Zweifellos hatte der Eucharistische Kongress viele solcher Geschöpfe, blind und hilflos wie plötzlich ans Tageslicht gezerrte Maulwürfe, aus ihrer ländlichen Trägheit hervorgelockt. Valentin war ein Skeptiker im strengen französischen Stil und schätzte Priester daher nicht sonderlich. Aber er konnte Mitleid für sie aufbringen, und dieser hier hätte bei jedem Menschen Mitleid hervorgerufen. Er hatte einen großen, schäbigen Regenschirm bei sich, der ihm ständig zu Boden fiel. Er schien nicht zu wissen, welches das richtige Ende seiner Rückfahrkarte war. Mit der Einfalt eines Mondkalbs erklärte er jedermann im Abteil, dass er auf der Hut sein müsse, weil sich in einem seiner braunen Pakete ein Gegenstand aus echtem Silber »mit blauen Steinen« befinde. Seine bizarre Mischung aus Essexer Weltfremdheit und frommer Schlichtheit amüsierte den Franzosen die ganze Zeit über, bis der Priester mitsamt all seinen Päckchen irgendwie in Stratford anlangte und wegen seines Schirms noch einmal zurückkam. Bei dieser Gelegenheit hatte Valentin sogar die Güte, ihn zu warnen, er solle das Silber nicht hüten, indem er jedem davon erzähle. Doch mit wem er auch sprach, Valentin blieb wachsam; unablässig hielt er Ausschau nach jemandem, reich oder arm, männlich oder weiblich, der gut sechs Fuß groß war, denn Flambeau maß noch einmal vier Zoll mehr.

Als er an der Liverpool Street ausstieg, war er absolut sicher, dass ihm der Verbrecher bis jetzt nicht entgangen war. Er ging zunächst zu Scotland Yard, um seine Befugnisse zu klären und im Bedarfsfall Hilfe anfordern zu können. Dann zündete er sich eine weitere Zigarette an und begab sich auf einen langen Spaziergang durch die Straßen Londons. Als er die Straßen und Plätze jenseits von Victoria Station durchstreifte, hielt er plötzlich inne und blieb stehen. Es war ein malerischer, friedlicher und für London sehr typischer Platz, über dem eine absichtslose Stille lag. Die hohen, flachen Wohnhäuser ringsum sahen wohlhabend und gleichzeitig unbewohnt aus; der mit Büschen bewachsende Platz in der Mitte wirkte so menschenleer wie ein grünes Inselchen im Pazifik. Eine der vier Seiten ragte wie eine Estrade über die anderen empor, und die Harmonie dieser Häuserzeile wurde in unverwechselbarer Londoner Manier von einem Restaurant durchbrochen, das aussah, als hätte es sich von Soho hierher verirrt. Es war ein ungemein ansprechendes Gebilde, mit zwergwüchsigen Topfpflanzen und langen, zitronengelb und weiß gestreiften Markisen. Es lag außergewöhnlich hoch über der Straße, und gemäß dem üblichen Flickwerk der Londoner Bauweise führte direkt von der Straße eine Treppe zur Eingangstür, fast wie eine Feuerleiter zu einem Fenster im ersten Stock. Valentin stand rauchend vor den gelb-weißen Markisen und betrachtete sie lange nachdenklich.

Das Unglaublichste an Wundern ist die Tatsache, dass sie geschehen. Ein paar Wolken am Himmel können sich in die Form eines starrenden menschlichen Auges verwandeln. Auf einer Reise ins Ungewisse sieht man plötzlich mitten in der Landschaft einen Baum aufragen, der die exakte, vollendete Gestalt eines Fragezeichens hat. Ich selbst habe in den letzten Tagen beides gesehen. Nelson stirbt im Augenblick des Sieges; und ein Mann namens Williams ermordet rein zufällig einen Mann namens Williamson; es klingt wie ein Kindsmord. Kurz, es gibt im Leben ein Element des märchenhaften Zufalls, das Menschen, die lediglich mit dem Prosaischen rechnen, möglicherweise ständig übersehen. Wie es im Paradox von Poe so treffend formuliert wird: Weisheit ist, das Unerwartete zu erwarten.

Aristide Valentin war durch und durch Franzose; und die französische Intelligenz ist besonders und einzigartig. Er war keine »Denkmaschine«, denn dies ist eine geistlose Wortschöpfung des modernen Fatalismus und Materialismus. Eine Maschine *ist* ja nur eine Maschine, weil sie nicht denken kann. Aber er war ein denkender Mensch, und ein einfacher Mensch dazu. All seine wunderbaren Erfolge, die aussahen wie Zauberei, hatte er durch zähe Logik, durch klares, schnörkelloses französisches Denken errungen. Die Franzosen begeistern die Welt nicht durch das Aufstellen einer paradoxen Theorie, sie begeistern sie, indem sie ins Werk setzen, was jeder weiß. Das kann, was jeder weiß, sehr umfassend sein – wie bei der Französischen Revolution. Aber gerade weil Valentin wusste, was Vernunft ist, kannte er ihre Grenzen. Nur jemand, der nichts von Motoren versteht, spricht vom Autofahren ohne Treibstoff; nur jemand, der nichts von Vernunft versteht, spricht von vernünftigen Schlüssen ohne handfeste, unwiderlegbare Beweise. In diesem Fall hatte er keine handfesten Beweise. Flambeau war in Harwich entwischt; und falls er überhaupt in London war, konnte er sich als

alles verkleidet haben: vom hochgewachsenen Land-
streicher im Park von Wimbledon bis zum baumlan-
gen Bankettmeister im Hotel Metropol. In solch einem
Zustand gänzlicher Unwissenheit hatte Valentin seine
eigene Sicht- und Vorgehensweise.

In diesen Fällen erwartete er das Unerwartete. In diesen Fällen, in denen er nicht der Spur des Vernünftigen folgen konnte, folgte er kühl und bedacht der Spur
des Unvernünftigen. Anstatt die wahrscheinlichen Orte
aufzusuchen – Banken, Polizeistationen, beliebte Treff-
punkte –, begab er sich gezielt an die unwahrschein-
lichen Orte; er klopfte an jedes leer stehende Haus, lief
jede Sackgasse hinunter, jede abfallverstopfte Gasse hinauf, umrundete jeden Straßenbogen, der ihn unnütz
vom Weg abbrachte. Er rechtfertigte diese verrückte
Methode recht logisch. Er sagte, wenn man irgendeinen
Anhaltspunkt habe, sei es der schlechteste Weg, wenn
man jedoch überhaupt keinen Anhaltspunkt habe, sei es
der beste, denn immerhin bestand so die Chance, dass
irgendetwas Merkwürdiges, das dem Verfolger auffiel,
auch dem Verfolgten aufgefallen war. Irgendwo musste
man schließlich anfangen, und vielleicht am besten gerade dort, wo ein anderer aufhören würde. Irgendetwas
an der Treppenflucht, die zum Ladenlokal führte, irgendetwas an der Stille und dem malerischen Aussehen
des Restaurants erregte die gesamte, wenn auch nicht
gerade üppige romantische Fantasie des Detektivs und
veranlasste ihn, aufs Geratewohl einen Versuch zu machen. Er stieg die Treppe hinauf, nahm am Fenster Platz
und bestellte eine Tasse schwarzen Kaffee.

Es war bereits später Vormittag, und er hatte noch nicht gefrühstückt. Auf dem Tisch standen unauffällige Spuren vorangegangener Frühstücke und brachten ihm seinen Hunger ins Bewusstsein. Er bestellte zusätzlich ein pochiertes Ei und streuselte gedankenverloren ein wenig weißen Zucker in seinen Kaffee; dabei kreisten seine Gedanken ständig um Flambeau. Er dachte daran, wie Flambeau bisher entkommen war, einmal mithilfe einer Nagelschere, einmal wegen eines brennenden Hauses; einmal, weil er für einen unfrankierten Brief bezahlen musste, und einmal, weil er die Leute durch ein Teleskop einen Kometen betrachten ließ, der vielleicht die Welt zerstören würde. Er hielt sein detektivisches Gehirn für ebenso gut wie das des Verbrechers, was der Wahrheit entsprach. Aber der Nachteil war ihm deutlich bewusst. »Der Kriminelle ist der kreative Künstler, der Detektiv nur der Kritiker«, murmelte er mit einem bitteren Lächeln und führte seine Kaffeetasse langsam an die Lippen, stellte sie aber ganz rasch wieder zurück. Er hatte Salz hineingegeben.

Er betrachtete das Gefäß, aus dem der silbrige Puder stammte; es war zweifellos eine Zuckerdose und so eindeutig für Zucker bestimmt wie eine Champagnerflasche für Champagner. Er fragte sich, warum man wohl Salz darin aufbewahrte. Er sah sich um, ob es auch Gefäße der üblichen Sorte gab. Ja, da standen zwei gut gefüllte Salzstreuer. Vielleicht hatte auch der Inhalt der Salzstreuer eine besondere Würze. Er kostete; es war Zucker. Mit lebhaftem Interesse sah er sich abermals im Restaurant um, ob es weitere Anzeichen für die ausgefallene künstlerische Neigung gäbe, Zucker in Salzstreuer und Salz in Zuckerdosen zu füllen. Bis auf einen eigentümlichen Spritzer, den irgendeine dunkle Flüssigkeit an einer der weißtapezierten Wände hinterlassen hatte, wirkte der gesamte Raum sauber, freundlich und gewöhnlich. Er läutete nach dem Kellner.

Als jener dienstbare Geist herbeieilte, mit wirrem Haar und zu dieser frühen Stunde etwas triefäugig, bat ihn der Detektiv (der für schlichtere Formen des Humors durchaus etwas übrig hatte), den Zucker zu kosten und ihm zu sagen, ob dessen Qualität dem guten Ruf des Hotels entspräche. Das Ergebnis war, dass der Kellner gähnte und mit einem Schlag erwachte.

»Pflegen Sie Ihren Gästen jeden Morgen diesen reizenden Streich zu spielen?«, fragte Valentin. »Wird Ihnen der Scherz, Salz und Zucker zu vertauschen, niemals langweilig?«

Sobald ihm die Ironie aufgegangen war, versicherte ihm der Kellner stammelnd, dass nichts dergleichen in der Absicht des Etablissements liege, es müsse sich um ein höchst merkwürdiges Versehen handeln. Er griff nach der Zuckerdose und besah sie; er griff nach dem Salzstreuer und besah diesen, wobei sein Gesichtsausdruck immer verwirrter wurde. Schließlich entschuldigte er sich unvermittelt, eilte davon und kehrte einige Sekunden später mit dem Besitzer zurück. Auch der Besitzer untersuchte die Zuckerdose und dann den Salzstreuer; auch der Besitzer sah verwirrt aus.

Plötzlich stieß der Kellner einen Schwall unartikulierter Worte hervor.

»Ich glaub'«, sagte er heftig stotternd, »ich glaub' es sind diese zwei Priester.«

»Was für zwei Priester?«

»Die zwei Priester«, sagte der Kellner, »die die Suppe an die Wand geschmissen haben.«

»Suppe an die Wand geschmissen?«, wiederholte Valentin, überzeugt, dass es sich um irgendeine italienische Redewendung handeln müsse.

»Ja, ja«, erwiderte der Kellner aufgeregt und deutete auf den dunklen Fleck auf der weißen Tapete; »da drüben an die Wand habn se sie geschmissen.«

Valentin sah den Besitzer fragend an, der ihm mit ausführlicheren Berichten zu Hilfe kam.

»Ja, Sir«, sagte er, »es stimmt schon, obwohl ich nicht glaube, dass es etwas mit dem Zucker und dem Salz zu tun hat. Zwei Geistliche kamen heute sehr früh, sobald die Läden entfernt worden waren, herein und tranken Suppe. Es waren sehr ruhige, anständige Leute; einer bezahlte die Rechnung und ging hinaus; der andere, der insgesamt etwas langsamer war, brauchte ein paar Minuten länger, um seine Siebensachen zusammen-packen. Aber schließlich ging auch er. Kurz bevor er auf die Straße hinaustrat jedoch, nahm er mit Absicht seine Tasse, die er nur zur Hälfte geleert hatte, und warf die Suppe – schwups – gegen die Wand. Ich war im Hinterzimmer, genau wie der Kellner; also stürzte ich gleich herbei, fand aber nur noch den Fleck an der Wand und das Lokal leer. Nicht, dass es besonderen Schaden angerichtet hätte, aber es war eine verdammte Frechheit, und ich versuchte, die Männer auf der Straße einzuholen. Aber sie waren schon zu weit weg; ich sah nur noch, wie sie in der Carstairs Street verschwanden.«

Schon war der Detektiv auf den Beinen, den Hut auf dem Kopf, den Stock in der Hand. Er hatte bereits entschieden, dass er bei der umfassenden Dunkelheit, die in seinem Gehirn herrschte, nur dem erstbesten seltsamen Fingerzeig folgen konnte, und dieser Fingerzeig war seltsam genug. Er bezahlte seine Rechnung, schlug die Glastüren klirrend hinter sich zu und bog kurz darauf um die nächste Ecke.

Glücklicherweise blieb sein Blick selbst in derart erregenden Momenten kühl und flink. Irgendetwas zog vor einem Ladenfenster wie ein Blitz an seinen Augen vorüber, dennoch ging er zurück, um es zu überprüfen. Es war ein gewöhnlicher Obst- und Gemüseladen, der einen Teil seiner Waren im Freien ausstellte und ganz schlicht mit Preis und Name ausgezeichnet hatte. In den zwei auffälligsten Fächern befanden sich Orangen und Nüsse, die zu Bergen aufgetürmt waren. Auf dem Berg mit Nüssen lag ein Stück Pappe, auf dem mit blauer Kreide deutlich sichtbar geschrieben stand: »Beste Orangen aus Tanger, zwei Stück einen Penny«. Auf den Orangen lag ein Schild mit ähnlich unmissverständlicher und genauer Beschreibung: »Feinste Nüsse aus Brasilien, vier Pence das Pfund«. Monsieur Valentin starrte auf die beiden Pappschilder und hatte das Gefühl, als sei ihm diese höchst feinsinnige Art von Humor schon einmal begegnet, und zwar vor nicht allzu langer Zeit. Er lenkte die Aufmerksamkeit des rotgesichtigen Obsthändlers, der ziemlich mürrisch die Straße auf und ab blickte, auf die Ungenauigkeit in seiner Reklame. Der Obsthändler erwiderte nichts, steckte jedoch mit einer heftigen Bewegung jedes Schild an seine richtige Stelle. Elegant auf seinen Spazierstock gestützt, fuhr der Detektiv fort, den Laden prüfend zu betrachten. Schließlich sagte er: »Bitte entschuldigen Sie meinen scheinbar abwegigen Einfall, guter Mann, aber ich würde Ihnen gerne eine Frage in Sachen experimenteller Psychologie und Gedankenassoziation stellen.«

Der rotgesichtige Händler sah ihn mit drohendem Blick an; doch seinen Spazierstock schwingend, fuhr Valentin munter fort. »Was«, fragte er, »haben zwei in einem Obstladen falsch aufgestellte Schilder mit einem breitkrempigen Hut[*], der in London Urlaub macht, gemeinsam? Oder, für den Fall, dass ich mich nicht klar genug ausdrücke, worin besteht die geheimnisvolle Gedankenverbindung zwischen Nüssen, die man als Orangen bezeichnet, und zwei Geistlichen, von denen der eine groß und der andere klein ist?«

Die Augen des Händlers traten aus seinem Kopf hervor wie bei einer Schnecke, und einen Moment lang sah es tatsächlich so aus, als würde er sich auf den Fremden stürzen. Schließlich stieß er zornig hervor: »Ich weiß nich, was Sie das angeht, aber wenn das Ihre Freunde sind, dann können Se denen ausrichten, dass ich denen ihre dummen Köpfe abreiße, wenn sie noch Mal meine Äpfel durcheinanderwerfen, Pfaffen hin oder her.«

---

[*] Engl. »shovel hat« bezeichnet den Hut der englischen Geistlichen. Anm. d. Ü.

»Wirklich?«, fragte der Detektiv mitfühlend. »Haben die Ihre Äpfel durcheinandergebracht?«

»Ja, einer von denen«, erwiderte der erboste Obsthändler. »Hat se über die ganze Straße verstreut. Hätt' den Trottel ja erwischt, wenn ich die Äpfel nich hätt' aufheben müssen.«

»In welche Richtung sind diese Pfaffen gegangen?«, fragte Valentin.

»Dort die zweite Straße links und dann quer über den Platz«, versetzte der andere prompt.

»Danke«, sagte Valentin und verschwand wie durch Zauberhand. Jenseits des zweiten Platzes traf er auf einen Polizisten und sprach ihn an: »Dies ist eine dringende Sache, Konstabler. Haben Sie zwei Geistliche mit breitkrempigen Hüten gesehen?«

Der Polizist begann heftig zu kichern. »Hab' ich, Sir; und wenn'se mich fragn, dann war der eine betrunken. Er stand so verwirrt mitten auf der Straße, dass …«

»In welche Richtung sind sie gegangen?«, schnauzte Valentin.

»Sie nahmen einen von den gelben Bussen da drüben«, antwortete der Mann, »die nach Hampstead gehen.«

Valentin zog seine Dienstmarke hervor und sagte hastig: »Rufen Sie zwei Ihrer Männer; sie sollen mich bei der Verfolgung unterstützen.« Dann überquerte er die Straße mit einer so ansteckenden Energie, dass der schwerfällige Polizist seinen Befehl geradezu wieselflink ausführte. Anderthalb Minuten später stießen auf dem gegenüberliegenden Gehsteig ein Inspektor und ein Beamter in Zivilkleidung zu dem französischen Detektiv.

»Nun, Sir«, setzte der Inspektor mit selbstgefälligem Lächeln an, »um was eigentlich …?«

Valentin unterbrach ihn mit einer deutlichen Geste seines Stocks. »Das werde ich Ihnen oben auf dem Bus da erklären«, stieß er hervor, sprang los und bahnte sich einen Weg durch das Verkehrsgewirr. Als alle drei keuchend im Oberdeck des gelben Gefährts auf die Sitze sanken, bemerkte der Inspektor: »Mit einem Taxi wären wir viermal so schnell.«

»Wohl wahr«, entgegnete ihr Anführer gelassen, »wenn wir nur die leiseste Ahnung hätten, wohin wir fahren.«

»Und, wohin *wollen* Sie?«, fragte der andere und starrte ihn an.

Valentin zog ein paar Sekunden lang stirnrunzelnd an seiner Zigarette, dann nahm er sie aus dem Mund und antwortete: »Wenn Sie *wissen*, was ein Mann vorhat, überholen Sie ihn; wenn Sie aber herausfinden wollen, was er vorhat, bleiben Sie hinter ihm. Schlendern Sie, wenn er schlendert, bleiben Sie stehen, wenn er stehen bleibt; bewegen Sie sich genauso langsam fort wie er. Dann sehen Sie vielleicht, was auch er sah; dann können Sie vielleicht auch so handeln wie er. Alles, was wir tun können, ist, unsere Augen nach einer verdächtigen Sache offen zu halten.«

»Was für eine Art von verdächtiger Sache meinen Sie?«, wollte der Inspektor wissen.

»Jede Art von verdächtiger Sache«, erwiderte Valentin und verfiel erneut in hartnäckiges Schweigen.

Der gelbe Omnibus quälte sich scheinbar endlose Stunden durch die Straßen nach Norden; der große

Detektiv ließ sich zu keiner weiteren Erklärung herab, und möglicherweise verspürten seine Assistenten einen leisen und wachsenden Zweifel an seinem Vorhaben. Möglicherweise verspürten sie auch ein leises und wachsendes Verlangen nach einem Mittagessen, denn die Stunden verstrichen und die normale Mittagessenszeit war längst vorüber. Und die langen Straßen der Vororte des Londoner Nordens schienen sich aus einer Länge in die nächste zu schieben – wie ein höllisches Teleskop. Es war eine jener Fahrten, bei der man ständig das Gefühl hat, man wäre nun wirklich am Ende der Welt angekommen, nur um dann festzustellen, dass man sich gerade erst am Anfang von Tufnell Park befindet. London verlor sich in verdreckten Kneipen und trostlosem Buschwerk, um dann auf rätselhafte Weise in hell erleuchteten Hauptstraßen und protzigen Hotels erneut zu erstehen. Es war, als würde man durch dreizehn einzelne, hässliche Städte fahren, die alle ineinander übergingen. Doch obwohl die Winterdämmerung die vor ihnen liegende Straße bereits verdunkelte, verharrte der Pariser Detektiv immer noch schweigend und wachsam auf seinem Sitz und ließ kein Auge von den Straßenfronten, die links und rechts vorüberglitten. Als sie Camden Town hinter sich gelassen hatten, waren die Polizisten fast eingeschlafen; jedenfalls fuhren beide erschreckt hoch, als Valentin aufsprang, den Männern mit der Hand auf die Schulter klopfte und dem Fahrer zurief, er solle anhalten.

Sie stolperten die Treppe hinunter auf die Straße, ohne zu begreifen, warum man sie ausquartiert hatte;

und als sie erklärungssuchend um sich blickten, sahen sie, wie Valentin triumphierend mit dem Finger auf ein Fenster auf der linken Straßenseite zeigte. Es handelte sich um ein großes Fenster, das Teil der ausufernden Fassade eines luxuriösen, palastartigen Gasthauses war; dahinter lag jener Bereich, der für vornehmes Dinieren reserviert war, und das Fenster trug die Aufschrift »Restaurant«. Wie alle übrigen Fenster der Hotelfassade bestand auch dieses aus verziertem Mattglas; doch in der Mitte hatte es einen großen schwarzen Sprung, wie ein Stern im Eis.

»Endlich eine Spur«, rief Valentin, und schwang seinen Stock; »der Ort mit dem zerbrochenen Fenster.«

»Welches Fenster? Welche Spur?«, fragte sein erster Assistent. »Wo, bitte, ist der Beweis, dass dies hier irgendetwas mit den beiden zu tun hat?«

Valentin zerbrach vor Wut fast seinen Bambusstock.

»Beweis!«, schrie er. »Du lieber Himmel! Der Mann sucht nach Beweisen! Nun, natürlich stehen die Chancen zwanzig zu eins, dass es *nichts* mit den beiden zu tun hat. Aber was bleibt uns anderes übrig? Begreifen Sie denn nicht, dass wir entweder die letzte wahnwitzige Möglichkeit verfolgen oder nach Hause gehen und uns ins Bett legen müssen?« Gefolgt von seinen Begleitern stürmte er türenknallend ins Restaurant, und schon bald nahmen sie an einem kleinen Tisch ein spätes Mittagessen zu sich und sahen sich dabei den Stern aus gesprungenem Glas von innen an. Nicht, dass sie das aus dieser Perspektive wesentlich weiter gebracht hätte.

»Man hat Ihnen die Fensterscheibe zerschmissen, wie ich sehe«, bemerkte Valentin zum Kellner, als er die Rechnung beglich.

»Ja, Sir«, entgegnete der Kellner und beugte sich geschäftig über das Kleingeld, das Valentin stillschweigend um ein enormes Trinkgeld erhöhte. Der Ober richtete sich mit sanfter, aber unverkennbarer Lebhaftigkeit auf.

»Ach ja, Sir«, wiederholte er. »Sehr seltsame Sache, das, Sir.«

»Tatsächlich? Erzählen Sie doch mal«, sagte der Detektiv mit beiläufiger Neugier.

»Also, da kamen zwei schwarz gekleidete Herrschaften herein«, erklärte der Kellner; »zwei von diesen ausländischen Geistlichen, die zurzeit hier herumrennen. Sie nahmen ein preiswertes und bescheidenes Mittagessen zu sich, einer von ihnen bezahlte und ging hinaus. Der andere wollte sich ihm gerade anschließen, als ich noch einmal mein Wechselgeld überprüfte und feststellte, dass er mir mehr als das Dreifache bezahlt hatte. ›Hallo‹, sag' ich zu dem Burschen, der schon fast aus der Tür war, ›Sie haben zu viel bezahlt.‹ – ›Oh‹, sagt er kalt, ›ist das wahr?‹ – ›Ja‹, sag' ich und nehm' die Rechnung, um es ihm zu zeigen. Na, das war vielleicht ein Schlag.«

»Was meinen Sie?«, forschte sein Gesprächspartner.

»Na, ich hätte auf sieben Bibeln geschworen, dass ich vier Schilling auf die Rechnung gesetzt hab'. Aber jetzt sah ich, dass ich klar und deutlich vierzehn Schilling draufgeschrieben habe.«

»Ja, und weiter?«, rief Valentin und rutschte mit gespanntem Blick unmerklich auf seinem Stuhl hin und her.

»Da sagt der Pfarrer an der Tür, er, ganz seelenruhig, ›Bedaure, wenn ich Ihre Abrechnung durcheinanderbringe, aber fürs Fenster wird's wohl reichen.‹ – ›Was für ein Fenster?‹, frage ich. ›Für das Fenster, das ich jetzt kaputt schlage‹, antwortet er und zertrümmert die verflixte Scheibe mit seinem Schirm.«

Alle Ermittler gaben alle einen Ausruf des Erstaunens von sich; und der Inspektor flüsterte: »Sind wir hinter entflohenen Verrückten her?« Der Kellner fuhr mit sichtlichem Gefallen an der absurden Geschichte fort:

»Eine Sekunde lang war ich so verdutzt, dass ich gar nichts tun konnte. Der Kerl marschierte aus dem Raum und folgte seinem Freund um die nächste Ecke. Dann liefen sie die Bullock Street so rasch hinunter, dass ich sie nicht mehr einholen konnte, obwohl ich extra durch den Schankraum gerannt bin.«

»Bullock Street«, wiederholte der Detektiv und schoss eben diese Straße ebenso schnell hinauf wie das seltsame Paar, das er verfolgte.

Ihr Weg führte sie jetzt an kahlen, tunnelartigen Backsteinmauern vorbei; durch Straßen, wo es kaum Licht und noch weniger Fenster gab; durch Straßen, die aus den kahlen Rückwänden eines Irgendwie und Irgendwo erbaut zu sein schienen. Es dämmerte immer stärker, und selbst für die Londoner Polizisten war es schwer, genau zu sagen, in welche Richtung sie sich bewegten. Der Inspektor war sich jedoch ziemlich sicher, dass sie am Ende in einem Teil von Hampstead Heath landen würden. Plötzlich durchbrach der Schein eines gewölbten, vom Gaslicht erhellten Fensters wie ein Blendlicht die blaue Dämmerung, und Valentin blieb einen Augenblick vor dem kleinen, schrillen Süßwarenladen stehen. Er zögerte kurz und ging dann hinein; mit vollkommen ernstem Gesichtsausdruck stand er inmitten des farbenprächtigen Naschwerks und erwarb mit einiger Sorgfalt dreizehn Schokoladenzigarren. Offensichtlich war er um einen Gesprächsanfang bemüht, aber das war nicht nötig.

Eine knochige, ältere Jungfer im Laden hatte seine elegante Erscheinung nur mit einem mechanischen, fragenden Blick wahrgenommen; doch als sie sah, dass die Ladentür hinter Valentin durch die blaue Uniform des Inspektors versperrt wurde, schien ihr Blick lebhafter zu werden.

»Oh«, sagte sie, »falls Sie wegen des Päckchens gekommen sind, das habe ich bereits weggeschickt.«

»Päckchen?«, wiederholte Valentin; und nun war es an ihm, fragend zu blicken.

»Ich meine das Päckchen, das der Herr hier vergessen hat – der geistliche Herr.«

»Um Himmels willen«, rief Valentin, lehnte sich vor und zeigte zum ersten Mal seinen wahren Eifer, »um Himmels willen, erzählen Sie uns genau, was passiert ist.«

»Nun«, meinte die Frau ein wenig unsicher, »die zwei Pfarrer kamen vor etwa einer halben Stunde herein, kauften ein paar Pfefferminzbonbons, plauderten ein wenig und gingen dann in Richtung Park davon. Eine Sekunde später kommt einer der ihnen zurück in den Laden gerannt und sagt: ›Habe ich hier ein Päckchen vergessen?‹ Na, ich hab' überall nachgesehen, konnte aber keins entdecken; also sagt er: ›Macht nichts. Aber wenn es auftauchen sollte, schicken Sie es bitte an diese Adresse‹, und er gab mir die Adresse und einen Schilling für die Mühe. Und tatsächlich, obwohl ich dachte, ich hätte überall nachgesehen, fand ich ein Päckchen in braunem Packpapier und hab' es an den Ort geschickt, den er genannt hatte. Ich kann mich nicht mehr an die Adresse erinnern, es war irgendwo in Westminster. Aber weil sich die Sache so wichtig anhörte, dachte ich, die Polizei wäre vielleicht deswegen gekommen.«

»Ist sie auch«, entgegnete Valentin schroff. »Ist Hampstead Heath hier in der Nähe?«

»Eine Viertelstunde geradeaus«, erwiderte die Frau, »und sie kommen direkt hinaus ins Freie.« Valentin sprang aus dem Laden und begann zu laufen. Die beiden Polizisten trabten widerwillig hinter ihm her.

Die Straße, die sie durcheilten, war so eng und schattig, dass sie, als sie unvermittelt auf die kahle Ebene unter dem weiten Himmel hinaustraten, überrascht feststellten, wie hell und klar der Abend noch war. Eine vollendete Kuppel von Pfauengrün verwandelte sich zwischen dem zunehmenden Schwarz der Bäume und dem dunklen Veilchenblau der Ferne in Gold. Die glühende grüne Färbung war gerade tief genug, um ein, zwei Sterne wie Kristallsplitter aufblitzen zu lassen. Der letzte Rest Tageslicht lag wie ein goldener Schimmer über den Ausläufern des Parks von Hampstead und jener beliebten Senke, die man das Tal des Heils nennt. Die Ausflügler, die diese Gegend durchstreifen, hatten sich noch nicht gänzlich zerstreut: auf ein paar Bänken saßen schemenhaft einige Paare; hier und da war noch entferntes Mädchengekreisch von einer der Schaukeln zu vernehmen. Die himmlische Herrlichkeit vertiefte sich und ließ die unendliche Gewöhnlichkeit des Menschen im Dunkeln versinken. Valentin stand am Rande der Böschung und während sein Blick über das Tal schweifte, entdeckte er, wonach er gesucht hatte.

Unter den schwarzen Grüppchen von Menschen, die sich in der Ferne zerstreuten, war eine, die besonders schwarz aussah und sich nicht zerstreute – ein Zweiergrüppchen im Priestergewand. Sie erschienen kaum größer als Insekten, und doch konnte Valentin sehen, dass der eine viel kleiner war als der andere. Und obwohl dieser andere wie ein Student in gebeugter Haltung dastand und ganz unscheinbar wirkte, konnte Valentin sehen, dass der Mann über sechs Fuß maß. Er biss die Zähne zusammen und marschierte los, dabei wirbelte er ungeduldig mit seinem Stock. Nachdem er den Abstand deutlich verringert und die beiden schwarzen Gestalten vergrößert hatte wie unter einem riesigen Mikroskop, entdeckte er noch etwas anderes; etwas, das ihn erschreckte, das er jedoch irgendwie erwartet hatte. Wer auch immer der große Priester war, über die Identität des kleinen konnte es keinen Zweifel geben. Es war sein Freund aus dem Zug von Harwich, der stämmige kleine *curé* aus Essex, den er wegen seiner braunen Päckchen gewarnt hatte.

Nun, soweit fügte sich alles schlüssig und logisch ineinander. Bei seinen Nachforschungen am Morgen hatte Valentin erfahren, dass ein gewisser Pater Brown aus Essex ein mit Saphiren besetztes silbernes Kreuz, eine Reliquie von beträchtlichem Wert, bei sich trug, um sie einigen ausländischen Geistlichen auf dem Kongress zu zeigen. Dies war zweifellos jener »Silbergegenstand mit blauen Steinen«; und der kleine Grünschnabel aus dem Zug war zweifellos Pater Brown. Nun lag nichts Verwunderliches in der Tatsache, dass Flambeau das Gleiche herausgefunden hatte wie Valentin; Flambeau fand alles heraus. Es lag auch nichts Verwunderliches in der Tatsache, dass Flambeau, sobald er von einem Saphirkreuz hörte, versuchen würde, es zu stehlen; das war nichts weniger als die natürlichste Sache der Welt. Und es erst recht lag nichts Verwunderliches in der Tatsache, dass Flambeau ein derart gutgläubiges Schaf wie den Mann mit dem Schirm und den Päckchen nach Herzenslust an der Nase herumführen würde. Er war einer von denen, den jeder beliebige Mensch an einem Bindfaden zum Nordpol schleppen konnte; kein Wunder also, dass ein Schauspieler wie Flambeau, als Priester verkleidet, ihn in nach Hampstead Heath schleppen konnte. Soweit schien das Verbrechen klar; und während der Detektiv den Priester ob seiner Hilflosigkeit bemitleidete, empfand er für Flambeau geradezu Verachtung, weil sich dieser ein derart einfältiges Opfer auserkoren hatte. Aber als Valentin alles, was in der

Zwischenzeit geschehen war, alles, was ihn zu seinem Triumph geführt hatte, in Gedanken Revue passieren ließ, zermarterte er sich umsonst das Gehirn: er konnte nicht den geringsten Sinn und Zweck darin entdecken. Was hatte ein blau-silbernes Kreuz, das einem Priester aus Essex gestohlen worden war, mit Suppe an der Tapete zu tun? Was hatte der Diebstahl mit der Verwechslung von Nüssen und Orangen oder gar damit zu tun, dass jemand im Voraus für Fensterscheiben bezahlt, die er danach zertrümmert? Er hatte das Ende seiner Jagd erreicht; aber irgendwie war ihm der Kern der Sache entgangen. Wenn er versagte (was selten geschah), hatte er gewöhnlich das Rätsel geknackt und den Verbrecher verpasst. Hier hatte er den Verbrecher gefangen, aber das Rätsel verpasst.

Die beiden Gestalten, die sie verfolgten, krochen wie schwarze Fliegen über den mächtigen, grünen Hang eines Hügels. Sie waren offenkundig in ein Gespräch vertieft und merkten vielleicht gar nicht, wohin sie gingen; jedenfalls bewegten sie sich auf die wilderen, einsameren Höhen der Heide zu. Als ihre Verfolger näherkamen, mussten sich diese in die unwürdige Haltung eines Jägers auf der Pirsch begeben, sich hinter Baumgruppen ducken und sogar bäuchlings durch tiefes Gras kriechen. Mithilfe dieser wenig eleganten Turnübungen kamen die Jäger ihrer Beute sogar nahe genug, um die leise Unterhaltung belauschen zu können, doch bis auf das Wort »Vernunft«, das von einer hohen und nahezu kindlichen Stimme mehrfach geäußert wurde, konnte man nichts verstehen. Einmal verloren die Polizisten aufgrund einer jäh abfallenden, mit dichtem Gestrüpp überwucherten Bodensenke die beiden Gestalten, die sie verfolgten, tatsächlich aus den Augen. Erst nach qualvollen zehn Minuten fanden sie ihre Spur wieder, die am oberen Rand eines riesigen, kuppelartigen Hügels entlangführte, der einem Amphitheater gleich den Blick auf eine großartige, schwermütige Sonnenuntergangslandschaft freigab. An diesem Ehrfurcht gebietenden, wenn auch verlassenen Ort befand sich unter einem Baum eine alte wackelige Bank. Auf dieser Bank saßen die beiden Priester, weiterhin in ein ernsthaftes Gespräch vertieft. Noch hielt sich das prächtige Grün und Gold am dunkler werdenden Horizont, doch die Kuppel darüber verfärbte sich langsam von Pfauengrün zu Pfauenblau, und wie echte Juwelen traten die Sterne zunehmend deutlich hervor. Valentin gab seinen Begleitern ein stummes Zeichen, kroch hinter den großen, weit verzweigten Baum und vernahm, als er dort eisig schweigend stand, zum ersten Mal die Worte der seltsamen Priester.

Nachdem er anderthalb Minuten gelauscht hatte, erfasste ihn ein teuflischer Zweifel. Womöglich hatte er die beiden englischen Polizeibeamten zu einem Vorhaben in die nächtliche Heide gelockt, das ähnlich aussichtsreich war, wie Feigen an Disteln zu suchen. Denn die beiden Priester sprachen haargenau wie Priester, fromm, gelehrt und bedacht, über die unergründlichsten Rätsel der Theologie. Der kleine Priester aus Essex drückte sich besonders klar aus und wandte sein rundes Gesicht den immer heller werdenden Sternen zu;

der andere hingegen sprach mit gesenktem Kopf, als sei er es nicht einmal wert, sie anzublicken. In keinem der weißen italienischen Kloster, in keiner der schwarzen spanischen Kathedralen jedoch ist je ein unschuldigeres klerikales Gespräch zu hören gewesen.

Das Erste, was Valentin vernahm, war das Ende eines Satzes von Pater Brown: »... was man im Mittelalter tatsächlich unter der Unbestechlichkeit des Himmels verstand.«

Der größere Priester nickte mit gesenktem Kopf und sagte:

»Ach ja, diese modernen Ungläubigen berufen sich auf die Vernunft; aber wer kann schon jene Millionen von Welten betrachten, ohne das Gefühl zu haben, dass es über uns weitere wundervolle Welten geben mag, in denen die Vernunft gänzlich unvernünftig ist?«

»Nein«, erwiderte der andere Priester. »Vernunft ist immer vernünftig, selbst in der allerletzten Vorhölle, im verlorenen Grenzland der Dinge. Ich weiß, dass viele Leute der Kirche vorwerfen, sie schränke die Vernunft ein; aber es ist genau umgekehrt. Einzig und allein die Kirche räumt der Vernunft den höchsten Rang ein. Einzig und allein die Kirche bestätigt, dass selbst Gott an die Vernunft gebunden ist.«

Der andere Priester wandte sein ernstes Gesicht dem gestirnten Himmel zu und entgegnete:

»Doch wer weiß, ob es in jenem unendlichen Universum ...?«

»Nur physisch unendlich«, unterbrach ihn der kleine Priester und wandte sich ihm mit einer heftigen Bewegung zu, »nicht unendlich in dem Sinn, dass es sich den Gesetzen der Wahrheit entzöge.«

In stummer Wut zerrte Valentin hinter seinem Baum an seinen Fingernägeln. Er hörte förmlich das Gekicher der englischen Polizeibeamten, die er auf eine aberwitzige Vermutung hin so weit geschleppt hatte, nur um dem metaphorischen Geschwätz von zwei harmlosen alten Geistlichen zu lauschen. Er war so ungehalten, dass ihm die ebenso sorgfältig entwickelte Antwort des großen Geistlichen entging, und als er wieder zuhörte, war es erneut Pater Brown, der sprach:

»Vernunft und Gerechtigkeit erreichen auch den entferntesten und einsamsten Stern. Betrachten Sie diese Sterne. Sehen Sie nicht aus, als wäre jeder einzelne ein Diamant oder Saphir? Nun gut, denken Sie sich meinetwegen jegliche Botanik oder Geologie so verquer, wie Sie wollen. Denken Sie zum Beispiel an Diamantenwälder mit Blättern aus Brillanten. Stellen Sie sich den Mond als blauen Mond vor, als einen einzigen, riesenhaften Saphir. Aber glauben Sie ja nicht, dass diese ganze verrückte Astronomie auch nur das Geringste an der Vernunft und der Gerechtigkeit menschlichen Handelns ändern würde. Noch unter Perlenklippen und auf Ebenen aus Opal würden Sie eine Tafel finden, auf der steht ›Du sollst nicht stehlen‹.«

Valentin war gerade im Begriff, sich aus seiner starren, krummen Haltung zu erheben und so leise wie möglich davonzukriechen, am Boden zerstört durch die eine große Torheit seines Lebens, als ihn das tiefe Schweigen des großen Priesters plötzlich veranlasste, innezuhalten, bis dieser wieder sprach. Als er es schließlich tat, sagte er mit gesenktem Kopf und Händen auf den Knien ganz schlicht:

»Nun, ich glaube dennoch, dass andere Welten womöglich unsere Vernunft übersteigen. Das Geheimnis des Himmels ist unergründlich, und ich für mein Teil kann mich davor nur verneigen.«

Dann fügte er mit immer noch gesenkter Stirn und ohne seine Haltung oder Stimme auch nur im Mindesten zu verändern hinzu:

»Und jetzt reichen Sie mir endlich dieses Saphirkreuz herüber. Wir sind hier ganz allein, und ich könnte Sie wie eine Strohpuppe in Stücke reißen.«

Die völlig unveränderte Stimme und Haltung verlieh dem abrupten Wechsel des Gesprächs etwas eigenartig Gewalttätiges. Doch der Hüter der Reliquie schien lediglich seinen Kopf um einen Gradesbruchteil zu drehen, und es sah aus, als wäre sein etwas dümmliches Gesicht noch immer den Sternen zugewandt. Vielleicht hatte er nicht richtig verstanden. Oder er hatte verstanden und saß starr vor Schrecken da.

»Ja«, sagte der große Priester mit der gleichen leisen Stimme und in der gleichen reglosen Haltung, »ja, ich bin Flambeau.«

Dann fügte er nach einer Pause hinzu:

»Nun geben Sie mir schon das Kreuz.«

»Nein«, erwiderte der andere, und die Silbe hatte einen merkwürdigen Klang.

Plötzlich ließ Flambeau seine priesterliche Maske vollständig fallen. Der große Räuber lehnte sich zurück und lachte leise lang in sich hinein.

»Nein«, rief er; »Du wirst es mir nicht geben, du stolzer Prälat. Du wirst es mir nicht geben, du kleiner keuscher Einfaltspinsel. Soll ich dir sagen, warum du es mir nicht geben wirst? Weil es längst in meiner Brusttasche steckt.«

Der kleine Mann aus Essex wandte sein scheinbar verdutztes Gesicht im Dämmerlicht Flambeau zu und brachte mit dem schüchternen Eifer eines Privatsekretärs hervor:

»Sind … sind Sie sicher?«

Flambeau kreischte vor Vergnügen.

»Also wirklich, du bist so amüsant wie eine Komödie in drei Akten«, rief er. »Ja, du Dummkopf, ich bin ganz sicher. Ich war so schlau, ein Duplikat des richtigen Päckchens zu machen, und nun mein Freund, hast du das Duplikat und ich die Juwelen. Ein alter Trick, Pater Brown – ein ganz alter Trick.«

»Ja«, sagte Pater Brown und fuhr sich mit einer ähnlichen, eigentümlich unsicheren Manier durchs Haar. »Ja, davon habe ich schon gehört.«

Der Gigant des Verbrechens beugte sich mit plötzlich erwachtem Interesse zu dem kleinen Priester vom Land hinüber.

»*Du* hast davon gehört?«, forschte er. »Wo hast *du* denn davon gehört?«

»Nun, ich darf natürlich keine Namen nennen«, erwiderte der kleine Mann schlicht. »Es war ein Beichtender, wissen Sie. Zwanzig Jahre lang hat er erfolgreich ausschließlich von vertauschten braunen Päckchen gelebt. Als ich also anfing, Sie zu verdächtigen, musste ich sofort daran denken, wie es der arme Kerl früher ge- macht hat, verstehen Sie?«

»Als du anfingst, mich zu verdächtigen?«, wiederholte der Verbrecher mit wachsender Spannung. »Hattest du wirklich so viel Grips, mich nur deshalb zu verdächti- gen, weil ich dich in diesen abgelegenen Teil der Heide geschleppt habe?«

»Nein, nein«, sagte Pater Brown in entschuldigendem Ton. »Wissen Sie, Sie kamen mir bereits verdächtig vor, als ich Sie zum ersten Mal sah. Es ist diese kleine Aus- buchtung oben am Ärmel, wo Leute wie Sie den Sta- chelreif tragen.«

»Wie, beim Tartarus«, rief Flambeau, »hast du jemals von dem Stachelreif erfahren?«

»Ach, die eigenen Schäfchen, wissen Sie!«, entgeg- nete Pater Brown und zog unauffällig die Augenbrauen hoch. »Als ich in Hartlepool Seelsorger war, kamen drei von ihrer Sorte mit Stachelreif. Da ich Sie von Anfang an verdächtigte, sorgte ich dafür, dass das Kreuz in Si- cherheit war, verstehen Sie? Ich fürchte, ich habe Sie be- obachtet, wissen Sie. Also habe ich gesehen, wie Sie die Päckchen vertauschten, und habe sie zurückgetauscht, verstehen Sie? Und dann habe ich das richtige zurück- gelassen.«

»Zurückgelassen?«, wiederholte Flambeau, und zum ersten Mal schwang in seiner Stimme ein anderer Ton als Triumph mit.

»Nun, es war so«, hob der kleine Priester im glei- chen ungerührten Tonfall an wie zuvor. »Ich ging in den Süßwarenladen zurück und fragte, ob ich ein

Päckchen vergessen hätte, und für den Fall, dass es auftauchen sollte, gab ich eine bestimmte Adresse an. Tja, ich wusste, dass ich kein Päckchen vergessen hatte, aber als ich wieder ging, tat ich es. Anstatt mir also mit dem wertvollen Päckchen hinterherzulaufen, hat die Frau im Laden es per Eilpost an einen Freund von mir in Westminster geschickt.« Dann fügte er ein wenig betrübt hinzu: »Auch das habe ich von einem armen Kerl in Hartlepool gelernt. Der pflegte mit Handtaschen so zu verfahren, die er in Bahnhöfen stahl; heute lebt er in einem Kloster. Ach ja, man erfährt so manches, wissen Sie«, setzte er hinzu und fuhr sich erneut mit einer entschuldigenden Geste durchs Haar. »Das lässt sich nicht vermeiden, wenn man Priester ist. Die Leute kommen und erzählen uns solche Sachen.«

Flambeau zog ein braunes Päckchen aus seiner Innentasche und riss es in Stücke. Es enthielt lediglich Papier und Bleistücke. Mit einem wilden Satz war er auf den Beinen und schrie:

»Ich glaube dir nicht. Ich glaube nicht, dass ein Schwachkopf wie du zu all dem in der Lage ist. Ich glaube, du hast das Zeug immer noch bei dir, und wenn du es nicht sofort hergibst, dann ... wir sind hier ganz allein ... dann nehm' ich es mir mit Gewalt!«

»Nein«, erwiderte Pater Brown schlicht und stand ebenfalls auf, »Sie werden es mir nicht mit Gewalt nehmen. Erstens, weil ich es wirklich nicht mehr habe. Und zweitens, weil wir nicht allein sind.«

Flambeau blieb wie angewurzelt stehen.

»Hinter diesem Baum«, sagte Pater Brown und deutete mit seinem Finger darauf, »befinden sich zwei kräftige Polizisten und der beste Detektiv der Welt. Sie fragen sich, wie sie hierher kommen? Nun, natürlich habe ich sie hergebracht. Wie ich das gemacht habe? Das werde ich Ihnen gern erklären, wenn Sie wollen! Meine Güte, man muss Dutzende solcher Tricks kennen, wenn man beruflich mit Verbrechern zu tun hat! Nun, ich war ja nicht sicher, ob Sie ein Dieb waren, und es wäre völlig unmöglich gewesen, ein Mitglied des eigenen Klerus in Verruf zu bringen. Also stellte ich Sie auf die Probe, um herauszufinden, ob Sie sich irgendwie verraten würden. In der Regel veranstaltet jemand eine kleine Szene, wenn in seinem Kaffee Salz ist; tut er es nicht, hat er einen guten Grund, ruhig zu bleiben. Ich vertauschte Salz und Zucker, und *Sie* verloren kein Wort. In der Regel beschwert sich jemand, wenn seine Rechnung um ein Dreifaches zu hoch ist. Bezahlt er sie trotzdem, will er um keinen Preis auffallen. Ich änderte Ihre Rechnung, und *Sie* bezahlten sie.«

Die Welt schien darauf zu warten, dass Flambeau wie ein Tiger losstürzte. Doch er war wie vom Zauber gebannt; eine ungeheure Neugier betäubte ihn.

»Nun ja«, fuhr Pater Brown mit umständlicher Deutlichkeit fort, »da Sie der Polizei keine Spuren hinterlassen würden, musste es ja jemand anderes tun. Also sorgte ich an jedem Ort, an den wir kamen, für irgendetwas, das für den Rest des Tages Gesprächsstoff liefern würde. Ich richtete kaum Schaden an – eine befleckte Wand, verstreute Äpfel, eine zerbrochene Fensterscheibe –, aber ich rettete das Kreuz, denn das Kreuz wird immer gerettet werden. Es ist inzwischen in Westminster. Ich frage mich wirklich, warum Sie es nicht mit der Eselspfeife aufgehalten haben.«

»Mit der was?«, fragte Flambeau.

»Es freut mich, dass Sie noch nie davon gehört haben«, sagte der Priester und verzog das Gesicht. »Eine üble Sache. Ich bin sicher, Sie sind ein zu guter Mensch, um ein Pfeifer zu sein. Gegen die Eselspfeife hätte ich mich nicht einmal mit dem Drehsprung wehren können, meine Beine sind nicht kräftig genug.«

»Wovon in aller Welt redest du?«, fragte Flambeau.

»Ach, ich dachte, Sie kennen den Drehsprung«, versetzte Pater Brown angenehm überrascht. »Oh, Sie können noch nicht allzu tief gesunken sein!«

»Woher, zum Teufel, kennst du all diese Abscheulichkeiten?«, rief Flambeau.

Der Anflug eines Lächelns huschte über das runde, einfältige Gesicht seines klerikalen Widerparts.

»Oh, vermutlich, weil ich ein keuscher Einfaltspinsel bin«, entgegnete der Priester. »Ist Ihnen nie der Gedanke gekommen, dass ein Mann, der fast nichts anderes tut, als sich die wahren Sünden der Menschen anzuhören, das Böse im Menschen wahrscheinlich ganz gut kennt? Übrigens, um die Wahrheit zu sagen, hat mich noch eine andere Seite meines Berufs davon überzeugt, dass Sie kein Priester sind.«

»Und welche?«, fragte der Dieb mit fast starrem Blick.

»Sie haben die Vernunft infrage gestellt«, erwiderte Pater Brown. »Das tut kein Theologe.«

Und als er sich eben umwandte, um seine Sachen zusammenzusuchen, traten die drei Polizisten aus dem Dunkel der Bäume. Flambeau war ein Künstler und Sportsmann. Er trat zurück und machte vor Valentin eine tiefe Verbeugung.

»Verneigen Sie sich nicht vor mir, *mon ami*«, sagte Valentin mit silberheller Klarheit. »Verneigen wir uns beide vor unserem Meister.«

Und einen Moment lang standen beide barhäuptig da, während der kleine Priester aus Essex blinzelnd nach seinem Schirm sah.

Die verdächtigen Schritte

Sollten Sie zufällig auf ein Mitglied des erlesenen Clubs »Die zwölf wahren Fischer« treffen, das anlässlich des jährlichen Clubdinners gerade das Hotel Vernon betritt, werden Sie, wenn er den Mantel ablegt, feststellen, dass er einen grünen und keinen schwarzen Abendanzug trägt. Sollten Sie ihn nach dem Grund fragen (vorausgesetzt, Sie besitzen die unerhörte Kühnheit, ein solches Wesen anzusprechen), wird er Ihnen wahrscheinlich antworten, dass er es tut, um nicht mit einem Kellner verwechselt zu werden. Zerknirscht werden Sie sich zurückziehen. Zugleich aber zieht ein bisher ungelüftetes Geheimnis und eine Geschichte, die es wert ist, erzählt zu werden, an Ihnen vorüber.

Sollten Sie zufällig (um den Faden unwahrscheinlicher Vermutungen weiterzuspinnen) auf einen freundlichen, hart arbeitenden kleinen Priester namens Pater Brown treffen und ihn fragen, was seines Erachtens der außergewöhnlichste Glücksfall in seinem Leben gewesen sei, wird er vermutlich antworten, dass ihm alles in allem sein größter Coup im Hotel Vernon gelungen sei, wo er ein Verbrechen vereitelt und vielleicht eine Seele gerettet habe, und zwar lediglich durch das Lauschen auf ein paar Schritte in einem Korridor. Vielleicht ist er ein klein wenig stolz auf seine kühne und erstaunliche Mutmaßung, und es ist gut möglich, dass er darauf zu sprechen kommt. Da es andererseits höchst unwahrscheinlich ist, dass Sie gesellschaftlich jemals hoch genug aufsteigen werden, um die »Zwölf wahren Fischer« zu treffen, oder je tief genug in den Elends- und Verbrecherviertel versinken, um auf Pater Brown zu stoßen, befürchte ich, dass Sie von dieser Geschichte nur erfahren, wenn ich Sie Ihnen erzähle.

Das Hotel Vernon, in dem die »Zwölf wahren Fischer« einmal im Jahr ein Festessen abhielten, war eine Institution, wie es sie nur in einer oligarchischen Gesellschaft geben kann, die auf gute Manieren geradezu versessen ist. Es war das typische Erzeugnis einer verkehrten Welt – ein »exklusives«, kommerzielles Unternehmen. Das bedeutet, es war ein Etablissement, das sich rechnete, nicht weil es Leute anzog, sondern weil es sie abwies. Im Herzen jeder Plutokratie sind Geschäftsleute gerissen genug, um noch wählerischer zu sein als ihre Kunden. Sie bauen absichtlich Hürden, damit ihre reichen, gelangweilten Kunden Geld und Diplomatie aufbringen müssen, um diese zu überwinden. Wenn es in London ein elegantes Hotel gäbe, das jedem den Zutritt verwehrt, der unter sechs Fuß ist, dann würde sich die feine Gesellschaft widerspruchslos in Gruppen von sechs Fuß großen Leuten zusammenfinden, um dort zu speisen. Wenn es ein teures Restaurant gäbe, das aufgrund einer bloßen Laune seines Besitzers nur am Donnerstagnachmittag geöffnet hätte, wäre es am Donnerstagnachmittag überfüllt. Wie durch Zufall befand sich das Hotel Vernon am Rande eines Platzes in Belgravia. Es war ein kleines Hotel und obendrein sehr umständlich. Doch eben diese Umständlichkeit wurde als Schutzwall betrachtet, der einer bestimmten Klasse Deckung bot. Von entscheidender Bedeutung war vor allem der Umstand, dass eigentlich nie mehr als vierundzwanzig Personen auf einmal dort speisen konnten. Der einzige große Esstisch war der vielgerühmte Terrassentisch, der auf einer Art Veranda im Freien stand und Aussicht auf einen der gepflegtesten alten Gärten Londons gewährte. Auf diese Weise konnte man sich der vierundzwanzig Plätze an diesem Tisch nur bei warmem Wetter erfreuen; da dies das Vergnügen noch erschwerte, erschien es umso begehrenswerter. Der derzeitige Besitzer des Hotels war ein Jude namens Lever, und er hatte fast eine Million daran verdient, indem er den Einlass erschwerte. Selbstverständlich verband er den beschränkten räumlichen Rahmen seines Unternehmens mit sorgfältigstem Schliff bei der Leistung. Die Weine und Speisen suchten in Europa ihresgleichen, und das Benehmen des Personals spiegelte exakt das formelle Gebaren der englischen Oberschicht wider. Der Besitzer kannte all seine Kellner wie die Finger an seiner Hand, es gab insgesamt nur fünfzehn. Es war wesentlich einfacher, ein Mitglied des Parlaments zu werden als Kellner in diesem Hotel. Jeder Einzelne von ihnen war in beängstigender Lautlosigkeit und Gewandtheit perfekt geschult, als wäre

43

er der Butler eines Gentleman. Und in der Tat stand gewöhnlich jedem Gentleman, der dort speiste, mindestens ein Kellner zur Verfügung.

Der Club der »Zwölf wahren Fischer« hätte niemals eingewilligt, an einem anderen Ort zu speisen, denn eine luxuriöse Privatsphäre war für seine Mitglieder unabdingbar, und der bloße Gedanke, dass irgendein anderer Club zur gleichen Zeit in demselben Gebäude dinieren könnte, hätte für helle Aufregung gesorgt. Anlässlich ihres alljährlichen Festmahls pflegten die Fischer ihre gesamten Schätze zur Schau zu stellen, als wären sie in einem Privathaus, vor allem das berühmte Gedeck von Fischmessern und Fischgabeln, das, wie sollte es anders sein, das Wahrzeichen des Clubs war, jedes einzelne Stück eine erlesene Silberschmiedearbeit in Form eines Fisches und jedes am Griff mit einer großen Perle verziert. Dieses Besteck wurde stets für den Fischgang aufgelegt, und der Fischgang war stets der opulenteste bei diesem opulenten Mahl. Der Club verfügte über eine stattliche Anzahl von Zeremonien und Ritualen, aber über keinerlei Geschichte oder Zweck; gerade darin war er so außerordentlich aristokratisch. Man musste überhaupt nicht das und das sein, um den »Zwölf Fischern« anzugehören; wenn man nicht sowieso schon der und der war, hatte man ohnehin noch nie etwas von ihm gehört. Der Club bestand seit nunmehr zwölf Jahren. Sein Präsident war Mr Audley. Sein Vizepräsident war der Herzog von Chester.

Sollte es mir auch nur annähernd gelungen sein, einen Eindruck von der Atmosphäre dieses reizenden

Hotels zu vermitteln, so mag es der Leser als wahres Wunder empfinden, dass ich überhaupt etwas darüber weiß. Er mag auch darüber spekulieren, wie es kam, dass sich ein derart gewöhnlicher Mensch wie mein Freund Pater Brown in diesen heiligen Hallen aufhielt. Was das anbelangt, so ist meine Geschichte einfach, ja geradezu alltäglich. Es gibt auf der Welt einen sehr betagten Aufrührer und Demagogen, der mit der fürchterlichen Botschaft, dass alle Menschen Brüder seien, in die vornehmsten Anwesen einbricht, und ganz gleich wohin sein fahles Pferd diesen Gleichmacher trug, Pater Brown pflegte sich an seine Fersen zu heften. Einer der Kellner, ein Italiener, hatte am Nachmittag einen Schlaganfall erlitten. Sein jüdischer Arbeitgeber, obgleich er sich über solchen Aberglauben ein wenig wunderte, hatte eingewilligt, den nächsten katholischen Priester kommen zu lassen. Was der Kellner Pater Brown beichtete, geht uns nichts an, aus dem einfachen Grund, dass es der Geistliche für sich behielt; aber offensichtlich veranlasste es ihn, ein paar Zeilen oder eine Erklärung niederzuschreiben, sei es, um eine Botschaft zu übermitteln, sei es, um ein Unrecht wiedergutzumachen. Aus diesem Grund bat Pater Brown mit der sanften Keckheit, die er auch im Buckingham Palast an den Tag gelegt hätte, um einen Raum und Schreibutensilien. Mr Lever war hin- und hergerissen. Er war ein höflicher Mensch und hatte darüber hinaus jenen unangenehmen Abklatsch von Höflichkeit an sich, die Abneigung gegen jegliche Form von Schwierigkeit oder Szene. Gleichzeitig wirkte die Anwesenheit eines ungewöhnlichen Fremden in seinem Hotel an diesem Abend wie ein Schmutzfleck auf einem frisch gestärkten Hemd. Im Hotel Vernon hatte es niemals irgendein Grenzland oder ein Vorzimmer gegeben, niemals Leute, die in der Halle warteten, niemals Gäste, die zufällig hereinschauten. Es gab fünfzehn Kellner. Es gab zwölf Gäste. An diesem Abend einen weiteren Gast im Hotel anzutreffen, wäre ähnlich befremdlich gewesen, wie beim Frühstück oder Tee im eigenen Familienkreis auf einen neuen Bruder zu treffen. Außerdem ließ die Erscheinung des Priesters schwer zu wünschen übrig, und seine Kleidung war verschmutzt; selbst von Weitem konnte ein flüchtiger Anblick unter den Clubmitgliedern eine Krise auslösen. Schließlich hatte Mr Lever einen Einfall, wie er den Schandfleck zwar nicht verschwinden lassen, doch zumindest verbergen konnte. Wenn man das Hotel Vernon betritt (was Ihnen sicher nie passieren wird), gelangt man durch einen kurzen Korridor, in dem ein paar düstere, aber bedeutende Gemälde hängen, in die Hauptvorhalle, von der zur Rechten mehrere Gänge zu den Gasträumen abgehen und zur Linken ein ähnlicher Flur, der zu den Küchen und zum Büro des Hotels führt. Gleich links befindet sich die Ecke eines Glasgehäuses, das in die Halle hineinragt – ein Haus im Haus sozusagen, wie die alte Hotelbar, die wahrscheinlich einst an dieser Stelle stand.

In diesem Glasbüro saß der Stellvertreter des Besitzers (niemand erschien in diesem Haus jemals persönlich, wenn er es irgend vermeiden konnte), und genau dahinter, auf dem Weg zu den Räumen des Personals, befand sich die Herrengarderobe, die letzte Bastion des

Gastbereiches. Zwischen dem Büro und der Garderobe befand sich ein kleines Privatzimmer ohne zusätzlichen Ausgang, das vom Besitzer hin und wieder für heikle und wichtige Angelegenheiten genutzt wurde, etwa um einem Herzog tausend Pfund zu leihen oder um sich zu weigern, ihm auch nur ein Sixpencestück zu geben. Es spricht für die außerordentliche Großzügigkeit von Mr Lever, dass er diesen heiligen Ort für etwa eine halbe Stunde von einem einfachen Priester entweihen ließ, der ein paar Notizen auf ein Stück Papier kritzelte. Die Geschichte, die Pater Brown niederschrieb, war vermutlich eine wesentlich bessere als diese hier, nur leider wird sie nie veröffentlicht werden. Ich kann lediglich anmerken, dass sie fast genauso lang war und dass die letzten zwei, drei Abschnitte kaum noch interessant und fesselnd waren.

Denn als er so weit gekommen war, erlaubte sich der Priester allmählich, seine Gedanken ein wenig abschweifen und seine gewöhnlich sehr feinen kreatürlichen Sinne erwachen zu lassen. Die Zeit der Dämmerung und des Abendessens rückte heran; sein eigener, vergessener kleiner Raum hatte kein Licht, und womöglich schärfte die zunehmende Düsternis, wie es zuweilen vorkommt, sein Gehör. Als Pater Brown den letzten und unwesentlichsten Teil seiner Aufzeichnung zu Papier brachte, ertappte er sich dabei, dass er im Rhythmus eines wiederkehrenden Geräuschs von draußen schrieb, so wie man manchmal im Einklang mit dem Geratter eines Zuges nachdenkt. Sobald er sich dessen bewusst wurde, erkannte er, was es war: das ganz normale Getrappel von Füßen, die an der Zimmertür vorübergingen, was in einem Hotel nichts Ungewöhnliches war. Trotzdem starrte er zur dunkelnden Zimmerdecke empor und lauschte. Nachdem er einige Sekunden verträumt gehorcht hatte, sprang er auf und horchte genauer, den Kopf leicht zur Seite geneigt. Dann setzte er sich wieder hin und vergrub die Stirn in seinen Händen, denn jetzt war es nicht mehr nur Lauschen, sondern gleichzeitig Lauschen und Denken.

Die Schritte vor der Tür klangen in jedem Augenblick so, wie sie in jedem beliebigen Hotel zu hören waren; dennoch hatten sie insgesamt etwas sehr Seltsames an sich. Andere Schritte gab es keine. In diesem Hotel war es immer sehr still, denn die wenigen Stammgäste begaben sich sofort auf ihre Zimmer, und die gut geschulten Kellner waren angewiesen, praktisch unsichtbar zu sein, bis man nach ihnen verlangte. Kaum ein Ort ist vorstellbar, an dem es weniger Anlass gab, etwas Unregelmäßiges zu befürchten. Diese Schritte aber waren so eigentümlich, dass man sich nicht entscheiden konnte, sie regelmäßig oder unregelmäßig zu nennen. Pater Brown folgte ihnen mit dem Finger auf der Tischkante wie jemand, der versucht, eine Melodie auf dem Klavier zu spielen.

Zuerst kam eine lange Reihe kleiner, schneller Schritte, wie sie ein leichtfüßiger Mann machen würde, um ein Geher-Rennen zu gewinnen. An einem bestimmten Punkt hörten sie auf und verwandelten sich in eine Art langsames schwungvolles Stampfen, das kaum ein Viertel der schnellen Schritte ausmachte, aber etwa genauso lange dauerte. In dem Augenblick, wo das letzte hallende Stampfen verklungen war, ertönte erneut das Getrippel leichter, dahineilender Füße, dann wieder das Dröhnen der schwereren Schritte. Es handelte sich eindeutig um das gleiche Paar Stiefel, zum einen, weil (wie bereits erwähnt) sonst keine Schritte zu vernehmen waren, zum anderen, weil sie leise, aber unverkennbar knarrten. Pater Brown besaß jene Art von Verstand, die gar nicht anders konnte, als Fragen zu stellen; und bei dieser scheinbar banalen Frage barst ihm schier der Schädel. Er hatte Männer Anlauf nehmen sehen, um zu springen. Er hatte Männer Anlauf nehmen sehen, um zu schlittern. Aber warum in aller Welt sollte jemand rennen, um zu gehen? Oder andersherum, warum sollte er gehen, um zu rennen? Dennoch gab es keine passendere Beschreibung für die Eskapaden dieses unsichtbaren Beinpaars. Entweder durchquerte der Mann die eine Hälfte des Korridors sehr rasch, nur um die zweite im Schneckentempo zurückzulegen; oder er ging am einen Ende sehr langsam, nur am anderen Ende den Rausch der Geschwindigkeit zu genießen. Keine Vermutung schien einen Sinn zu ergeben. Das Gehirn des Priesters umwölkte sich zunehmend, wurde dunkler wie sein Zimmer.

Als er jedoch konzentriert nachzudenken begann, schien gerade die Dunkelheit der Zelle seine Gedanken zu beflügeln; einer Vision gleich sah er die fantastischen Füße auf unnatürliche oder symbolische Weise den Korridor entlanghüpfen. Handelte es sich um einen rituellen heidnischen Tanz? Oder um eine völlig neuartige wissenschaftliche Übung? Pater Brown fragte sich mit wachsender Sorgfalt, was die Schritte zu bedeuten hätten. Zunächst der langsame Schritt; das war keinesfalls der Schritt des Besitzers. Männer dieses Schlages bewegen sich entweder im raschen Watschelgang fort, oder sie sitzen still. Es konnte auch kein Diener oder Bote sein, der auf Anweisungen wartete. Es klang anders. Angehörige der unteren Schichten – zumindest in einer Oligarchie – neigen zwar zum Torkeln, wenn sie leicht betrunken sind, aber in der Regel, und vor allem in solch illustrer Umgebung, stehen oder sitzen sie in verkrampfter Haltung da. Nein, dieser schwere und dennoch federnde Schritt in seinem betont nachlässigen Auftreten, nicht sonderlich laut, aber auch gleichgültig gegenüber dem Lärm, den er verursachte, konnte nur einer einzigen Spezies auf Erden angehören. Es war ein westeuropäischer Gentleman, und vermutlich einer, der niemals seinen Lebensunterhalt verdient hatte.

In dem Moment, in dem Pater Brown zu dieser festen Überzeugung gelangt war, wechselten die Schritte in die raschere Gangart und hasteten wie eine aufgescheuchte Ratte an der Tür vorüber. Der Lauscher bemerkte, dass diese Schritte zwar viel schneller, aber auch viel leiser waren, beinahe so, als ob der Mann auf Zehenspitzen ginge. Er verband dieses Geräusch in seinen Gedanken jedoch nicht mit Heimlichkeit, sondern mit etwas anderem – mit etwas, das ihm nicht einfallen wollte. Er wurde von einer jener bruchstückhaften Erinnerungen gequält, die einen Mann in den Wahnsinn treiben können. Er war sich ganz sicher, diesen seltsamen, schnellen

Gang irgendwo schon einmal gehört zu haben. Plötzlich kam ihm ein neuer Gedanke, er sprang auf und ging zur Tür. Es gab keine direkte Verbindung zwischen seinem Zimmer und dem Flur, man gelangte von dort nur auf der einen Seite ins Glasbüro und auf der anderen in die Garderobe dahinter. Er versuchte, die Tür zum Büro zu öffnen, und fand sie verschlossen. Dann sah er zum Fenster, jetzt ein Viereck angefüllt mit purpurnen Wolken, zerteilt von einem bleichen Sonnenuntergang, und einen Moment lang witterte er Unheil, so wie ein Hund Ratten wittert.

Der vernünftige Teil seines Wesens (ob es auch der klügere war, sei dahingestellt) gewann die Oberhand. Er erinnerte sich, dass der Besitzer ihm mitgeteilt hatte, er würde die Tür verschließen und ihn später wieder herauslassen. Er sagte sich, dass die ungewöhnlichen Geräusche draußen Dutzende von Ursachen haben konnten, an die er nicht gedacht hatte; er ermahnte sich, dass es gerade noch hell genug war, um seine eigentliche Arbeit zu Ende zu bringen. Er trug seine Schreibsachen ans Fenster, um das letzte stürmische Abendlicht zu nutzen, und stürzte sich erneut entschlossen auf den nahezu vollständigen Bericht. Er hatte etwa zwanzig Minuten geschrieben und sich dabei im spärlicher werdenden Licht immer tiefer über das Papier gebeugt, als er sich plötzlich kerzengerade aufrichtete. Er hatte abermals die seltsamen Schritte vernommen.

Dieses Mal gab es eine dritte Merkwürdigkeit. Bisher war der Unbekannte gegangen, zwar durchaus leichtfüßig und blitzschnell, aber er war gegangen. Dieses

Mal rannte er. Man hörte die flinken, elastischen, hüpfenden Schritte den Korridor entlangkommen wie die Pfoten eines fliehenden und springenden Panthers. Wer immer da ging, es war ein sehr kräftiger, dynamischer Mann in stummer, doch heftiger Erregung. Aber dennoch, sobald die Schritte wie ein flüsternder Wirbelwind das Büro erreicht hatten, verwandelten sie sich plötzlich wieder in das altbekannte langsame, stolzierende Stampfen.

Pater Brown warf seine Aufzeichnungen auf den Tisch, und da er die Bürotür verschlossen wusste, begab er sich ohne Umschweife in die Garderobe auf der anderen Seite. Der zuständige Bedienstete war gerade abwesend, vielleicht weil die einzigen Gäste beim Abendessen saßen und er auf seinem Posten ohnehin zum Nichtstun verurteilt war. Nachdem sich Pater Brown durch einen grauen Wust an Mänteln gewühlt hatte, entdeckte er, dass die dunkle Garderobe durch eine Art Schalter oder Halbtür mit dem beleuchteten Korridor verbunden war, ganz wie die meisten Schalter, über die wir alle schon unseren Schirm gereicht und eine Marke dafür erhalten haben. Unmittelbar über dem halbkreisförmigen Bogen dieser Öffnung befand sich eine Lampe. Sie warf nur ein schwaches Licht auf Pater Brown, der sich gegen das düstere Sonnenuntergangsfenster dahinter wie eine dunkle Silhouette ausnahm, beleuchtete hingegen den Mann, der vor der Garderobe im Korridor stand, geradezu theatralisch.

Es war ein eleganter Herr im schlichten Abendanzug; hochgewachsen, doch mit dem Auftreten eines

Menschen, der nicht viel Raum nimmt; man hatte den Eindruck, er könne überall dort wie ein Schatten vorübergleiten, wo viele kleinere Männer auffallen und im Weg stehen würden. Sein vom Licht der Lampe erhelltes Gesicht war dunkelhäutig und lebhaft, das Gesicht eines Ausländers. Er war von regelmäßigem Wuchs, sein Auftreten zeugte von Gutmütigkeit und Selbstvertrauen; das Einzige, was man ihm bemängeln konnte, war sein schwarzer Frack, der nicht ganz seiner Figur und seinem Benehmen entsprach und sich sogar merkwürdig beulte und bauschte. Sobald er Pater Browns schwarze Silhouette vor dem Sonnenuntergang erblickte, warf er ein Stück Papier mit einer Nummer darauf vor ihn hin und rief mit freundlichem Nachdruck: »Meinen Hut und Mantel, bitte. Ich muss leider sofort gehen.«

Pater Brown nahm den Papierfetzen wortlos entgegen und begab sich gehorsam auf die Suche nach dem Mantel; es war nicht die erste niedere Arbeit, die er in seinem Leben verrichtete. Er brachte den Mantel und legte ihn auf den Schalter; unterdessen bemerkte der seltsame Gentleman, der seine Westentaschen abgetastet hatte, lachend: »Ich habe gerade kein Silber bei mir; nehmen Sie dies.« Er warf ihm einen halben Souvereign[*] hin und griff nach seinem Mantel.

Pater Browns Gestalt verharrte still im Dunkeln, den Kopf aber hatte er in diesem Augenblick verloren. Sein Kopf war stets dann äußerst wertvoll, wenn er ihn ver-

[*] Eine englische Goldmünze. Anm. d. Ü.

loren hatte. In solchen Augenblicken zählte er zwei und zwei zusammen und kam auf vier Millionen. Die katholische Kirche (die mit dem gesunden Menschenverstand verheiratet ist) schätzte dies häufig nicht besonders. Er schätzte es häufig auch selbst nicht besonders. Und doch war es eine echte Eingebung – wichtig in außergewöhnlichen Krisensituationen –, wenn einer, der seinen Kopf verliert, selbigen dadurch auch rettet.

Er sagte höflich: »Sir, ich glaube, dass Sie durchaus ein bisschen Silber in den Taschen haben.«

Der große Gentleman starrte ihn an. »Zum Henker«, rief er. »Ich gebe Ihnen Gold, worüber beschweren Sie sich noch?«

»Weil Silber manchmal wertvoller ist als Gold«, erwiderte der Priester freundlich; »jedenfalls in großen Mengen.«

Der Fremde sah in neugierig an. Dann sah er mit noch größerer Neugier den Flur hinunter in Richtung des Haupteingangs. Dann sah er noch einmal Pater Brown an und betrachtete eingehend das Fenster über dem Kopf des Priesters, durch das noch immer die Abendröte nach dem Sturm zu erkennen war. Er schien einen Entschluss gefasst zu haben. Er legte eine Hand auf den Schalter, schwang sich mühelos wie ein Akrobat darüber, baute sich vor dem Priester auf und packte ihn mit einer riesigen Hand am Kragen.

»Ganz ruhig«, stieß er flüsternd hervor. »Ich will Ihnen nicht drohen, aber ...«

»Aber ich will Ihnen drohen«, unterbrach ihn Pater Brown mit einer Stimme, die wie Donner grollte. »Ich will Ihnen drohen mit dem Wurm, der nicht stirbt, und dem Feuer, das nicht verlöscht.«[*]

»Sie sind ja ein komischer Garderobier«, meinte der andere.

»Ich bin ein Priester, Monsieur Flambeau«, sagte Pater Brown. »Und ich bin bereit, Ihre Beichte zu hören.«

Sein Gegenüber schnappte kurz nach Luft, dann ließ er sich taumelnd in einen Stuhl fallen.

Die ersten beiden Gänge des Festmahls der »Zwölf wahren Fischer« waren beschaulich und erfolgreich vonstattengegangen. Ich besitze keine Abschrift der Speisekarte; aber selbst wenn ich es täte, gäbe sie keinerlei Aufschluss. Sie war in jenem überkandidelten Französisch verfasst, wie Köche es gerne verwenden, das für Franzosen jedoch völlig unverständlich ist. Entsprechend der Clubtradition mussten die *Hors d'œuvres* so abwechslungsreich und mannigfaltig sein, dass es an Aberwitz grenzte. Sie wurden mit andächtigem Ernst verspeist, weil sie offen gestanden völlig überflüssig waren, wie eben das ganze Mahl und der Club überhaupt. Außerdem war es Tradition, dass die Suppe leicht und anspruchslos zu sein hatte – eine Art karge, nüchterne Mahnwache vor der bevorstehenden Fischorgie. Die Unterhaltung entsprach jenem merkwürdigen, seichten Gerede, welches das britische Weltreich beherrscht, es im Geheimen beherrscht, und aus dem ein gewöhnlicher Engländer doch kaum klug würde, wenn er es belauschen könnte. Kabi-

[*] Vgl. Mk 9,44–48. Anm. d. Ü.

nettminister beider politischer Lager wurden mit einem gewissen gelangweilten Wohlwollen kurzerhand beim Vornamen genannt. Der radikale Schatzkanzler, den die gesamte Tory-Partei aufgrund seines räuberischen Wuchers angeblich verfluchte, wurde für seine belanglose Dichtkunst oder für seine Reitkunst bei der Jagd gepriesen. Man sprach ausführlich über den Vorsitzenden der Torys, den alle Liberalen angeblich als Tyrannen verabscheuten, und pries ihn im Großen und Ganzen – als Liberalen. Irgendwie hatte es den Anschein, als wären Politiker sehr wichtig. Und doch schien alles Mögliche an ihnen wichtig, nur nicht ihre Politik. Der Vorsitzende des Clubs, Mr Audley, war ein liebenswürdiger älterer Herr, der immer noch Gladstone-Kragen* trug; er war eine Art Sinnbild für die gesamte geisterhafte und dennoch etablierte Gesellschaft. Er hatte niemals etwas getan – nicht einmal etwas Falsches. Er war nicht tüchtig; er war nicht einmal sonderlich vermögend. Er gehörte ganz einfach dazu, und damit war die Sache erledigt. An ihm kam keine Partei vorbei; und hätte er jemals den Wunsch verspürt, in das Kabinett einzutreten, wäre er gewiss hineingehievt worden. Der Herzog von Chester, der Vizepräsident, war ein junger aufstrebender Politiker. Das heißt, er war ein angenehmer junger Mann mit dünnem, blondem Haar und Sommersprossen, von mäßigem Verstand und enorm begütert. Seine Auftritte in der Öffentlichkeit waren stets erfolgreich, und seine Me-

---

* Hoher Hemdkragen, benannt nach dem berühmten britischen Premier William Gladstone (1809–1898). Anm. d. Ü.

thode war denkbar einfach. Fiel ihm ein Witz ein, gab er ihn zum Besten und galt als brillant. Fiel ihm kein Witz ein, behauptete er, dies sei nicht die Zeit für Bagatellen, und galt als fähig. Privat, in einem Club unter seinesgleichen, war er einfach auf ziemlich angenehme Weise freimütig und frech wie ein Schuljunge. Mr Audley, der nie in der Politik gewesen war, ging mit den Clubmitgliedern etwas ernsthafter um. Hin und wieder brachte er sie sogar in Verlegenheit, indem er behauptete, zwischen einem Liberalen und einem Konservativen bestünde tatsächlich ein Unterschied. Er selbst war ein Konservativer, sogar in seinem Privatleben. Sein graues Haar wellte sich rückwärts über den Kragen wie bei gewissen altmodischen Staatsmännern, und von hinten sah er aus wie ein Mann, den sich das Empire wünscht. Von vorne sah er aus wie ein harmloser Junggeselle, der sich gerne etwas gönnt und in Albany wohnt – und genau das war er.

Wie bereits bemerkt, hatte der Terrassentisch vierundzwanzig Plätze, aber der Club nur zwölf Mitglieder. Daher konnten sie die Terrasse auf höchst verschwenderische Weise nutzen; alle saßen aufgereiht an der Innenseite des Tisches, ohne Gegenüber, und genossen einen ungehinderten Blick auf den Garten, dessen Farben noch intensiv leuchteten, obwohl der Abend für diese Jahreszeit in etwas unheimlichem Licht hereinbrach. Der Präsident saß in der Mitte, der Vizepräsident am rechten Ende des Tisches. Wenn die zwölf Gäste zu ihren Plätzen aufmarschierten, war es (aus unerfindlichen Gründen) Brauch, dass sich alle fünfzehn Kellner in einer Reihe an der Wand aufreihten wie eine Truppe, die vor dem König das Gewehr präsentiert, während sich der beleibte Besitzer mit freudiger Überraschung vor ihnen verneigte, als ob er nie zuvor von ihnen gehört hätte. Noch vor dem ersten Klirren des Bestecks war dieses Heer an Bediensteten jedoch verschwunden, lediglich die ein, zwei Kellner, die für das Auf- und Abdecken der Teller zuständig waren, huschten vollkommen lautlos hin und her. Mr Lever, der Besitzer, hatte sich natürlich längst unter krampfartigen Höflichkeitsbezeugungen zurückgezogen. Es wäre übertrieben, ja geradezu respektlos zu behaupten, dass er jemals wieder leibhaftig erschienen wäre. Als jedoch der wichtigste Gang, der Fischgang, aufgetragen wurde, machte sich – wie soll ich es ausdrücken? – ein lebhafter Schatten bemerkbar, ein Aufleuchten seiner Persönlichkeit, das erahnen ließ, dass er sich in der Nähe aufhielt. Der geheiligte Fischgang bestand (zumindest für den gewöhnlichen Betrachter) aus einer Art riesenhaftem Pudding, der in Größe und Form einer Hochzeitstorte ähnelte, in der eine beträchtliche Anzahl von interessanten Fischen nunmehr endgültig jene Gestalt eingebüßt hatte, die ihnen Gott verliehen hatte. Die »Zwölf wahren Fischer« ergriffen ihre berühmten Fischmesser und Fischgabeln und machten sich mit derart feierlichem Ernst an das Verzehren des Puddings, als sei jeder Zoll davon so wertvoll wie die silberne Gabel, mit der er verspeist wurde. Was, soviel ich weiß, auch zutraf. Man widmete sich diesem Gang mit hingebungsvollem und gefräßigem Schweigen; und erst als er seinen Teller fast schon geleert hatte, äußerte der junge Herzog die feierliche Bemerkung: »Das können sie nirgends so gut wie hier.«

»Nirgends«, wiederholte Mr Audley mit einer tiefen Bassstimme, wandte sich an den Herzog und nickte mehrmals mit seinem ehrwürdigen Haupt. »Nirgends, ohne Zweifel, nur hier. Man hat mir erzählt, dass man im Café Anglais …«

An dieser Stelle wurde er durch das Abtragen seines Tellers unterbrochen, ja beinahe aufgescheucht, doch es gelang ihm, den kostbaren Faden seiner Gedanken wieder aufzunehmen. »Man hat mir erzählt, dass man dasselbe auch im Café Anglais so zubereiten könne. Kein Vergleich, Sir«, sagte er und schüttelte dabei unbarmherzig den Kopf wie ein Richter, der ein Todesurteil fällt. »Kein Vergleich.«

»Überschätztes Lokal«, bemerkte ein gewisser Oberst Pound, der (zumindest seinem Aussehen nach) seit Monaten zum ersten Mal wieder sprach.

»Ach, ich weiß nicht«, sagte der Herzog von Chester, der Optimist war, »ein paar Dinge dort sind unheimlich gut. Unschlagbar sind zum Beispiel …«

Ein Kellner durchquerte mit raschen Schritten den Raum und blieb dann wie angewurzelt stehen. Sein Innehalten war ebenso lautlos wie sein Gang; doch all jene geistesabwesenden, freundlichen Herren waren derart gewöhnt an den vollkommen reibungslosen Ablauf der unsichtbaren Maschinerie, die ihr Leben umgab und in Gang hielt, dass ein Kellner, der etwas Unerwartetes tat, ein Beben und Erschüttern bedeutete. Sie fühlten sich wie du oder ich, wenn auf einmal die leblose Welt den

Gehorsam verweigerte – wie wenn ein Stuhl vor uns davonlaufen würde.

Der Kellner stand ein paar Sekunden lang mit starrem Blick da, während sich auf allen Gesichtern am Tisch ein merkwürdiger Ausdruck von Scham verbreitete, der eine ganz typische Erscheinung unserer Zeit ist. Es handelt sich um die Kombination aus moderner humanitärer Gesinnung und der grausamen Kluft, die heute zwischen den Seelen der Reichen und Armen besteht. Ein echter alter Aristokrat hätte mit irgendwelchen Dingen nach dem Kellner geworfen, zunächst mit leeren Flaschen und zum Schluss sehr wahrscheinlich mit Geld. Ein echter Demokrat hätte ihn in kameradschaftlichem Tonfall ganz offen gefragt, was zum Teufel er da mache. Diese modernen Plutokraten aber konnten einen armen Menschen in ihrer Nähe einfach nicht ertragen, weder als Sklaven noch als Freund. Die Tatsache, dass bei den Kellnern irgendetwas schiefgegangen war, löste lediglich eine lästige, tiefe Verlegenheit aus. Sie wollten nicht unmenschlich sein und schreckten gleichzeitig davor zurück, gütig sein zu müssen. Sie wollten, dass die Sache, was immer es sei, ein Ende hatte. Sie hatte ein Ende. Nachdem der Kellner einige Sekunden lang steif wie vom Starrkrampf befallen dagestanden hatte, machte er auf dem Absatz kehrt und stürzte wie ein Wahnsinniger aus dem Raum.

Als er wieder im Saal oder vielmehr im Türrahmen erschien, war er in Begleitung eines anderen Kellners, mit dem er tuschelte und in südländischer Manier wild gestikulierte. Dann verschwand der erste Kellner, ließ den zweiten zurück und tauchte mit einem dritten wieder auf. In der Zwischenzeit hatte sich ein vierter Kellner dieser rasch einberufenen Synode angeschlossen, und Mr Audley hielt es aus Gründen des Taktes für angebracht, das Schweigen zu brechen. Anstatt vom Präsidentenhammer machte er von einem sehr lauten Husten Gebrauch und sagte: »Hervorragende Arbeit, die der junge Moocher da in Burma leistet. Keine andere Nation der Welt wäre in der Lage …«

Ein fünfter Kellner war wie ein Pfeil auf ihn zugeschossen und raunte ihm ins Ohr: »Bedaure sehr. Wichtig! Könnte der Besitzer mit Ihnen sprechen?«

Der Vorsitzende drehte sich irritiert um und verfolgte mit benommenem Blick, wie Mr Lever in schwerfälliger Lebhaftigkeit auf sie zukam. Die Gangart des guten Mannes war in der Tat seine übliche, ganz und gar unüblich aber war seine Gesichtsfarbe. Sie war normalerweise von einem warmen Kupferbraun; jetzt war sie ungesund gelb.

»Sie werden mir verzeihen, Mr Audley«, stieß er mit asthmatischem Keuchen hervor. »Ich hege die schlimmsten Befürchtungen. Ihre Fischteller, sie wurden samt Messer und Gabel abgeräumt!«

»Na, das will ich hoffen«, erwiderte der Vorsitzende mit einiger Wärme.

»Sie haben ihn gesehen?«, keuchte der erregte Hotelbesitzer. »Sie haben den Kellner gesehen, der sie abgeräumt hat? Sie kennen ihn?«

»Den Kellner kennen?«, antwortete Mr Audley entrüstet. »Selbstverständlich nicht!«

Mr Lever rang qualvoll die Hände. »Ich habe ihn nicht geschickt«, erklärte er. »Ich weiß nicht, wann oder warum er gekommen ist. Ich schicke meinen Kellner, um die Teller abzuräumen, und er stellt fest, dass sie schon abgeräumt sind.«

Mr Audley sah nach wie vor viel zu verblüfft aus, um wirklich der Mann zu sein, den das Empire braucht; keiner in der Runde war in der Lage, etwas zu sagen, außer dem Mann aus Holz – Oberst Pound –, der wie elektrisiert zu außergewöhnlicher Lebendigkeit erwacht war. Er erhob sich steif von seinem Stuhl, während alle anderen sitzen blieben, schraubte sich sein Monokel ins Auge und sprach mit so rauer Stimme, als ob er das Sprechen fast verlernt hätte. »Wollen Sie damit andeuten«, krächzte er, »dass jemand unser silbernes Fischbesteck gestohlen hat?«

Der Besitzer rang erneut die Hände, diesmal mit noch größerer Hilflosigkeit, und im Handumdrehen waren alle Männer am Tisch auf den Beinen.

»Sind Ihre Kellner vollzählig hier?«, verlangte der Oberst in leisem, scharfen Ton zu wissen.

»Ja, sie sind alle hier. Ich habe es selbst gesehen«, rief der junge Herzog und drängte sein Knabengesicht in die Mitte der Runde. »Ich zähl' sie immer, wenn sie hereinkommen; sie sehen so sonderbar aus, wie sie da an der Wand stehen.«

»Aber Sie können sich natürlich nicht ganz genau erinnern«, versetzte Mr Audley nach einigem Zögern.

»Und ob ich mich ganz genau erinnern kann!«, entgegnete der Herzog erregt. »Es waren nie mehr als fünfzehn Kellner hier, und auch heute Abend waren es nicht mehr als fünfzehn, das schwöre ich. Keiner mehr und keiner weniger.«

Zitternd und als wäre er vor Überraschung wie gelähmt, wandte sich der Besitzer an ihn: »Wollen Sie … wollen Sie damit sagen, dass Sie alle meine fünfzehn Kellner gesehen?«, stammelte er.

»Wie gewöhnlich«, bekräftigte der Herzog. »Was hat es damit auf sich?«

»Nichts«, erwiderte Mr Lever mit stärker werdendem Akzent, »nur, dass das nicht möglich ist. Weil einer oben tot in Zimmer liegt.«

Einen Augenblick lang senkte sich beängstigende Stille über den Raum. Möglicherweise (so metaphysisch ist das Wort Tod) blickte jeder dieser Müßiggänger kurz in seine Seele und erkannte sie als winzige, vertrocknete Erbse. Einer von ihnen, ich glaube, es war der Herzog, fragte sogar mit der idiotischen Liebenswürdigkeit der Reichen: »Können wir irgendetwas für ihn tun?«

»Ein Priester war bei ihm«, entgegnete der Jude nicht ohne Rührung.

Dann plötzlich, wie beim Paukenschlag des Jüngsten Gerichts, wurden sie sich ihrer eigenen Lage wieder bewusst. Ein paar unheimliche Sekunden lang hatten sie tatsächlich das Gefühl gehabt, der fünfzehnte Kellner sei vielleicht der Geist des Toten gewesen, der oben lag. Dieses bedrückende Gefühl hatte sie verstummen lassen, denn Geister brachten sie, genau wie Bettler, in Verlegenheit. Doch der Gedanke an das Silber brach den Bann des Übernatürlichen, und zwar abrupt und mit einem heftigen Schlag. Der Oberst stieß seinen Stuhl zurück und schritt eilig auf die Tür zu. »Wenn es hier einen fünfzehnten Kellner gab, Freunde«, sagte er, »dann war dieser fünfzehnte Kerl ein Dieb. Sofort an die Vorder- und Hintereingänge und alles abriegeln, dann können wir weiterreden. Die vierundzwanzig Perlen sind es wert, sie zurückzuerobern.«

Mr Audley schien zunächst unschlüssig, ob es sich für einen Gentleman geziemte, überhaupt aus irgendeinem Anlass eine derartige Eile an den Tag zu legen, als er den Herzog jedoch mit jugendlichem Schwung die Treppe hinabstürzen sah, folgte er in würdevollerem Tempo.

Im selben Augenblick kam ein sechster Kellner hereingerannt und erklärte, er habe den Stapel mit den Fischtellern auf einer Anrichte gefunden, aber keine Spur von dem Silber.

Die Schar der Gäste und Bediensteten, die Hals über Kopf die Gänge hinabstürzte, teilte sich in zwei Gruppen auf. Die meisten Fischer folgten dem Besitzer in den Vorderraum, um jeden Ausgang einzeln zu überprüfen. Oberst Pound, der Vorsitzende, der Vizepräsident und ein paar andere eilten den Korridor hinunter, der zu den Räumen der Bediensteten führte, da dies der wahrscheinlichere Fluchtweg war. Dabei kamen sie auch an der dunklen Nische oder Höhle der Garderobe vorbei und erblickten dort eine kleine, schwarz gewandete Gestalt, vermutlich einen Diener, der etwas tiefer im Schatten der Garderobe stand.

»Heda!«, rief der Herzog. »Haben Sie jemanden vorbeikommen sehen?«

Die untersetzte Gestalt beantwortete die Frage nicht direkt, sondern sagte nur: »Vielleicht hab ich das, wonach Sie suchen, Gentlemen.«

Verwundert und unschlüssig blieben sie stehen, während er ruhig in den hinteren Teil der Garderobe ging und mit zwei Hand voll glänzendem Silber, das er mit dem Gleichmut eines Verkäufers vor ihnen auf dem Tisch ausbreitete, wieder zurückkam. Es erwies sich als ein Dutzend außergewöhnlich geformter Gabeln und Messer.

»Sie … Sie …«, stotterte der Oberst, der nun doch ziemlich aus der Fassung geraten war. Dann spähte er in den düsteren, kleinen Raum und erkannte zwei Dinge: erstens, dass der kleine, schwarz gewandete Mann die Soutane eines Priesters trug; und zweitens, dass das Fenster des dahinterliegenden Raums zerbrochen war, als wäre jemand gewaltsam hindurchgestiegen.

»Ziemlich wertvoll, um so etwas in einer Garderobe aufzubewahren, finden Sie nicht?«, bemerkte der Priester mit heiterer Gelassenheit.

»Ha… Ha… Haben Sie etwa die Sachen gestohlen?«, stotterte Mr Audley und starrte ihn an.

»Selbst wenn ich es getan hätte«, erwiderte der Priester freundlich, »dann bringe ich sie wenigstens wieder zurück.«

»Aber Sie haben sie nicht gestohlen«, sagte Oberst Pound und starrte immer noch auf das zerbrochene Fenster.

»Ehrlich gesagt, nein«, erwiderte der andere recht vergnügt und ließ sich würdevoll auf einem Schemel nieder.

»Aber Sie wissen, wer es war«, forschte der Oberst weiter.

»Ich kenne seinen richtigen Namen nicht«, sagte der Priester gelassen, »aber ich weiß einiges von seiner Kampfkraft und eine ganze Menge über seine seelischen Schwächen. Ich konnte mir ein Bild von seinen körperlichen Fähigkeiten machen, als er mich erwürgen wollte, sowie ein Bild von seiner Moral, als er die Tat bereute.«

»Ach wirklich – bereute!«, rief der junge Chester unter krähendem Gelächter.

Pater Brown erhob sich und legte die Hände auf den Rücken. »Seltsam, nicht wahr«, sagte er, »dass ein Dieb und Vagabund bereut, wo doch so viele Reiche und Wohlpositionierte hart und leichtsinnig bleiben und ohne Nutzen für Gott und die Menschheit sind. Hier aber, ich bitte um Verzeihung, überschreiten Sie ein wenig die Grenzen meiner Domäne. Sollten Sie die materielle Echtheit dieser Reue bezweifeln: dort sind Ihre Messer und Gabeln. Sie sind die ›Zwölf wahren Fischer‹, und dort sind Ihre Silberfische. Gott aber hat mich zu einem Menschenfischer gemacht.«

»Haben Sie den Kerl erwischt?«, fragte der Oberst stirnrunzelnd.

Pater Brown blickte ihm gerade ins Gesicht. »Ja«, erwiderte er, »ich habe ihn erwischt, mit einem verborgenen Haken und einer unsichtbaren Schnur, die lang genug ist, um ihn bis ans Ende der Welt wandern zu lassen, und die ihn dennoch mit einem Fadenruck zurückholt.«

Es blieb lange Zeit still. Alle Anwesenden schwirrten aus, um entweder ihren Gefährten das wiedergefundene Silber zu bringen oder den Besitzer über die seltsamen Umstände der Angelegenheit zu befragen. Nur der grimmige Oberst saß noch immer seitwärts auf dem Garderobentisch, baumelte mit den langen, dürren Beinen und kaute an seinem dunklen Schnurrbart.

Schließlich sagte er ruhig zu dem Priester: »Muss ein schlauer Bursche gewesen sein, aber ich glaube, ich kenne einen, der noch schlauer ist.«

»Er war ein schlauer Bursche«, entgegnete der Priester, »aber ich verstehe nicht ganz, welchen anderen Sie meinen.«

»Ich meine Sie«, versetzte der Oberst und lachte kurz auf. »Mir kommt es nicht darauf an, dass der Kerl ins Gefängnis wandert, seien Sie unbesorgt. Aber ich gäbe eine nicht unbeträchtliche Menge an Silbergabeln, um ganz genau zu erfahren, wie Sie in die Sache hineingeraten sind und wie Sie ihm das Zeug wieder abgeluchst haben. Ich schätze, Sie sind der gerissenste Spitzbube von uns allen.«

Pater Brown schien die barsche Offenheit des alten Soldaten zu mögen. »Nun«, sagte er lächelnd, »über die Identität oder Lebensgeschichte des Mannes erfahren Sie von mir natürlich kein Wort; doch sehe ich keinen besonderen Grund, warum ich Ihnen von den offenkundigen Tatsachen, die ich selbst herausgefunden habe, nicht erzählen sollte.«

Mit unerwarteter Behändigkeit hüpfte er über die Schranke, setzte sich neben Oberst Pound und baumelte mit seinen kurzen Beinen wie ein kleiner Junge auf einem Gartentor. Er begann seine Geschichte so unbefangen zu erzählen, als säße er mit einem alten Freund vor einem Kaminfeuer.

»Wissen Sie, Oberst«, sagte er, »ich war in dieser kleinen Kammer dort eingeschlossen und erledigte eine Schreibarbeit, als ich ein Paar Füße auf diesem Korridor einen Tanz vollführen hörte, der so merkwürdig war wie der Totentanz selbst. Zuerst hörte ich schnelle, lustige, kleine Schritte, als liefe jemand auf Zehenspitzen um die Wette; dann waren es langsame, sorglose, knarrende Schritte, wie die eines beleibten Mannes, der Zigarre rauchend umherspaziert. Beide Geräusche aber stammten von ein und derselben Person, das schwöre ich, und sie wechselten einander ab; erst das Laufen, dann das Gehen, dann wieder das Laufen. Ich dachte mir anfangs wenig dabei, dann stellte ich wilde Vermutungen an, warum ein einziger Mann gleichzeitig diese zwei Rollen spielte. Die eine Gangart kannte ich, sie war genau wie Ihre, Oberst. Es war der Gang eines wohlgenährten Gentleman, der auf etwas wartet, der umherschlendert, nicht weil ihn geistige Ungeduld treibt, sondern weil er von körperlicher Munterkeit ist. Ich wusste, dass ich auch den anderen Gang kannte, mir fiel nur nicht ein, was es war. Welchem unzivilisierten Geschöpf war ich auf meinen Reisen begegnet, das auf so außergewöhnliche Weise auf Zehenspitzen dahinjagte? Dann hörte ich irgendwo das Klirren von Tellern; und plötzlich stand mir die Antwort so deutlich vor Augen wie der Petersdom. Es war der Gang eines Kellners – den Oberkörper nach vorn gebeugt, den Blick gesenkt, mit den Zehen den Boden hinter sich wegdrückend, mit fliegenden Rockschößen und wehender Serviette. Dann überlegte ich weitere anderthalb Minuten. Und ich glaube, ich durchschaute das Verbrechen in all seinen Einzelheiten so klar, als beginge ich es selbst.«

Oberst Pound sah ihn durchdringend an, doch die milden grauen Augen des Erzählers waren mit nahezu ausdrucksloser Nachdenklichkeit zur Decke gerichtet.

»Ein Verbrechen«, sagte der Priester langsam, »ist wie jedes andere Kunstwerk. Sehen Sie mich nicht so erstaunt an, Verbrechen sind keineswegs die einzigen Kunstwerke, die in einer teuflischen Werkstatt entstehen. Aber jedes Kunstwerk, sei es göttlich oder teuflisch, hat ein unverwechselbares Kennzeichen – das heißt, es hat einen einfachen Kern, wie schwierig die Ausführung auch sein mag. Nehmen wir *Hamlet* zum Beispiel: die Absurdität des Totengräbers, die Blumen der wahnsinnigen Ophelia, Osriks fantastischer Schmuck, die Blässe des Geistes, das Grinsen des Totenschädels; all diese Absonderlichkeiten sind wie ein Drahtgewirr um die einfache, tragische Gestalt eines Mannes in Schwarz geflochten. Nun, auch dies«, sagte er lächelnd, indem er sich langsam vom Garderobentisch gleiten ließ, »auch dies ist die einfache Tragödie eines Mannes in Schwarz. Ja«, fuhr er fort, als er den Oberst verwundert aufblicken sah, »die ganze Geschichte dreht sich um einen schwarzen Rock. Auch hier gibt es, wie im *Hamlet*, überflüssige Schnörkel – Sie selbst zum Beispiel. Wir haben einen toten Kellner, der anwesend war, wo er gar nicht anwesend sein konnte. Wir haben eine unsichtbare Hand, die das Silber von Ihrem Tisch nahm und sich dann in Luft auflöste. Aber jedes geschickt ausgeführte Verbrechen beruht letztlich auf irgendeiner ganz simplen Tatsache; einer Tatsache, die nichts Geheimnisvolles an sich hat. Das Geheimnisvolle entsteht, wenn man die Tatsache verschleiert, wenn man die Gedanken der Menschen auf etwas anderes lenkt. Dieses große, raffiniert einge- fädelte und (bei günstigem Verlauf) höchst einträgliche Verbrechen gründete auf der schlichten Tatsache, dass der Frack eines Gentleman dem eines Kellners gleicht. Alles Übrige war Schauspielerei, und eine bemerkens- wert gute dazu.«

Der Oberst stand auf und betrachtete stirnrunzelnd seine Schuhe. »Ich fürchte, ich verstehe noch immer nicht ganz.«

»Oberst«, erklärte Pater Brown, »ich sage Ihnen, die- ser Erzengel an Frechheit, der Ihre Gabeln gestohlen hat, ging zwanzigmal im Strahl all dieser Lampen und vor aller Augen diesen Korridor auf und ab. Er ging nicht hin und verbarg sich in dunklen Ecken, wo man einen Verdächtigen am ehesten vermuten würde. Er spazierte ständig in beleuchteten Gängen herum, und überall, wohin er ging, schien er dies mit Recht zu tun. Fragen Sie mich nicht, wie er aussah; Sie selbst haben ihn heute Abend sechs- oder sieben Mal gesehen. Sie warteten zusammen mit den anderen hohen Herren in der Empfangshalle am Ende dieses Korridors, der di- rekt auf die Terrasse führt. Wann immer er unter ihnen war, bediente er sie in der flinken Art eines Kellners, mit gesenktem Kopf, wehender Serviette und eiligem Schritt. Er schoss hinaus auf die Terrasse, machte sich an der Tischdecke zu schaffen und stürzte wieder zurück zum Büro und zu den Räumen der Kellner. Sobald er sich unter den Augen des Bürovorstehers und der Kellner befand, verwandelte er sich mit jedem Zoll seines Körpers, mit jeder unwillkürlichen Geste in einen anderen Menschen. Mit jener gedankenlosen Überheblichkeit, die sie von all ihren Herren gewohnt sind, schlenderte er unter den Kellnern umher. Ihnen war es nichts Neues, dass irgendein Stenz von der Dinnergesellschaft in allen Teilen des Hauses herumrannte wie ein Tier im zoologischen Garten; sie wissen, dass für diese Snobs nichts typischer ist als die Angewohnheit, überall dort herumzustrolchen, wo es ihnen gerade passt. War er des Lustwandelns auf diesem Korridor ausreichend müde, kehrte er um und eilte am Büro vorbei zurück; im Schatten des Gewölbegangs kurz dahinter verwandelte er sich wie durch Zauberkraft und begab sich, nun wieder ganz gehorsamer Diener, eiligst zu den ›Zwölf Fischern‹. Warum sollten die feinen Herrschaften einen x-beliebigen Kellner beachten? Warum sollten die Kellner einen erstklassigen, umherspazierenden Gentleman verdächtigen? Ein- oder zweimal ließ er sich zu tollen Streichen hinreißen. In den Privaträumen des Besitzers verlangte er unbekümmert nach einer Flasche Sodawasser und sagte, er habe Durst. Gönnerhaft erbot er sich, sie selbst zu tragen, und tat es: Er trug sie rasch und vorbildlich unmittelbar an Ihnen allen vorbei, ein Kellner mit einem offensichtlichen Auftrag. Natürlich wäre es unmöglich gewesen, die Maskerade lange aufrechtzuerhalten, aber sie war ja nur bis zur Beendigung des Fischgangs nötig.

Der heikelste Moment war der, als alle Kellner in einer Reihe standen, doch selbst da brachte er es fertig, sich an einer Ecke so an die Wand zu lehnen, dass ihn in diesem entscheidenden Moment die Kellner für einen Gentleman und die feinen Herren für einen Kellner hielten. Der Rest war ein Kinderspiel. Hätte irgendein Kellner ihn weitab vom Tisch erwischt, wäre ihm lediglich ein gelangweilter Aristokrat ins Netz gegangen. Er musste nur pünktlich zur Stelle sein, nämlich zwei Minuten, bevor der Fischgang abgetragen wurde, sich in einen flinken Diener verwandeln und den Fischgang selbst vom Tisch räumen. Er stellte die Teller auf einer Anrichte ab, stopfte das Silber in seine Brusttasche, die danach leicht ausgebeult war, und rannte wie ein Hase (ich hörte ihn kommen), bis er die Garderobe erreichte. Dort musste er nur abermals den Plutokraten spielen – einen Plutokraten, der unerwartet zu dringenden Geschäften abberufen wurde –, musste dem Garderobier seine Marke geben und ebenso elegant wieder hinausgehen, wie er hereingekommen war. Nur … nur zufällig war ich der Garderobier.«

»Was haben Sie mit ihm angestellt?«, rief der Oberst mit ungewohnter Heftigkeit. »Was hat er Ihnen erzählt?«

»Verzeihen Sie«, sagte der Priester ungerührt, »aber hier endet die Geschichte.«

»Und die eigentlich interessante Geschichte beginnt«, brummte Pound. »Ich glaube, sein Gaunerstück verstehe ich jetzt. Aber Ihres habe ich scheinbar noch immer nicht begriffen.«

»Ich muss jetzt gehen«, sagte Pater Brown.

Gemeinsam gingen sie den Korridor entlang in die Eingangshalle, wo sie das frische, sommersprossige Gesicht des Herzogs von Chester entdeckten, der mit federnden Schritten auf sie zukam.

»Kommen Sie, Pound«, rief er atemlos. »Ich habe Sie überall gesucht. Das Dinner nimmt ganz prächtig seinen Fortgang, und der alte Audley soll zu Ehren der geretteten Gabeln eine Rede halten. Wir wollen eine neue Zeremonie einführen, wissen Sie. Zum Andenken an das Ereignis. Eigentlich haben Sie das Gedeck ja wiederbeschafft, was schlagen Sie vor?«

»Nun«, erwiderte der Oberst und musterte ihn mit einer gewissen hämischen Zustimmung, »ich würde vorschlagen, wir tragen in Zukunft grüne Fräcke anstelle der schwarzen. Man weiß nie, welche Missverständnisse entstehen können, wenn man einem Kellner so sehr gleicht.«

»Ach, zum Henker!«, wehrte der junge Mann ab. »Ein Gentleman sieht niemals wie ein Kellner aus.«

»Und kein Kellner vermutlich wie ein Gentleman«, erwiderte Oberst Pound mit dem gleichen herablassenden Lächeln wie zuvor. »Hochwürden, Ihr Freund muss sehr gerissen gewesen sein, um den Gentleman zu spielen.«

Pater Brown knöpfte seinen ganz gewöhnlichen Mantel bis zum Hals zu, denn es war eine stürmische Nacht, und nahm seinen ganz gewöhnlichen Schirm aus dem Ständer.

»Tja«, meinte er, »es macht sicher ein gutes Stück Arbeit, ein Gentleman zu sein, aber wissen Sie, ich habe manchmal gedacht, dass es vielleicht fast genauso mühselig ist, ein Kellner zu sein.«

Und mit einem »Guten Abend« stieß er die schweren Türen dieses Vergnügungspalastes auf. Die goldenen Pforten fielen hinter ihm ins Schloss, und mit forschen Schritten durcheilte er die feuchten, dunklen Straßen auf der Suche nach einem billigen Omnibus.

Der Hammer Gottes

Das kleine Dorf Bohun Beacon thronte auf einem derart steilen Hügel, dass sich seine hohe Kirchturmspitze lediglich wie der Gipfel eines kleinen Gebirges ausnahm. Am Fuß der Kirche befand sich eine Schmiede, in der gewöhnlich ein rotes Feuer loderte und wo Hämmer und Eisenstücke immer wild umherlagen. Gegenüber, auf der anderen Seite einer wirren Kreuzung kopfsteingepflasterter Wege, lag der »Blaue Eber«, das einzige Gasthaus des Ortes. An dieser Straßenkreuzung trafen sich im bleigrauen, silbernen Licht des heraufziehenden Morgens zwei Brüder und sprachen miteinander, wobei der eine den Tag soeben begann und der andere ihn beendete. Der hochwürdige und ehrenwerte Reverend Wilfred Bohun war sehr fromm und befand sich auf dem Weg zu ein paar strengen Gebets- und Andachtsübungen im Morgengrauen. Der ehrenwerte Colonel Norman Bohun, sein älterer Bruder, war keineswegs fromm und saß in Abendgarderobe auf einer Bank vorm »Blauen Eber« und trank – es sei dem philosophischen Beobachter überlassen, dies zu beurteilen – entweder sein letztes Glas vom Dienstag oder sein erstes vom Mittwoch. Der Oberst nahm es damit nicht so genau.

Die Bohuns zählten zu den wenigen aristokratischen Familien, deren Stammbaum wirklich bis ins Mittelalter zurückreichte, und ihre Fahnen waren tatsächlich bis nach Palästina getragen worden. Es wäre jedoch ein großer Irrtum, anzunehmen, dass in solchen Häusern ritterliche Traditionen hohes Ansehen genössen. Wenige außer den Armen bewahren Traditionen. Aristokraten leben nicht nach Traditionen, sondern nach Moden. Unter Königin Anne waren die Bohuns Raufbolde der Mohocks-Bande und unter Königin Victoria Schwerenöter. Doch im Verlauf der letzten beiden Jahrhunderte sind sie, wie so manche der wirklich alten Familien, zu reinen Trunkenbolden und missratenen Dandys verkommen, bis man sogar begann, etwas von Irrsinn zu munkeln. Gewiss hatte die wölfische Vergnügungssucht des Oberst etwas kaum mehr Menschliches an sich, und sein standhafter Vorsatz, nicht vor Tagesanbruch nach Hause zu gehen, deutete mit erschreckender Klarheit auf Schlaflosigkeit hin. Er war ein hochgewachsener, hübscher Kerl, schon etwas älter, doch mit verblüffend gelbem Haar. Er hätte einfach nur blond und löwenhaft ausgesehen, wenn seine blauen Augen nicht so tief in den Höhlen gelegen hätten, dass sie schwarz wirkten. Außerdem lagen sie ein wenig zu eng beieinander. Er trug einen sehr langen gelben Schnurrbart, rechts und links von einer tiefen Furche oder Falte von der Nase bis zum Kinn umrahmt, als wäre ihm ein höhnisches Grinsen ins Gesicht gemeißelt. Über seinem Abendanzug trug er einen merkwürdig blassen gelben Mantel, der eher einem leichten Morgenrock als einem Mantel glich, und auf seinem Hinterkopf thronte ein ungewöhnlich breitkrempiger, leuchtend grüner Hut, offenbar eine zufällig erworbene orientalische Rarität. Er bildete sich etwas darauf ein, in derart unpassender Kleidung daherzukommen – vor allem weil es ihm stets gelang, sie passend wirken zu lassen.

Sein Bruder, der Kurat, besaß das gleiche blonde Haar und die gleiche Eleganz, trug jedoch eine bis zum Kinn zugeknöpfte schwarze Soutane und hatte ein glatt rasiertes, gepflegtes Gesicht, auf dem ein leicht nervöser Ausdruck lag. Er schien nur für seine Religion zu leben, aber einige Leute behaupteten (vor allem der Schmied, der Presbyterianer war), es sei mehr die Liebe zur gotischen Architektur als die Liebe zu Gott, und sein ständiges Herumgeistern in der Kirche sei lediglich eine andere, reinere Form des nahezu morbiden Verlangens nach Schönheit, das seinen Bruder Wein und Weibern nachjagen ließ. Dieser Vorwurf war zweifelhaft, während die tätliche Frömmigkeit des Mannes außer Zweifel stand. In der Tat beruhte der Vorwurf hauptsächlich auf einer ignoranten Missdeutung seiner Liebe zu Einsamkeit und stillem Gebet und lag in dem Umstand begründet, dass man ihn oft auf Knien antraf, und zwar nicht vor dem Altar, sondern an ausgefallenen Orten – in der Krypta, auf der Empore oder sogar im Glockenturm. In diesem Augenblick war er im Begriff, die Kirche vom Hof des Schmieds aus zu betreten, er hielt jedoch inne und runzelte ein wenig die Stirn, als er bemerkte, dass die tief liegenden Augen seines Bruders in die gleiche Richtung starrten. Auf die Annahme, der Oberst könne sich für die Kirche interessieren, verschwendete er keinen Gedanken. Also blieb nur die Werkstatt des Schmieds, und obwohl der Schmied Puritaner war und nicht zu seiner Gemeinde gehörte, waren Wilfred Bohun einige Klatschgeschichten über dessen schöne und berühmt-berüchtigte Frau zu Ohren gekommen. Er warf einen argwöhnischen Blick auf den Schuppen. Der Oberst erhob sich lachend und sprach ihn an.

»Guten Morgen, Wilfred«, sagte er. »Wie ein vorbildlicher Gutsherr wache ich schlaflos über meine Leute. Ich wollte gerade den Schmied besuchen.«

Wilfred sah zu Boden und erwiderte: »Der Schmied ist nicht da. Er ist drüben in Greenford.«

»Weiß ich«, antwortete sein Bruder mit unterdrücktem Lachen, »deshalb gehe ich ja hin.«

»Norman«, sagte der Geistliche und richtete seinen Blick auf einen Kieselstein auf dem Weg, »fürchtest du dich niemals vor Blitzschlägen?«

»Was meinst du damit?«, fragte der Oberst. »Ist dein Steckenpferd neuerdings Meteorologie?«

»Ich meine«, versetzte Wilfred ohne aufzublicken, »hast du je daran gedacht, dass Gott dich auf offener Straße niederstrecken könnte?«

»Du musst entschuldigen«, meinte der Oberst, »ich sehe, dein Steckenpferd sind Ammenmärchen.«

»Ich weiß, deins ist die Gotteslästerung«, erwiderte der religiöse Mann scharf, an der einzig empfindlichen Stelle seines Wesens getroffen. »Aber auch wenn du Gott nicht fürchtest, hast du doch allen Grund, die Menschen zu fürchten.«

Der Ältere zog höflich die Augenbrauen hoch. »Die Menschen fürchten?«, fragte er.

»Barnes, der Schmied, ist der größte und kräftigste Mann im Umkreis von vierzig Meilen«, versetzte der Geistliche streng. »Ich weiß, du bist kein Feigling oder Schwächling, aber er könnte dich ohne Weiteres über die Mauer werfen.«

Das saß, weil es stimmte, und die finstere Linie zwischen Mund und Nase vertiefte und verdunkelte sich. Einen Augenblick lang stand er da mit jenem düsteren Grinsen im Gesicht. Doch im Handumdrehen fand Oberst Bohun seine alte grausame gute Laune wieder und lachte und ließ zwei scharfe Vorderzähne unter seinem gelben Schnurrbart hervorblitzen. »In diesem Fall, mein lieber Wilfred«, sagte er leichthin, »war es von dem Letzten der Bohuns sehr klug, ein wenig Rüstung anzulegen.«

Mit diesen Worten nahm er den seltsamen, runden grünen Hut ab und zeigte, dass er innen mit Stahl beschlagen war. Wilfred erkannte einen leichten japanischen oder chinesischen Kriegshelm wieder, der von einer Trophäe, die im alten Ahnensaal hing, heruntergerissen worden war.

»Er war gerade bei der Hand«, erklärte sein Bruder unbekümmert, »immer der nächstbeste Hut – und die nächstbeste Frau.«

»Der Schmied ist nach Greenford hinüber«, sagte Wilfred ruhig. »Es ist ungewiss, wann er zurückkehrt.«

Damit wandte er sich um und ging mit gesenktem Kopf in die Kirche und bekreuzigte sich wie jemand, der einen unreinen Geist abschütteln möchte. Es drängte ihn, solche Schändlichkeiten im kühlen Dämmerlicht seines hohen gotischen Kreuzgangs zu vergessen; an diesem Morgen aber wollte es das Schicksal, dass sein stiller Reigen andächtiger Übungen an jeder Ecke von kleinen Schrecknissen unterbrochen wurde. Als er die Kirche betrat, die zu dieser Stunde bislang immer leer gewesen war, erhob sich hastig eine kniende Gestalt und trat ins helle Tageslicht des Eingangsportals. Als der Kurat sie erkannte, blieb er überrascht stehen. Denn der zeitige Kirchgänger war niemand anderer als der Dorftrottel, ein Neffe des Schmieds, einer, der sich weder um die Kirche noch um irgendetwas anderes kümmerte oder zu kümmern imstande war. Man nannte ihn stets den »verrückten Joe« und schien keinen anderen Namen für ihn zu haben; er war ein finsterer, kräftiger, schläfriger Bursche mit einem plumpen, bleichen Gesicht, glattem schwarzen Haar und einem Mund, der ständig offen stand. Als er an dem Priester vorbeiging, gab sein Mondkalbgesicht keinerlei Aufschluss darüber, was er gerade gedacht oder getan hatte. Kein Mensch hatte ihn je zuvor beten gesehen. Welche Art von Gebet sprach er jetzt? Bestimmt ein ganz außergewöhnliches.

Wilfred Bohun blieb lange genug wie angewurzelt stehen, um zusehen zu können, wie der Dorftrottel in die Sonne hinaustrat und von seinem liederlichen Bruder mit gönnerhafter Heiterkeit begrüßt wurde. Am Ende sah er sogar noch, wie der Oberst mit Pennystücken nach Joes offenem Mund warf und dabei augenscheinlich ernsthaft versuchte, ihn zu treffen.

Dieses hässliche Bild von irdischer Dummheit und Grausamkeit im vollen Glanz der Sonne trieb den Asketen endgültig zu seinen Gebeten um Läuterung und frische Gedanken. Er stieg hinauf zu einer Kniebank auf der Empore, die unter einem farbigen Fenster stand, das er liebte und das sein Gemüt stets beruhigte; es war ein blaues Fenster mit einem Engel, der Lilien trug. Dort dachte er langsam immer weniger an den Tölpel mit dem bleichen Gesicht und dem Fischmaul. Und weniger auch an seinen verdorbenen Bruder, der wie ein ausgehungerter Löwe in seiner furchtbaren Gier durchs Leben schritt. Tiefer und tiefer versank er in den kühlen, süßen Farben der silbernen Blüten und des saphirblauen Himmels.

An diesem Ort fand ihn eine halbe Stunde später Gibbs, der Dorfschuster, den man eilig nach Wilfred geschickt hatte. Prompt stand er auf, denn er wusste, dass Gibbs eine Kleinigkeit niemals dazu gebracht hätte, sich an einen solchen Ort zu begeben. Der Schuster war Atheist, was in vielen Dörfern vorkommt, und sein Erscheinen in der Kirche war noch um einiges außergewöhnlicher als das des verrückten Joe. Es war ein Morgen voller theologischer Rätsel.

»Was gibt es?«, fragte Wilfred Bohun ziemlich kühl, doch die Hand, mit der er nach seinem Hut griff, zitterte.

Der Atheist sprach in einem Tonfall, der für seine Verhältnisse verblüffend respektvoll war und sogar eine gewisse unbeholfene Anteilnahme verriet.

»Sie müssen entschuldigen, Sir«, sagte er mit einem heiseren Flüstern, »aber wir hielten es für richtig, Ihnen sofort Bescheid zu geben. Ich fürchte, es ist etwas Schreckliches passiert, Sir. Ich fürchte, Ihr Bruder ...«

Wilfred rang die zarten Hände. »Welches Teufelswerk hat er diesmal getan?«, rief er in einem jähen Zornesausbruch.

»Nun, Sir«, sagte der Schuster hüstelnd, »ich fürchte, er hat nichts getan und wird auch nichts mehr tun. Ich fürchte, es ist aus mit ihm. Sie kommen wirklich am besten mit nach unten, Sir.«

Der Geistliche folgte dem Schuster eine kurze Wendeltreppe hinab, die sie zu einem Ausgang führte, der um einiges höher als die Straße lag. Mit einem Blick erfasste Bohun die ganze Tragödie, wie ein Schlachtplan vor ihm ausgebreitet. Im Hof der Schmiede standen fünf oder sechs Männer beisammen, die meisten schwarz gekleidet, einer in Uniform eines Polizeiinspektors. Unter ihnen waren der Arzt, der presbyterianische Pfarrer und der Priester der römisch-katholischen Kirche, der die Gattin des Schmiedes angehörte. Mit ihr, einer wunderschönen Frau mit rotgoldenem Haar, die unaufhörlich schluchzend auf einer Bank saß, sprach gerade der Priester, sehr rasch und mit gedämpfter Stimme. Zwischen diesen beiden Gruppen und ein wenig abseits vom größten Haufen von Hämmern lag ein Mann in Abendgarderobe mit ausgebreiteten Armen flach auf dem Gesicht. Selbst aus der Höhe konnte Wilfred jede Einzelheit seiner Kleidung und Erscheinung deutlich erkennen, sogar die Siegelringe der Bohuns an seinen Fingern; doch der

Schädel war nur noch eine abscheuliche Masse, wie ein zerstobener Stern aus Schwärze und Blut.

Ein Blick genügte Wilfred Bohun, und er eilte die Stufen hinab in den Hof. Der Doktor, der Hausarzt der Familie, begrüßte ihn, doch er schenkte ihm kaum Beachtung. Er konnte nur stammelnd hervorbringen: »Mein Bruder ist tot. Was bedeutet das? Wie konnte so etwas Schreckliches passieren?« Betretenes Schweigen folgte; schließlich entgegnete der Schuster, eindeutig der Gesprächigste von allen: »Schrecklich ist es schon, Sir, aber nicht weiter verwunderlich.«

»Wie meinen Sie das?«, fragte Wilfred mit bleichem Gesicht.

»Die Sache liegt auf der Hand«, erwiderte Gibbs. »Im Umkreis von vierzig Meilen gibt es nur einen Mann, der einen Schlag wie diesen ausführen könnte, und er ist der Mann, der am meisten Grund dazu hatte.«

»Wir sollten keine voreiligen Schlüsse ziehen«, warf der Doktor, ein stattlicher, schwarzbärtiger Mann, ziemlich nervös ein. »Aber als Fachmann kann ich nur bestätigen, was Mr Gibbs über die Art des Schlages gesagt hat, Sir, ein unglaublicher Schlag. Mr Gibbs behauptet, es gäbe nur einen Mann in dieser Gegend, der dazu in der Lage wäre. Ich persönlich würde behaupten, kein Mensch wäre dazu in der Lage.«

Ein abergläubisches Frösteln durchlief die schmale Gestalt des Hilfspfarrers. »Ich verstehe das alles nicht«, sagte er.

»Mr Bohun«, bemerkte der Doktor leise, »mit fehlt buchstäblich ein passender Vergleich. Es wäre unzutreffend zu behaupten, der Schädel sei wie eine Eierschale zerknickt worden. In den Körper und in die Erde wurden Knochensplitter getrieben wie Gewehrkugeln in eine Mauer aus Lehm. Hier war die Hand eines Riesen am Werk.«

Er schwieg für einen Moment, und seine Augen funkelten grimmig durch die Brillengläser, dann setzte er hinzu: »Die Sache hat nur einen Vorteil – sie spricht die meisten Menschen mit einem Schlag frei von jeglichem Verdacht. Sollten Sie oder ich oder jeder andere normale Mensch in diesem Land dieses Verbrechens angeklagt werden, wir würden genauso wenig bestraft wie ein Kind, das die Nelson-Säule gestohlen haben soll.«

»Genau das habe ich gesagt«, meinte der Schuster hartnäckig, »es gibt nur einen Mann, der es getan haben kann, und er ist der Mann, der es getan haben würde. Wo ist Simeon Barnes, der Schmied?«

»Drüben in Greenford«, sagte der Kurat zögernd.

»Wahrscheinlich eher drüben in Frankreich«, brummte der Schuster.

»Nein, er ist weder da noch dort«, ließ sich eine sanfte, farblose Stimme vernehmen, die von dem kleinen katholischen Priester stammte, der sich zu der Gruppe gesellt hatte. »Er kommt nämlich gerade die Straße herauf.«

Der kleine Priester war keine auffällige Erscheinung, er hatte störrisches braunes Haar und ein rundes, ausdrucksloses Gesicht. Aber selbst wenn er wie Apoll vor Schönheit gestrahlt hätte, in diesem Augenblick hätte ihn niemand wahrgenommen. Alle drehten sich um und starrten auf den Weg, der sich unten durch die Ebene schlängelte und auf dem sich mit Riesenschritten und einem Hammer auf der Schulter Simeon, der Schmied, näherte. Er war ein grobknochiger, hünenhafter Mann mit tief liegenden, dunklen, finster blickenden Augen und einem schwarzen Kinnbart. Zwei Männer gingen an seiner Seite, mit denen er sich unterhielt; und obwohl er niemals ausgesprochen fröhlich war, schien er recht unbekümmert zu sein.

»Großer Gott!«, rief der ungläubige Schuster. »Und da ist auch der Hammer, mit dem er es getan hat.«

»Nein«, widersprach der Inspektor, ein verständig aussehender Mann mit rotblondem Schnurrbart, der zum ersten Mal das Wort ergriff. »Dort liegt der Hammer, mit dem er es getan hat, dort drüben bei der Kirchenmauer. Wir haben ihn und die Leiche nicht angerührt.«

Alle sahen hinüber, und der kleine Priester ging hin und betrachtete schweigend das Werkzeug. Es war einer der kleinsten und leichtesten Hämmer, die dort lagen, und er wäre in dem Haufen nicht weiter aufgefallen, wenn sich an seiner Eisenkante nicht Blut und blondes Haar befunden hätten.

Nach einem kurzen Schweigen sprach der kleine Priester ohne aufzublicken, und in seiner gleichmütigen Stimme schwang ein neuer Ton: »Mr Gibbs hatte unrecht, als er meinte, die Sache hätte nichts Verwunderliches an sich. Es ist zumindest rätselhaft, warum ein so großer Mann einen derartig gewaltigen Schlag mit so einem kleinen Hammer ausführen sollte.«

»Ach, das hat nichts zu sagen«, rief Gibbs erregt. »Was sollen wir mit Simeon Barnes machen?«

»Ihn in Ruhe lassen«, erwiderte der Priester leise. »Er kommt aus freien Stücken hierher. Ich kenne die beiden Männer an seiner Seite. Das sind zwei brave Burschen aus Greenford, die wegen des presbyterianischen Gottesdienstes gekommen sind.«

Er hatte kaum geendet, als der riesige Schmied um die Ecke der Kirche bog und seinen eigenen Hof betrat. Dort blieb er wie angewurzelt stehen, und der Hammer glitt aus seiner Hand. Der Inspektor, der eine undurchdringliche Miene bewahrt hatte, ging sofort zu ihm.

»Ich werde Sie nicht fragen, Mr Barnes«, sagte er, »ob Sie etwas über den Vorfall wissen, der sich hier ereignet hat. Sie sind nicht verpflichtet, etwas zu sagen. Ich hoffe, Sie wissen nichts und können dies auch beweisen. Dennoch muss ich Sie in aller Form im Namen des Königs wegen Mordes an Oberst Norman Bohun verhaften.«

»Sie sind nicht verpflichtet, etwas zu sagen«, stieß der Schuster in diensteifriger Erregung hervor. »Erst muss man hier alles beweisen. Bis jetzt ist noch nicht mal bewiesen, dass es Oberst Bohun ist, der da mit zerschmettertem Kopf liegt.«

»Damit kommt er nicht durch«, raunte der Doktor dem Priester zu. »Das gibt es nur in Detektivgeschichten. Ich war der Hausarzt des Oberst, und ich kannte seinen Körper besser als er selbst. Er hatte sehr schöne, aber ungewöhnliche Hände. Mittel- und Ringfinger waren gleich lang. Aber natürlich ist das der Oberst.«

Als er auf den zerschlagenen Körper am Boden blickte, folgten die unnachgiebigen Augen des reglos dastehenden Schmieds seinem Blick und blieben ebenfalls dort haften.

»Ist Oberst Bohun tot?«, fragte der Schmied ziemlich ruhig. »Dann ist er in der Hölle.«

»Sag' nichts! Oh, sag' nichts«, rief der ungläubige Schuster, der vor lauter Bewunderung für das englische Rechtswesen einen wilden Tanz vollführte. Denn es gibt keinen entschiedeneren Verfechter des Gesetzes als einen überzeugten Kirchengegner.

Der Schmied sah ihn über die Schulter mit dem glühenden Blick des Fanatikers an.

»Das könnt ihr, ihr Ungläubigen, wie die Füchse auskneifen, weil ihr das weltliche Gesetz stets auf eurer Seite habt. Aber Gott wacht über die Seinen, das wird euch heute noch offenbar.«

Dann deutete er auf den Oberst und fragte: »Wann starb dieser Hund in seinen Sünden?«

»Mäßigen Sie Ihre Sprache«, sagte der Doktor.

»Mäßigen Sie die Sprache der Bibel, dann mäßige ich die meine. Wann starb er?«

»Heute Morgen um sechs sah ich ihn noch lebend«, stammelte Wilfred Bohun.

»Gott ist groß«, sagte der Schmied. »Herr Inspektor, ich habe nicht den geringsten Einwand gegen meine Verhaftung. Ihr seid es, die etwas gegen meine Verhaftung haben solltet. Mir macht es nichts aus, das Gericht ohne den kleinsten Makel an meinem Charakter zu verlassen. Aber Ihnen ist es vielleicht nicht egal, das

Gericht mit einer schwer angeschlagenen Karriere zu verlassen.«

Der kräftige Inspektor sah den Schmied zum ersten Mal mit lebhaftem Interesse an – so wie alle anderen, außer dem kleinen, seltsamen Priester, der noch immer auf den zierlichen Hammer starrte, mit dem der schreckliche Schlag ausgeführt worden war.

»Draußen vor der Werkstatt stehen zwei Männer«, fuhr der Schmied mit gewichtiger Klarheit fort, »ehrbare Handwerker aus Greenford, die Sie alle kennen und die bereit sind, zu schwören, dass sie mich von vor Mitternacht bis Tagesanbruch und noch lange darüber hinaus im Versammlungsraum unserer Erweckungsmission gesehen haben, die die ganze Nacht zusammensaß, weil wir so viele Seelen retten. In Greenford allein könnten zwanzig Leute beschwören, dass ich die ganze Zeit dort war. Wäre ich ein Heide, Herr Inspektor, ich würde Sie Ihrem Untergang überlassen, aber als Christenmensch fühle ich mich verpflichtet, Ihnen eine Chance zu geben, und frage Sie, ob Sie mein Alibi jetzt gleich oder vor Gericht hören wollen.«

Der Inspektor schien zum ersten Mal unentschlossen und sagte: »Selbstverständlich wäre es mir lieber, Sie würden gleich hier vollständig entlastet.«

Der Schmied verließ mit denselben langen, federnden Schritten den Hof und kehrte mit seinen beiden Freunden aus Greenford zurück, die tatsächlich mit fast jedem der Anwesenden ebenfalls befreundet waren. Niemandem kam es in den Sinn, ihre Worte anzuzweifeln. Nachdem sie ausgesagt hatten, stand Simeons

Unschuld so unumstößlich fest wie die große Kirche über ihnen.

Über die Gruppe senkte sich ein Schweigen, das befremdender und unerträglicher war als jede Unterhaltung. Zusammenhangslos und nur, um das Gespräch wieder in Gang zu bringen, bemerkte der Kurat zu dem katholischen Priester:

»Sie scheinen sich sehr für diesen Hammer zu interessieren, Pater Brown.«

»Oh ja, durchaus«, erwiderte Pater Brown. »Weshalb ist es ein so kleiner Hammer?«

Der Doktor fuhr zu ihm herum.

»Heiliger Georg, das stimmt!«, rief er. »Wer benutzt schon einen kleinen Hammer, wenn zehn größere herumliegen?«

Dann senkte er die Stimme und flüsterte dem Kurat ins Ohr: »Nur eine Person, die keinen großen Hammer heben kann. Beim Vergleich zwischen Männern und Frauen sind nicht Kraft oder Mut entscheidend, sondern die Hebekraft der Schultern. Eine mutige Frau könnte zehn Morde mit einem leichten Hammer begehen, ohne mit der Wimper zu zucken. Mit einem schweren Hammer aber könnte sie nicht einmal einen Käfer erschlagen.«

Wilfred Bohun starrte ihn wie gebannt vor Entsetzen an; Pater Brown hingegen hörte mit leicht schräg gelegtem Kopf sehr interessiert und aufmerksam zu. Mit noch größerem Nachdruck fuhr der Doktor fort und zischte:

»Warum glauben diese Idioten immer, der Einzige, der den Liebhaber seiner Frau hasst, sei der Ehemann?

In neun von zehn Fällen ist es die Frau selbst, die ihren Liebhaber am meisten hasst. Wer weiß, welche Unverschämtheit, welchen Verrat er an ihr begangen hat – sehen Sie sie doch an!«

Er wies hastig auf die rothaarige Frau auf der Bank. Sie hatte endlich den Kopf erhoben, und auf ihrem schönen Gesicht trockneten die Tränen. Doch ihr Blick war mit einem verzückten, geradezu schwachsinnigen Ausdruck auf den Leichnam gerichtet.

Reverend William Bohun machte eine müde Handbewegung, als ob er andeuten wolle, dass seine Wissbegier gestillt sei; Pater Brown jedoch, der ein wenig Asche von seinem Ärmel schnickte, die von der Esse aufgeflogen war, sagte in seinem beiläufigen Tonfall:

»Ihr Ärzte seid doch alle gleich, eure geistigen Kenntnisse sind wirklich überzeugend, aber eure physischen lassen schwer zu wünschen übrig. Ich stimme zu, dass die Frau viel häufiger den Wunsch hat, den Liebhaber zu töten, als der Ehemann. Ich stimme auch zu, dass eine Frau stets einen kleinen Hammer ergreifen würde anstelle eines großen. Das Problem liegt in der physischen Unmöglichkeit. Keine Frau der Welt könnte den Schädel eines Mannes so völlig zerschmettern.« Dann fügte er nach einer kurzen Pause nachdenklich hinzu: »Diese Leute haben das Ganze nicht begriffen. Der Mann trug schließlich einen Stahlhelm, der von dem Schlag wie Glas zertrümmert wurde. Schauen Sie sich die Frau doch an, schauen Sie ihre Arme an.«

Wieder verstummten alle, bis der Doktor leicht verdrießlich einwarf: »Nun ja, vielleicht habe ich mich geirrt; schließlich kann man alles widerlegen. Aber ich beharre auf dem ausschlaggebenden Punkt. Nur ein Idiot würde zu diesem kleinen Hammer greifen, wenn er einen größeren zur Hand hätte.«

Bei diesen Worten griff sich Wilfred Bohun mit seinen schlanken, zitternden Händen an den Kopf und schien sich das spärliche blonde Haar zu raufen. Einen Augenblick später ließ er sie sinken und rief aus: »Das war das Wort, nach dem ich suchte. Sie haben es ausgesprochen.«

Nachdem er seine Fassung wiedererlangt hatte, fuhr er fort: »Ihre Worten waren, ›Nur ein Idiot würde nach dem kleinen Hammer greifen‹.«

»Richtig«, erwiderte der Doktor. »Und?«

»Nun«, sagte der Kurat, »ein Idiot hat es auch getan.« Die Übrigen blickten ihn mit starren, großen Augen an, und er fuhr in fieberhafter und geradezu weibischer Erregung fort.

»Ich bin Priester«, rief er unsicher, »und ein Priester sollte kein Blut vergießen. Ich … ich will damit sagen, dass er niemanden an den Galgen bringen sollte. Und ich danke Gott, dass ich jetzt weiß, wer der Verbrecher ist – weil er ein Verbrecher ist, den man nicht an den Galgen bringen kann.«

»Sie wollen ihn nicht anzeigen?«, fragte der Doktor.

»Selbst wenn ich ihn anzeige, er würde nicht gehenkt werden«, entgegnete Wilfred mit einem verzerrten, doch seltsam glücklichen Lächeln. »Als ich heute Morgen in die Kirche ging, sah ich, wie ein Irrer darin betete – dieser arme Joe, der sein ganzes Leben lang nicht richtig im Kopf war. Gott weiß, was er betete, aber bei diesen irregeleiteten Wesen ist es durchaus möglich, dass es in ihren Gebeten drunter und drüber geht. Höchstwahrscheinlich würde ein Verrückter beten, bevor er einen Menschen tötet. Als ich den armen Joe zum letzten Mal sah, war mein Bruder bei ihm. Mein Bruder machte sich über ihn lustig.«

»Großer Gott!«, rief der Doktor aus. »Jetzt kommen wir der Sache näher. Aber wie erklären Sie sich …«

Reverend Wilfred zitterte geradezu vor Aufregung über das flüchtige Aufblitzen der Wahrheit. »Begreifen Sie denn nicht«, rief er wie im Fieber, »das ist die einzige Theorie, die auf beide seltsamen Umstände passt, die beide Rätsel löst. Die beiden Rätsel sind der kleine Hammer und der gewaltige Schlag. Der Schmied hätte vielleicht den gewaltigen Schlag ausgeführt, aber nicht den kleinen Hammer genommen. Seine Frau hätte den kleinen Hammer gewählt, aber nicht so heftig zuschlagen können. Der Verrückte aber könnte beides getan haben. Was den kleinen Hammer betrifft – nun ja, er war eben verrückt und hätte nach allem möglichen greifen können. Und was den gewaltigen Schlag angeht, haben Sie nie davon gehört, Doktor, dass ein Verrückter in seiner Raserei die Kraft von zehn Männer entwickeln kann?«

Der Doktor holte tief Luft und sagte dann: »Teufel noch mal, ich glaube, Sie haben recht.«

Pater Brown hatte seine Augen so lange und unverwandt auf den Sprecher gerichtet, als ob er demonstrieren wollte, dass seine großen grauen Kuhaugen nicht ganz so nichtssagend waren wie der Rest seines Gesichts. Als Stille eingetreten war, sagte er betont respektvoll: »Mr Bohun, Ihre Theorie ist die einzige bisher vorgebrachte, die wirklich wasserdicht und im Wesentlichen unangreifbar ist. Von daher haben Sie meiner Meinung nach ein Recht darauf, zu erfahren, dass es, wie ich mit Sicherheit weiß, nicht die richtige ist.« Und damit wandte sich der seltsame kleine Mann um, ging davon und starrte erneut den Hammer an.

»Dieser Bursche scheint mehr zu wissen als er sollte«, wisperte der Doktor Wilfred gereizt zu. »Diese papistischen Priester sind verteufelt gerissen.«

»Nein, nein«, wehrte Bohun müde, aber entschieden ab. »Es war der Verrückte. Es war der Verrückte.«

Die beiden Geistlichen und der Doktor hatten sich von der eher offiziellen Gruppe, darunter dem Inspektor und dem Verhafteten, ein wenig entfernt. Nun, nachdem sich ihre eigene Gruppe aufgelöst hatte, vernahmen sie die Stimmen der anderen. Der Priester blickte ruhig auf und dann wieder zu Boden, als er den Schmied laut sagen hörte:

»Ich hoffe, ich habe Sie überzeugt, Herr Inspektor. Sie haben recht, ich bin ein kräftiger Mann, aber ich wäre nicht imstande gewesen, meinen Hammer – peng! – von Greenford bis hierher zu schleudern. Mein Hammer besitzt keine Flügel, um damit eine halbe Meile über Hecken und Felder zu fliegen.«

Der Inspektor lachte gutmütig und erwiderte: »Nein, ich glaube, Sie sind aus der Sache raus, obwohl das hier einer der merkwürdigsten Zufälle ist, die ich je erlebt habe. Ich kann Sie nur darum bitten, uns bei der Suche nach einem Mann, der ebenso groß und stark ist wie Sie, voll und ganz zu unterstützen. Heiliger Georg! Sie wären eine große Hilfe, wenn Sie ihn nur festhielten! Sie haben nicht zufällig eine Ahnung, wer der Mann sein könnte?«

»Ich habe vielleicht jemanden im Auge«, antwortete der bleiche Schmied, »aber es ist kein Mann.« Als er sah, wie die erschrockenen Blicke zu seiner Frau auf der Bank glitten, legte er seine riesige Pranke auf ihre Schulter und sagte: »Und auch keine Frau.«

»Was wollen Sie damit sagen? Sie glauben doch wohl nicht, dass Kühe mit Hämmern werfen, oder?«, fragte der Inspektor scherzhaft.

»Ich glaube, kein Wesen aus Fleisch und Blut hat diesen Hammer geführt«, sagte der Schmied mit erstickter Stimme. »Anders ausgedrückt, ich glaube, der Mann starb nicht durch Menschenhand.«

Wilfred machte einen unwillkürlichen Satz nach vorn und starrte den Schmied mit glühenden Augen an.

»Willst du damit sagen, Barnes«, ließ sich die scharfe Stimme des Schusters vernehmen, »dass der Hammer von selbst aufsprang und den Mann niederschlug?«

»Oh, macht euch nur lustig über mich, ihr Herren«, rief Simeon. »Ihr Priester, die ihr uns sonntags in der Kirche erzählt, in welcher Stille der Herr Sanherib peinigte.* Ich glaube, dass Er, der unsichtbar in jedem Haus verkehrt, die Ehre des meinigen verteidigte und den

---

* Sanherib (704–681 v. Chr.) war König von Assyrien. Er starb durch Meuchelmord. Anm. d. Ü.

Schänder tot vor diese Tür legte. Ich glaube, die Kraft dieses Schlages entsprach der Kraft eines Erdbebens und keinen Deut weniger.«

Mit einer Stimme, die völlig unbeschreiblich ist, stieß Wilfred hervor: »Ich selbst habe zu Norman gesagt, er solle sich vor dem Blitzschlag hüten.«

»Ein Täter dieser Art fällt nicht in meinen Zuständigkeitsbereich«, bemerkte der Inspektor mit einem Anflug von Lächeln.

»Aber Sie in den seinen«, gab der Schmied zurück, »geben Sie nur acht.« Damit wandte er ihnen seinen breiten Rücken zu und ging ins Haus.

Der erschütterte Wilfred wurde von Pater Brown beiseite geführt, der beruhigend und freundlich auf ihn einredete. »Lassen Sie uns diesen schrecklichen Schauplatz verlassen, Mr Bohun«, sagte er. »Darf ich einen Blick in Ihre Kirche werfen? Wie ich hörte, ist sie eine der ältesten Englands. Wir hegen ein gewisses Interesse für alte englische Kirchen, wissen Sie«, fügte er mit einer komischen Grimasse hinzu.

Wilfred Bohun verzog keine Miene, denn Humor war niemals seine Stärke gewesen. Er nickte jedoch eifrig, mehr als bereit, jemandem, der dafür mehr Verständnis zeigen würde als der presbyterianische Schmied oder der ungläubige Schuster, seine gotischen Schätze vorzuführen.

»Aber gern«, sagte er. »Lassen Sie uns auf dieser Seite hineingehen.« Und er ging voran zu dem hohen Seiteneingang am oberen Ende der Treppenflucht. Pater Brown setzte gerade den Fuß auf die erste Stufe, um ihm zu folgen, als er eine Hand auf seiner Schulter spürte; er drehte sich um und nahm die dunkle, hagere Gestalt des Doktors wahr, dessen Gesicht vor lauter Argwohn einen noch dunkleren Eindruck machte.

»Sir«, sagte der Arzt barsch, »Sie scheinen einige Geheimnisse dieser düsteren Angelegenheit zu kennen. Darf ich fragen, ob Sie diese für sich behalten wollen?«

»Tja, Doktor«, entgegnete der Priester mit liebenswürdigem Lächeln. »Es gibt einen sehr guten Grund, warum ein Mann meines Berufstandes Dinge für sich behält, wenn er sich seiner Sache nicht ganz sicher ist. Und der wäre, dass er ständig verpflichtet ist, Dinge für sich zu behalten, deren er sich ganz sicher ist. Sollten Sie aber der Ansicht sein, ich wäre bei Ihnen oder jemand anderem ungebührlich zurückhaltend gewesen, werde ich bis an die äußerste Grenze meiner Gepflogenheiten gehen. Ich werde Ihnen zwei sehr deutliche Hinweise geben.«

»Nun, Sir?«, fragte der Doktor verdrossen.

»Erstens«, versetzte Pater Brown ruhig, »fällt die Sache direkt in Ihren Fachbereich. Es geht um ein physikalisches Phänomen. Der Schmied irrt sich, nicht so sehr, weil er behauptet, es sei ein göttlicher Schlag gewesen, sondern weil er ihn für ein Wunder hält. Es war kein Wunder, Doktor, abgesehen davon, dass der Mensch mit seinem seltsamen, boshaften und dennoch manchmal heldenhaften Herzen selbst ein Wunder ist. Die Kraft, die diesen Schädel spaltete, ist allen Wissenschaftlern wohlbekannt – es handelt sich um eines der umstrittensten Naturgesetze.«

Der Doktor, der ihn mit gespannter Aufmerksamkeit stirnrunzelnd ansah, sagte nur: »Und der zweite Hinweis?«

»Der zweite Hinweis ist folgender«, erwiderte der Priester. »Erinnern Sie sich, wie der Schmied, obwohl er doch an Wunder glaubt, verächtlich von dem unmöglichen Märchen sprach, sein Hammer hätte plötzlich Flügel bekommen und sei eine halbe Meile über Land geflogen?«

»Ja«, entgegnete der Doktor. »Ich entsinne mich.«

»Nun«, fuhr Pater Brown mit breitem Lächeln fort, »dieses Märchen kam von allem, was heute gesagt wurde, der Wahrheit eindeutig am nächsten.« Damit drehte er sich um und stapfte hinter dem Kurat die Treppe hinauf.

Reverend Wilfred, der bleich und ungeduldig auf ihn gewartet hatte, als ob ihn diese kleine Verzögerung den letzten Rest seiner Nerven gekostet hätte, führte ihn unverzüglich zu seiner Lieblingsstelle in der Kirche, jenem Teil der Empore, der der geschnitzten Decke am nächsten war und von jenem wunderbaren Fenster mit dem Engel erhellt wurde. Der kleine römische Priester betrachtete und bewunderte alles ausführlich, wobei er die ganze Zeit freundlich, aber mit gedämpfter Stimme sprach. Als er im Verlauf seiner Nachforschungen den Seiteneingang und die Wendeltreppe entdeckte, die Wilfred hinabgeeilt war, um seinen Bruder tot daliegend vorzufinden, lief Pater Brown dieselbe mit der Behändigkeit eines Affen nicht hinunter, sondern nach oben, und gleich darauf ertönte seine klare Stimme von einer höher gelegenen Außenplattform.

»Kommen Sie herauf, Mr Bohun«, rief er. »Die Luft wird Ihnen guttun.«

Bohun folgte ihm und trat auf eine Art steinerne Galerie oder Balkon hinaus, von wo aus man die schier endlose Ebene überblicken konnte, auf der ihr kleiner Hügel stand, mit Wäldern bis zum purpurfarbenen Horizont, hier und da mit Dörfern und Farmen durchsetzt. Klar und viereckig, doch winzig klein, lag der Hof des Schmieds unter ihnen, wo der Inspektor noch immer stand und Notizen machte und der Leichnam noch immer wie eine zerklatschte Fliege dalag.

»Sieht aus wie eine Weltkarte, nicht wahr?«, bemerkte Pater Brown.

»Ja«, entgegnete Bohun feierlich und nickte.

Unmittelbar unter und neben ihnen stürzten die Linien des gotischen Baus mit an Selbstmord gemahnender, entsetzlicher Geschwindigkeit überall ins Leere. Mittelalterliche Bauwerke verfügen über jenes Element titanischer Kraft, das, aus welcher Perspektive man es auch betrachtet, den Eindruck hervorruft, als würde es davoneilen wie der starke Rücken eines durchgegangenen Pferdes. Diese Kirche war aus uraltem, stummem Stein gehauen, von jahrhundertealten Flechten überwuchert und mit Vogelnestern übersät. Und dennoch sprang sie, von unten besehen, wie eine Fontäne zu den Sternen empor; und jetzt, von oben besehen, stürzte sie wie ein Wasserfall in einen gähnenden Abgrund. Die beiden Männer auf dem Turm waren dem schrecklichsten Aspekt der Gotik ausgeliefert: der unnatürlichen Verkürzung und Verzerrung, den schwindelerregenden

Perspektiven, der Sinnestäuschung, die Großes klein und Kleines groß erscheinen lässt; einem steinernen Schlingwerk mitten in der Luft. Einzelne Stücke des Steins, gewaltig durch ihre Nähe, hoben sich scharf gegen einen Teppich aus Feldern und Farmen ab, die in ihrer Entfernung zwergenhaft wirkten. Ein aus Stein gehauener Vogel an einem Vorsprung, irgendeine Kreatur, wirkte wie ein riesiger, kriechender oder fliegender Drache, der sich anschickt, die Weiden und Dörfer unter sich zu zerstören. Die ganze Atmosphäre war schwindelerregend und gefahrvoll, als ob die Menschen von wirbelnden Schwingen kolossaler Genien in der Luft gehalten würden; die gesamte alte Kirche, so hoch und mächtig wie eine Kathedrale, schien auf dem sonnenüberfluteten Land wie eine Gewitterwolke zu lasten.

»Ich glaube, es ist ziemlich gefährlich, an so hoch gelegenen Orten zu stehen, selbst, um zu beten«, sagte Pater Brown. »Höhen wurden geschaffen, um zu ihnen aufzusehen, nicht um von ihnen herabzublicken.«

»Sie glauben, man könnte hinunterfallen?«, fragte Wilfred.

»Ich glaube, die Seele könnte fallen, selbst wenn der Körper es nicht tut«, meinte der andere Geistliche.

»Ich verstehe Sie nicht ganz«, bemerkte Bohun unbestimmt.

»Nehmen Sie zum Beispiel den Schmied«, fuhr Pater Brown ruhig fort, »ein braver Mann, aber kein Christ – hart, herrisch, unversöhnlich. Nun, seine schottische Religion wurde von Männern gegründet, die auf Bergen und hohen Felsklippen beteten und dabei lernten, eher auf die Welt hinabzublicken als zum Himmel aufzusehen. Demut ist die Mutter der Riesen. Die großen Dinge sieht man vom Tal aus, vom Gipfel dagegen nur die kleinen.«

»Aber er ... er hat es nicht getan«, sagte Bohun bebend.

»Nein«, sagte der andere in eigenartigem Tonfall, »wir beide wissen, dass er es nicht getan hat.«

»Ich kannte einen Mann«, fuhr er kurz darauf fort und ließ seine blassgrauen Augen ruhig über die Ebene schweifen, »der anfangs gemeinsam mit anderen vor dem Altar betete, dann aber seine Andacht lieber an hohen und einsamen Orten verrichtete, in Winkeln und Nischen des Glockenturms oder des Kirchturms. Eines Tages, als er sich an einem dieser schwindelerregenden Orte befand und die ganze Welt unter ihm sich wie ein Rad zu drehen schien, geriet auch sein Geist ins Schwindeln, und er hielt sich für Gott. Und obwohl er ein guter Mensch war, beging er ein großes Verbrechen.«

Wilfreds Gesicht war abgewendet, doch seine knöchernen Hände wurden blau und weiß, als sie die steinerne Brüstung immer fester umklammerten.

»Er dachte, es obliege *ihm*, die Welt zu beurteilen und den Sünder niederzustrecken. Ein solcher Gedanke hätte ihn niemals ereilt, wenn er gemeinsam mit anderen auf dem Boden gekniet hätte. So aber sah er alle Menschen wie Insekten darauf herumkriechen. Einen insbesondere sah er direkt unter sich herumstolzieren, anmaßend und erkennbar an einem hellgrünen Hut – ein giftiges Insekt.«

Krähen umschwirrten krächzend den Glockenturm, sonst hörte man keinen Laut, bis Pater Brown fortfuhr.

»Auch führte ihn in Versuchung, dass er eine der furchtbarsten Kräfte der Natur in Händen hielt; ich spreche von der Schwerkraft, diesem irrsinnigen und immer schneller werdenden Dahinjagen, mit dem alle Geschöpfe zum Erdmittelpunkt zurückrasen, sobald sie losgelassen werden. Schauen Sie, soeben spaziert der Inspektor direkt unter uns auf die Schmiede zu. Wenn ich jetzt einen Kieselstein über die Brüstung werfe, er würde ihn mit der Wucht einer Kugel treffen, sobald er auftrifft. Würde ich einen Hammer hinunterwerfen – selbst einen kleinen Hammer …«

Wilfred Bohun schwang ein Bein über die Brüstung, doch im gleichen Moment packte ihn Pater Brown am Kragen.

»Nicht durch diese Pforte«, sagte er sanft, »diese Pforte führt zur Hölle.«

Bohun taumelte gegen die Wand zurück und starrte ihn entsetzt an.

»Woher wissen Sie das alles?«, rief er. »Sind Sie ein Teufel?«

»Ich bin nur ein Mensch«, erwiderte Pater Brown ernst, »und deshalb trage ich alle Teufel im Herzen. Hören Sie«, sagte er nach einer kurzen Pause. »Ich weiß, was Sie getan haben, zumindest kann ich mir das meiste davon zusammenreimen. Als Sie Ihren Bruder verließen, waren Sie nicht ganz zu Unrecht von einer solchen Wut erfüllt, dass Sie den kleinen Hammer ergriffen, kurz davor, ihn zu töten, noch während er seine Schändlichkeiten auf den Lippen hatte. Sie schreckten jedoch davor zurück, verbargen den Hammer stattdessen unter ihrem zugeknöpften Rock und eilten rasch in die Kirche. Dort sprachen Sie inbrünstige Gebete an den verschiedensten Plätzen, unter dem Engelfenster, auf dem Podium darüber und schließlich auf einem noch höheren Podium, von dem aus Sie den orientalischen Hut des Oberst wie den Rücken eines herumkriechenden grünen Käfers erkennen konnten. Da zersprang etwas in ihrer Seele, und Sie sandten Gottes Blitzschlag herab.«

Wilfred griff sich mit einer ermatteten Geste an den Kopf und fragte leise: »Woher wissen Sie, dass sein Hut wie ein grüner Käfer aussah?«

»Ach«, meinte der Priester mit einem Anflug von Lächeln, »das sagt mir der gesunde Menschenverstand. Aber hören Sie weiter. Ich sage, ich weiß das alles, aber niemand sonst wird etwas erfahren. Der nächste Schritt liegt bei Ihnen; ich werde keine weiteren Schritte unternehmen; sondern alles unter dem Siegel der Beichte verschließen. Wenn Sie mich nach dem Warum fragen, so gibt es viele Gründe, aber nur einen, der Sie betrifft. Ich überlasse Ihnen die Entscheidung, weil Sie noch nicht so schwer gefehlt haben, wie Mörder es sonst tun. Sie haben sich nicht daran beteiligt, dem Schmied oder dessen Frau das Verbrechen in die Schuhe zu schieben, als dies noch ein leichtes Spiel für Sie gewesen wäre. Sie versuchten, den Schwachsinnigen zu beschuldigen, weil Sie wussten, dass er nicht bestraft werden kann. Das war ein Hoffnungsschimmer, und meine Aufgabe ist es, einen solchen bei Mördern zu entdecken. Und nun kommen Sie mit hinunter ins Dorf und gehen Sie frei wie der Wind Ihrer Wege; denn ich habe alles gesagt.«

In tiefem Schweigen stiegen sie die Wendeltreppe hinab und traten bei der Schmiede ins Sonnenlicht hinaus. Wilfred Bohun öffnete sorgfältig das hölzerne Tor zum Hof, ging auf den Inspektor zu und sagte: »Ich möchte mich stellen. Ich habe meinen Bruder getötet.«

Das Paradies der Diebe

Der große Muscari, der originellste unter den jungen toskanischen Poeten, ging beschwingt in sein Lieblingsrestaurant, das über das Mittelmeer hinausblickte, von einer Markise beschattet und von kleinen Zitronen- und Orangenbäumen umsäumt war. Kellner in weißen Schürzen verteilten auf weißen Tischen bereits die unverkennbaren Anzeichen eines frühen und eleganten Mittagessens; und das schien sein Hochgefühl, das ohnehin schon ans Prahlerische grenzte, noch zu steigern. Muscari hatte eine Adlernase wie Dante; Haar und Krawatte waren dunkel und wallend; er trug einen schwarzen Mantel, hätte aber ebenso gut eine schwarze Augenlarve tragen können, so sehr umgab ihn das Fluidum eines venezianischen Melodrams. Er verhielt sich, als hätte ein Troubadour noch immer eine ernst zu nehmende soziale Stellung, wie ein Bischof. Soweit es sein Jahrhundert erlaubte, spazierte er buchstäblich wie Don Juan mit Degen und Gitarre durch die Welt.

Denn er reiste nie ohne einen Kasten voller Degen, mit denen er zahlreiche glänzende Duelle ausgefochten hatte, und nie ohne einen dazu passenden Kasten für seine Mandoline, mit der er tatsächlich Miss Ethel Harrogate, der reichlich konventionellen Tochter eines

Bankiers aus Yorkshire, ein Ständchen gebracht hatte, die sich hier auf Ferienreise befand. Trotzdem war er weder ein Scharlatan noch ein Kindskopf, sondern ein heißblütiger, logisch denkender Südländer, der immer etwas begehrte und begehrenswert war. Seine Poesie war ebenso geradlinig wie anderer Leute Prosa. Sein Verlangen nach Ruhm und Wein und der Schönheit von Frauen war von derart glühender Unmittelbarkeit, wie sie unter den trüben Idealen oder den trüben Kompromissen des Nordens nicht vorstellbar ist. Für einen dumpferen Menschenschlag roch seine Intensität nach Gefahr oder sogar Verbrechen. Wie Feuer oder das Meer war er zu klar, als dass man ihm hätte trauen mögen.

Der Bankier und seine schöne englische Tochter wohnten in jenem Hotel, das zu Muscaris Restaurant gehörte; deshalb war es sein Lieblingsrestaurant. Ein rascher Blick durch das Lokal verriet ihm jedoch sogleich, das die englische Gesellschaft noch nicht nach unten gekommen war. Das Restaurant war belebt, aber noch verhältnismäßig leer. An einem Tisch in einer Ecke unterhielten sich zwei Priester, doch Muscari (ein leidenschaftlicher Katholik) schenkte ihnen nicht mehr Beachtung als einem Paar Krähen. Da erhob sich von einem noch weiter entfernten Tisch, der halb von einem Zwergbaum verdeckt war, der vor lauter Orangen golden leuchtete, eine Person, deren Kleidung in krassem Gegensatz zu der des Dichters stand, und schritt auf ihn zu.

Die Gestalt war in bunt kariertes Tweed gekleidet und trug eine rosarote Krawatte, einen steifen Kragen und leuchtendgelbe Schuhe. Entsprechend der wahren Tradition von 'Arry in Margate* gelang es der Person, extrem auffällig und gewöhnlich in einem auszusehen. Sobald aber diese Cockney-Erscheinung näher kam, stellte Muscari voller Verblüffung fest, das sich der Kopf ganz deutlich vom Körper unterschied. Es war ein italienischer Kopf, kraushaarig, dunkel, mit äußerst lebhaftem Mienenspiel, der sich da unvermittelt aus dem steifen Kragen, der aussah wie Pappe, und der lächerlichen rosa Krawatte erhob. Es war sogar ein Kopf, den er kannte. Trotz der ganzen grässlichen Zurschaustellung englischer Ferientracht erkannte er darin das Gesicht eines alten, lange vergessenen Freundes namens Ezza. Dieser junge Mann war im College ein Wunderkind gewesen, und dem kaum Fünfzehnjährigen war der Ruhm Europas prophezeit worden. Doch als er die Bühne der Welt betrat, versagte er, zunächst öffentlich als Dramatiker und Demagoge, dann endlose Jahre lang privat als Schauspieler, Handlungsreisender, Agent und Journalist. Zuletzt hatte Muscari ihn hinter dem Rampenlicht gesehen; er war nur allzu vertraut mit den Verlockungen dieses Berufs gewesen, und man glaubte, dass ein seelisches Unheil irgendwelcher Art ihn ruiniert habe.

»Ezza!«, rief der Dichter, sprang auf und schüttelte ihm in freudigem Erstaunen die Hand. »Also, ich habe

---

* Margate war einst ein berühmtes britisches Seebad; auf seiner viktorianischen Seepromenade, die 1978 durch einen Sturm zerstört wurde, flanierten die Reichen und Berühmten des nahe gelegenen London. Anm. d. Ü.

dich ja schon in vielen Kostümen im grünen Salon gesehen, aber nie hätte ich erwartet, dich im Aufzug eines Engländer anzutreffen.«

»Das«, entgegnete Ezza feierlich, »ist nicht die Kleidung eines Engländers, sondern die Kleidung des Italieners der Zukunft.«

»In dem Fall«, bemerkte Muscari, »gestehe ich, dass mir der Italiener der Vergangenheit lieber ist.«

»Das ist dein alter Fehler, Muscari«, erwiderte der Mann in Tweed und schüttelte den Kopf. »Und der Fehler Italiens. Im sechzehnten Jahrhundert waren wir Toskaner der Morgenstreif. Wir hatten den modernsten Stahl, die modernste Schnitzkunst, die modernste Chemie. Warum sollten wir jetzt nicht die modernsten Fabriken, die modernsten Motoren, das modernste Finanzsystem haben – und die neueste Mode?«

»Weil es sich nicht lohnt, sie zu haben«, antwortete Muscari. »Du kannst die Italiener nicht zu Fortschrittsmenschen machen, dafür sind sie zu intelligent. Wer einmal die Abkürzung zum angenehmen Leben gefunden hat, wird niemals die neu ausgebauten Straßen betreten.«

»Nun, für mich ist Marconi, oder D'Annunzio,[*] der Stern Italiens«, versetzte der andere. »Aus diesem Grund bin ich Futurist geworden – und Fremdenführer.«

»Ein Fremdenführer!«, lachte Muscari. »Ist das das Neueste auf deiner Berufsliste? Und wen führst du derzeit?«

---

[*] Guglielmo Marconi (1874–1937), ital. Ingenieur und Physiker; Gabriele D'Annunzio (1863–1938), ital. Dichter. Anm. d. Ü.

»Oh, einen Mann namens Harrogate und seine Familie, glaube ich.«

»Doch nicht den Bankier, der hier im Hotel wohnt?«, fragte der Dichter lebhaft.

»Genau der«, antwortete der Fremdenführer.

»Wird das denn gut bezahlt?«, fragte der Troubadour unschuldig.

»Für mich reicht es«, meinte Ezza mit einem sehr rätselhaften Lächeln. »Aber ich bin ein recht fremdartiger Fremdenführer.« Dann, als wolle er rasch das Thema wechseln, sagte er unvermittelt: »Er hat eine Tochter – und einen Sohn.«

»Die Tochter ist ein göttliches Geschöpf«, bestätigte Muscari. »Vater und Sohn, vermute ich, sind menschliche Wesen. Seine harmlosen guten Eigenschaften sehe ich als gegeben an, aber erscheint dir der Bankier nicht als glänzendes Beispiel für meinen Einwand? Harrogate hat Millionen in seinem Safe, und ich … ich habe nur ein Loch in der Tasche. Aber du wirst nicht behaupten wollen – du kannst einfach nicht sagen, dass er gescheiter sei als ich, oder mutiger oder auch nur tatkräftiger. Er ist nicht klug; er hat Augen wie blaue Knöpfe; er ist nicht tatkräftig, er schleppt sich wie ein Gelähmter von Stuhl zu Stuhl. Er ist ein gewissenhafter, freundlicher alter Schafskopf; aber hat einen Haufen Geld, und zwar aus dem einfachen Grund, dass er es sammelt, wie ein Junge Briefmarken sammelt. Du bist zu eigensinnig für das Geschäftsleben, Ezza. Du wirst es nicht weit bringen. Um klug genug zu sein, um an all das Geld heranzukommen, müsste man dumm genug sein, es zu wollen.«

»Ich bin dumm genug dafür«, entgegnete Ezza düster. »Ich würde allerdings vorschlagen, deine Kritik an dem Bankier zu vertagen – da kommt er.«

Mr Harrogate, der große Finanzier, betrat in diesem Augenblick tatsächlich den Raum, doch niemand beachtete ihn. Er war ein massiger, älterer Mann mit wässrigen blauen Augen und einem verblichenen, graugelben Schnurrbart; man hätte ihn für einen Oberst halten können, wenn er nicht so gebeugt gegangen wäre. Er trug einige ungeöffnete Briefe in der Hand. Sein Sohn Frank war wirklich ein hübscher Kerl, mit lockigem Haar, braungebrannt und lebhaft; doch auch ihn nahm niemand wahr. Aller Augen nämlich waren – zumindest für den Augenblick – wie gewöhnlich auf Ethel Harrogate gerichtet, deren goldgelockter, griechisch geformter Kopf und deren Teint, der an die Farben der Morgenröte erinnerte, sich scheinbar absichtsvoll gegen das saphirblaue Meer wie das Bildnis einer Göttin abhoben. Der Dichter Muscari holte tief Luft, als würde er sich an etwas laben, was er ja auch tat. Er labte sich an der klassischen Antike, die seine Vorfahren geschaffen hatten. Ezza betrachtete sie ähnlich eindringlich, wirkte aber weitaus verwirrter.

Miss Harrogate war außerordentlich strahlend und bereit, sich auf eine Unterhaltung einzulassen; und ihre Familie hatte sich den ungezwungeneren kontinentalen Umgangsformen angepasst und gestattete es dem Fremden Muscari und selbst dem Fremdenführer, ihre Tafel und ihr Gespräch zu teilen. In Ethel Harrogate vereinte sich Gewöhnlichkeit mit einem Glanz und einer Voll-

kommenheit ganz eigener Art. Sie war auf den Wohl-
stand ihres Vaters stolz, liebte elegante Vergnügungen,
war ergebene Tochter und durchtriebene Kokette, und
all das verband sich bei ihr mit einer einmaligen Gutmütigkeit, die eben diesen Stolz so angenehm und ihre
gesellschaftliche Stellung zu einer herzerfrischenden Angelegenheit werden ließ.

Die drei waren in heller Aufregung über angebliche
Gefahren, die auf einem Gebirgspfad lauern sollten, den
sie sich für diese Woche vorgenommen hatten. Die Gefahr ging nicht von Felsen oder Lawinen aus, sondern
von etwas wesentlich Romantischerem. Man hatte Ethel
ernsthaft weisgemacht, dass Straßenräuber, die wahren
Halsabschneider zeitgenössischer Legende, auf diesem
Gebirgskamm noch immer ihr Unwesen trieben und
diesen Pass der Apenninen beherrschten.

»Man erzählt, dass die ganze Region nicht vom König
von Italien, sondern vom König der Diebe beherrscht
wird. Wer ist denn der König der Diebe?«, rief sie mit
dem schaudernden Wohlbehagen eines Schulmädchens.

»Ein großer Mann«, erwiderte Muscari, »der sich
ohne Weiteres mit Ihrem Robin Hood messen kann,
Signorina. Zum ersten Mal hörte man von Montano,
dem König der Diebe, in den Bergen vor etwa zehn
Jahren, zu einer Zeit, als alle davon überzeugt waren,
Räuber seien ausgerottet. Aber seine entfesselte Macht
griff um sich mit der Geschwindigkeit einer stillen Revolution. In jedem Bergnest fand man seine leiden-
schaftlichen Proklamationen angeschlagen; in jeder
Bergschlucht lauerten seine Wachposten, das Gewehr

in der Hand. Sechsmal versuchte die italienische Regierung, ihn auszuheben, und sechsmal wurde sie in regelrechten Schlachten wie von Napoleon zurückgeschlagen.«

»Also, so etwas«, stellte der Bankier mit Nachdruck fest, »wäre in England niemals gestattet. Vielleicht sollten wir am Ende doch lieber eine andere Route wählen. Der Fremdenführer meint allerdings, der Weg sei vollkommen sicher.«

»Er ist vollkommen sicher«, bestätigte der Fremdenführer verächtlich. »Ich selbst bin zwanzig Mal über diesen Pass gegangen. Zu Großmutters Zeiten mag es einen alten Galgenvogel gegeben haben, den man König nannte, aber er gehört längst der Geschichte an, wenn nicht überhaupt der Fabel. Straßenräuberei ist heutzutage vollständig ausgerottet.«

»Man kann sie niemals vollständig ausrotten«, mischte sich Muscari ein, »denn der bewaffnete Aufstand liegt dem Südländer im Blut. Unsere Bauern sind wie die Berge, reich an Anmut und unbedarfter Heiterkeit, aber mit vulkanischem Feuer unter der Oberfläche. Es gibt einen äußersten Grad an Verzweiflung, bei dem die Armen des Nordens zur Flasche greifen – unsere Armen greifen zum Dolch.«

»Ein Dichter ist privilegiert«, erwiderte Ezza mit einem spöttischen Lächeln. »Wäre Signor Muscari ein Engländer, er würde selbst in Wandsworth Wegelagerer vermuten. Glauben Sie mir, in Italien gefangen genommen zu werden, ist ebenso unwahrscheinlich, wie in Boston skalpiert.«

»Dann schlagen Sie weiterhin vor, den Versuch zu wagen?«, fragte Mr Harrogate stirnrunzelnd.

»Oh, es klingt so schrecklich aufregend«, rief das Mädchen und blickte Muscari mit ihren herrlichen Augen an. »Glauben Sie wirklich, der Pass ist gefährlich?«

Muscari warf seine schwarze Mähne zurück. »Ich weiß, dass er gefährlich ist«, sagte er. »Ich selbst werde ihn morgen überschreiten.«

Während die Schöne sich in Begleitung des Bankiers, des Fremdenführers und des Poeten entfernte und dabei silberhell klingende Spottreden von sich gab, blieb der junge Harrogate für einen Augenblick zurück, um ein Glas Weißwein zu leeren und sich eine Zigarette anzuzünden. Etwa zur gleichen Zeit erhoben sich die beiden Priester in der Ecke. Der größere von beiden, ein weißhaariger Italiener, verabschiedete sich. Der kleinere drehte sich um und näherte sich dem Sohn des Bankiers, der erstaunt feststellte, dass der Priester zwar katholisch, aber ein Engländer war. Er erinnerte sich vage, dem Priester auf größeren Gesellschaften bei einigen seiner katholischen Freunde bereits begegnet zu sein. Der Mann sprach ihn jedoch an, ehe er seine Gedanken sammeln konnte.

»Mr Frank Harrogate, wenn ich mich nicht irre«, sagte der Priester. »Wir sind einander bereits vorgestellt worden, darauf möchte ich mich aber lieber nicht berufen. Das Sonderbare, das ich Ihnen mitzuteilen habe, kommt besser von einem Fremden. Mr Harrogate, ich sage nur ein Wort, dann gehe ich: Kümmern Sie sich um Ihre Schwester in der Stunde Ihrer Not.«

Obwohl Frank zu seiner Schwester ein wahrhaftig brüderliches Verhältnis hatte, schien ihr strahlender Glanz und Übermut auch in ihm noch nachzuklingen und zu sprühen; er konnte ihr Lachen vom Hotelgarten herüberhören und starrte seinen düsteren Ratgeber völlig verwirrt an.

»Meinen Sie die Räuber?«, fragte er, entsann sich dann aber einer vagen Befürchtung seinerseits und sagte: »Oder denken Sie etwa an Muscari?«

»Man hat nie das eigentliche Unglück vor Augen«, sagte der seltsame Priester. »Man kann nur gütig sein, wenn es eintrifft.«

Und damit eilte er aus dem Raum und ließ sein Gegenüber fast offenen Munds zurück.

Ein oder zwei Tage später kroch und schlingerte eine Kutsche mit der kleinen Reisegesellschaft die Ausläufer der bedrohlichen Gebirgskette empor. Hin- und hergerissen zwischen Ezzas leichtherzigem Leugnen der Gefahr und Muscaris prahlerischer Missachtung derselben, war die Bankiersfamilie ihren ursprünglichen Absichten treu geblieben. Und Muscari sorgte dafür, dass seine Reise durch die Berge mit der ihren zusammenfiel. Etwas unvermuteter hingegen war das Auftauchen des kleinen Priesters aus dem Restaurant an einer Station der Küstenstadt; er brachte lediglich vor, dass Geschäfte ihn zwängen, ebenfalls das Gebirge zu durchqueren. Der junge Harrogate konnte jedoch nicht umhin, seine Anwesenheit mit den geheimnisvollen Befürchtungen und Warnungen des gestrigen Tages in Verbindung zu bringen.

Die Kutsche war eine Art geräumiger Planwagen, ein Einfall der modernistischen Ader des Fremdenführers, der die Expedition mit systematischer Betriebsamkeit und sprudelndem Witz dominierte. Die mögliche Gefahr durch Diebe wurde aus Rede und Gedanken verbannt, man gab ihr nur insoweit nach, als man formell für minimalen Schutz sorgte. Der Fremdenführer und der junge Bankier trugen geladene Pistolen, und Muscari (mit reichlich jungenhaftem Spaß an der Sache) hatte unter seinem schwarzen Mantel eine Art Machete umgeschnallt.

Er hatte sich mit einem großen Satz neben die entzückende Engländerin platziert, auf der anderen Seite neben ihr saß der Priester, der Brown hieß und glücklicherweise ein schweigsamer Zeitgenosse war. Fremdenführer, Vater und Sohn nahmen die rückwärtige Bank ein. Muscari befand sich in überschäumender Laune, er glaubte ernsthaft an die Gefahr, und sein Gerede hätte Ethel glauben machen können, sie habe es mit einem Verrückten zu tun. Doch in der halsbrecherischen und überwältigend schönen Kutschfahrt, zwischen Felswänden so hoch wie Berggipfel, mit Wäldern bedeckt wie mit Obstgärten, lag etwas, das Ethels Seele gemeinsam mit der seinen zu purpurfarbenen, schrillen Himmeln voller kreiselnder Sonnen emporhob. Die helle Bergstraße wand sich nach oben wie eine weiße Katze; lichtlose Abgründe überspannte sie wie ein straff gezogenes Seil; weit entfernte Landspitzen umschlang sie wie ein Lasso.

Doch wie hoch sie auch kamen, die Ödnis blühte wie ein Rosengarten. Die Felder schillerten in Sonne und Wind in den Farben des Eisvogels, des Papageien und des Kolibris, im Schimmer von Hunderten blühender Blumen. Es gibt keine lieblicheren Wiesen und Wälder als die englischen, keine erhabeneren Bergrücken oder Schluchten als jene von Snowdon und Glencoe. Doch niemals zuvor hatte Ethel Harrogate südliche Gärten auf nördlichen Bergzacken thronen sehen; niemals die Klamm von Glencoe überladen mit Früchten von Kent. Nichts zeugte hier von dem Schauder und der Trostlosigkeit, die man in Britannien mit der wilden Szenerie des Berglands verbindet. Die Landschaft wirkte eher wie ein mosaikartiger Palast, von Erdbeben zerspalten, oder wie ein holländischer Tulpengarten, den man mit Sprengstoff zu den Sternen befördert hatte.

»Es sieht aus wie Kew Gardens auf Beach Head«, bemerkte Ethel.

»Das ist unser Geheimnis«, erwiderte Muscari, »das Geheimnis des Vulkans, das gleichzeitig das Geheimnis der Revolution ist – dass etwas gewaltsam und doch fruchtbar sein kann.«

»Sie selbst sind ziemlich gewaltsam«, sagte sie mit einem Lächeln.

»Und dennoch recht unfruchtbar«, gab er zu. »Sollte ich heute Nacht sterben, dann sterbe ich unverheiratet und als ein Narr.«

»Meine Schuld ist es nicht, dass Sie mitgekommen sind«, entgegnete sie nach einem bedrückten Schweigen.

»Es ist niemals Ihre Schuld«, antwortete Muscari. »Es war ja auch nicht Ihre Schuld, dass Troja fiel.«

Noch während er sprach, fuhren sie unter überhängenden Felsen hindurch, die sich gleichsam wie Flügel über eine ausnehmend gefährliche Stelle breiteten. Die Pferde tänzelten verängstigt, verschreckt durch den breiten Schatten über dem schmalen Wegrand. Der Kutscher sprang ab, um sie am Zügel zu führen, doch sie waren nicht im Zaum zu halten. Ein Pferd stieg zu seiner vollen Höhe auf – jener titanischen und furchterregenden Höhe eines Pferdes, das sich in einen Zweibeiner verwandelt. Das genügte, um die ganze Kutsche aus dem Gleichgewicht zu bringen; sie krängte wie ein Schiff und brach durch das Randgebüsch über dem Abgrund. Muscari schlang seinen Arm um Ethel, die sich an ihn klammerte und laut schrie. Das waren die Augenblicke, für die er lebte.

Im gleichen Moment, als sich die prächtigen Bergwände wie eine purpurfarbene Windmühle um den Kopf des Poeten drehten, geschah etwas, das zunächst noch viel alarmierender wirkte. Der bejahrte und schwerfällige Bankier richtete sich blitzschnell senkrecht in der Kutsche auf und sprang über den Abgrund, noch ehe der umgestürzte Wagen ihn dorthin befördern konnte. Auf den ersten Blick schien es wie ein überstürzter Selbstmord; doch auf den zweiten erwies sich sein Verhalten als so vernünftig wie eine sichere Kapitalanlage. Der Mann aus Yorkshire verfügte offensichtlich über mehr Geistesgegenwart und Klugheit, als Muscari ihm zugetraut hätte. Denn er landete genau auf einem schmalen Streifen Land, der wie eigens mit Gras und Klee gepolstert schien, um seinen Sturz abzufangen. Wie es der Zufall wollte, war die ganze Gesellschaft bei Gott in einer ebenso glücklichen Lage, auch wenn ihr Entrinnen weniger würdevoll war. Unmittelbar unter der scharfen Straßenkurve befand sich nämlich eine mit Gras und Blumen bewachsene Mulde, wie eine eingesunkene Wiese, eine Art grüne Samttasche in den langen, grünen Schleppgewändern der Berge. Dorthin wurden sie alle gestoßen und geschleudert, ohne großen Schaden zu nehmen, lediglich ihre kleinsten Gepäckstücke und der Inhalt ihrer Taschen waren weit im Gras umher verstreut. Die umgestürzte Kutsche hing nach wie vor oben, im dichten Gestrüpp verfangen, und die Pferde stürzten sich mühevoll den Hang hinunter. Der Erste, der sich aufsetzte, war der kleine Priester, der sich mit dümmlich erstauntem Gesichtsausdruck am Kopf kratzte. Frank Harrogate hörte, wie er vor sich hin murmelte: »Warum um alles in der Welt sind wir gerade hier abgestürzt?«

Blinzelnd betrachtete er das Durcheinander um ihn herum und entdeckte seinen eigenen, höchst uneleganten Regenschirm. Darüber lag der breite Sombrero, der Muscari vom Kopf gefallen war, und daneben ein versiegelter Geschäftsbrief, den er nach einem Blick auf die Anschrift dem älteren Harrogate zurückgab. Zu seiner anderen Seite verbarg ein Grasbüschel zum Teil Miss Ethels Sonnenhut, und direkt darüber lag eine seltsame kleine Glasflasche, die keine zwei Zoll lang war. Der Priester nahm sie an sich; rasch und unauffällig entkorkte er sie und roch am Inhalt. Sein sorgenvolles Gesicht wurde aschfahl.

»Gott bewahre!«, murmelte er. »Das kann doch nicht ihres sein! Hat sie ihre Not schon jetzt überkommen?« Er ließ das Fläschchen in seine Westentasche gleiten. »Ich glaube, ich bin dazu berechtigt«, sagte er, »zumindest, bis ich mehr weiß.«

Bekümmert blickte er zu dem Mädchen hinüber, das in diesem Moment von Muscari aus den Blumen geborgen wurde, der meinte: »Wir sind in den Himmel gefallen; das ist ein Zeichen. Sterbliche klettern empor und stürzen nieder; nur Götter und Göttinnen können aufwärts fallen.«

Und wirklich bot sie einen derart schönen und glücklichen Anblick, als sie aus dem Farbenmeer auftauchte, dass der Priester spürte, wie sein Verdacht erschüttert und zerstreut wurde. »Vielleicht gehört das Gift ja gar nicht ihr, wahrscheinlich ist es nur einer von Muscaris Taschenspielertricks«, dachte er bei sich.

Muscari half der Dame anmutig auf die Beine, verbeugte sich vor ihr mit einem übertriebenen Komödiantenbückling, zog seine Machete hervor und drosch damit heftig auf die gespannten Zügel der Pferde ein, bis diese sich befreit aufrappelten und zitternd im Gras standen. Kurz darauf ereignete sich ein bemerkenswerter Vorfall. Ein ärmlich gekleideter, von der Sonne ungewöhnlich verbrannter Mann trat stumm aus den Büschen hervor und nahm die Pferde am Halfter. Er trug ein seltsam geformtes, sehr breites und krummes Messer am Gürtel. Weiter war nichts Ungewöhnliches an ihm, nur sein plötzliches und wortloses Erscheinen. Der Dichter fragte ihn, wer er sei, aber er gab keine Antwort.

Muscari ließ seinen Blick über die bestürzte und verdutzte Gruppe in der Mulde schweifen und entdeckte plötzlich einen zweiten sonnengebräunten und zerschlissen wirkenden Mann mit einem kurzen Gewehr unter dem Arm, der von einem Felsvorsprung unter der Mulde zu ihnen aufsah und dabei die Ellbogen in die Grasnarbe stützte. Dann blickte er zu der Straße hinauf, von der sie abgestürzt waren, und sah in die Mündungen von vier weiteren Karabinern und in ebenso viele braune Gesichter, die mit glänzenden Augen reglos auf sie herunterstarrten.

»Die Räuber!«, rief Muscari in einem Anfall grausiger Heiterkeit aus. »Das war eine Falle. Ezza, wenn du mir den Gefallen tust, den Kutscher als ersten umzulegen, können wir uns den Weg noch immer freihauen. Sie sind nur zu sechst.«

»Der Kutscher«, brummte Ezza, der mit seinen Händen in den Hosentaschen grimmig dastand, »ist zufälligerweise ein Bedienter von Mr Harrogate.«

»Dann erschieß ihn erst recht!«, schrie der Dichter ungehalten. »Er ist bestochen worden, um seinen Herrn zu stürzen. Danach nehmen wir die Lady in die Mitte und brechen mit einem Handstreich durch die Linie da oben.«

Furchtlos ging er auf die vier Karabiner zu, durch hohes Gras und Blumen watend; doch als er feststellte, dass ihm bis auf den jungen Harrogate niemand folgte, wandte er sich um und schwang seine Machete, um den anderen zu signalisieren, sich ihm anzuschließen. Da sah er, wie der Fremdenführer immer noch ein wenig abseits in der Mitte des Wiesenrunds stand, die Hände in den Hosentaschen. Und sein hageres, spöttisches italienisches Gesicht schien im Abendlicht länger und länger zu werden.

»Du dachtest, ich sei der Versager unter uns Schulkameraden, Muscari«, knurrte er, »du dachtest, du seist erfolgreich. Aber ich war erfolgreicher als du und nehme einen bedeutenderen Platz in der Geschichte ein. Ich habe die Epen gelebt, während du sie nur zu Papier gebracht hast.«

»Jetzt komm schon!«, rief Muscari dröhnend von oben. »Willst du hier rumstehen und dummes Zeug über dich schwatzen, wenn du eine Frau retten kannst und drei kräftige Männer dir dabei helfen? Als was bezeichnest du dich eigentlich?«

»Ich nenne mich Montano«, rief der seltsame Fremdenführer mit ebenso lauter, volltönender Stimme. »Ich bin der König der Diebe und heiße Sie alle in meiner Sommerresidenz willkommen.«

Während er noch sprach, traten fünf weitere schweigsame Männer aus dem Gebüsch, die Waffen im Anschlag. Sie sahen ihn an und erwarteten seine Befehle. Einer von ihnen hielt ein großes Stück Papier in der Hand.

»Dieses hübsche kleine Nest, in dem wir uns alle gerade ein Stelldichein geben«, fuhr der Fremdenführer und Räuber mit dem gleichen gelassenen und zugleich düsteren Lächeln fort, »ist – zusammen mit ein paar Höhlen darunter – als das Paradies der Diebe bekannt. Es ist meine Stammfestung in diesen Bergen; denn (wie

Sie zweifellos bemerkt haben werden) der Adlerhorst ist sowohl von der Straße oben als auch vom Tal aus nicht einzusehen. Er ist nicht nur uneinnehmbar, viel besser als das: Er ist unsichtbar. Hier verbringe ich den Großteil meines Lebens, und hier werde ich sicher einmal sterben, sollten mich die Carabinieri jemals aufspüren. Ich gehöre nicht zu den Verbrechern, die ihre Verteidigung wahren, sondern zu der edleren Sorte, die ihre letzte Kugel für sich selbst aufhebt.«

Alle starrten ihn wortlos an wie vom Donner gerührt. Nur Pater Brown nicht, der wie erleichtert tief aufseufzte und die kleine Phiole in seiner Tasche mit den Fingern befühlte. »Gott sei Dank!«, murmelte er. »Das ist wesentlich wahrscheinlicher. Das Gift gehört natürlich diesem Räuberhauptmann. Er trägt es bei sich, damit man ihn wie Cato niemals lebend zu fassen bekommt.«

Der König der Diebe setzte inzwischen seine Rede mit der gleichen bedrohlichen Höflichkeit fort: »Mir bleibt nur noch, meinen Gästen die sozialen Bedingungen zu erläutern, unter denen ich das Vergnügen habe, sie hier zu bewirten. Ich brauche das hübsche, altbekannte Ritual des Lösegelds sicher nicht in allen Einzelheiten zu erklären, das ich notwendigerweise anwenden muss; im Übrigen betrifft es nur einen Teil der Gesellschaft. Den Reverend Pater Brown und den gefeierten Signor Muscari werde ich morgen bei Tagesanbruch freilassen und zu meinen Außenposten geleiten lassen. Dichter und Priester, Sie werden mir meine einfache Ausdrucksweise verzeihen, haben nun einmal kein Geld. Von daher (da es unmöglich ist, irgendetwas aus ihnen herauszuholen) lassen Sie uns die Gelegenheit nutzen und unsere Bewunderung für klassische Literatur und unsere Verehrung für die heilige katholische Kirche zum Ausdruck bringen.«

Er hielt mit einem unangenehmen Lächeln inne; Pater Brown sah ihn mehrmals blinzelnd an und schien plötzlich mit gespannter Aufmerksamkeit zuzuhören. Der Räuberhauptmann nahm seinem Adjutanten das große Stück Papier aus der Hand, warf einen Blick darauf und fuhr dann fort: »Meine weiteren Absichten gehen sehr deutlich aus dieser Bekanntmachung hervor, ich will Sie sogleich herumreichen; danach wird sie in jedem Dorf des Tals und an jeder Weggabelung in den Bergen an einen Baum geschlagen. Ich möchte Sie mit den Einzelheiten des Wortlauts nicht behelligen, da sie ihn ohne Weiteres nachprüfen können. Der ausschlaggebende Punkt meiner Bekanntmachung ist folgender: Erstens gebe ich bekannt, dass sich der englische Millionär, der Finanzmogul Mr Samuel Harrogate, in meiner Gewalt befindet. Als nächstes verkünde ich, dass ich bei ihm Banknoten und Anleihen im Wert von zweitausend Pfund gefunden habe, die er mir ausgehändigt hat. Da es ausgesprochen unmoralisch wäre, einer gutgläubigen Öffentlichkeit Derartiges zu verkünden, ohne dass es tatsächlich geschehen ist, schlage ich vor, die Sache unverzüglich zu erledigen. Ich empfehle Mr Harrogate senior, mir nun die zweitausend Pfund in seiner Tasche zu übergeben.«

Der Bankier musterte ihn mit zusammengezogenen Augenbrauen, rotgesichtig und mürrisch, aber offensichtlich eingeschüchtert. Der Sprung aus der stürzenden Kutsche schien ihn seiner letzten Manneskraft beraubt zu haben. Als sein Sohn und Muscari heldenhaft versucht hatten, der Räuberfalle zu entkommen, hatte er sich zerknirscht im Hintergrund gehalten. Jetzt bewegte sich seine rote und zitternde Hand widerstrebend in seine Brusttasche und überreichte dem Räuber ein Bündel Papiere und Briefumschläge.

»Bestens!«, rief der Gesetzlose gut gelaunt. »So weit sind wir uns also einig. Ich komme nun auf die Punkte meiner Proklamation zurück, die demnächst in ganz Italien aushängen. Der dritte Punkt betrifft das Lösegeld. Ich verlange von den Freunden der Familie Harrogate ein Lösegeld in Höhe von dreitausend Pfund – eine Summe, die diese Familie sicherlich nahezu als Beleidigung empfindet, da sie in ihrer Bescheidenheit wohl kaum der Bedeutung der Familie entspricht. Wer würde nicht gern das Dreifache bezahlen, um einen Tag länger in dieser anheimelnden Gesellschaft verbringen zu dürfen? Ich will Ihnen nicht vorenthalten, dass das Dokument mit gewissen juristischen Phrasen endet, die unerfreuliche Dinge beschreiben, die geschehen, wenn das Lösegeld nicht bezahlt wird. Doch in der Zwischenzeit, Ladies und Gentlemen, darf ich Ihnen versichern, dass ich hier mit allen Bequemlichkeiten ausgestattet bin, mit Wein und Zigarren. Seien Sie also für den Moment ganz sportsmännisch herzlich eingeladen, sich den Genüssen im Paradies der Diebe hinzugeben.«

Im gesamten Verlauf dieser Ansprache hatte sich eine derart überwältigend große Anzahl von zweifelhaft aussehenden Männern mit Karabinern und schmutzigen Filzhüten lautlos versammelt, dass selbst Muscari widerwillig zugeben musste, dass ein Ausfall mit dem Degen hoffnungslos wäre. Er sah sich um, aber das Mädchen war bereits zu seinem Vater hinübergegangen, um ihn zu beruhigen und zu trösten, denn seine kindliche Zuneigung für ihn war ebenso stark oder stärker als der etwas hochmütige Stolz auf seinen Erfolg. Mit der Widersprüchlichkeit eines Verliebten bewunderte Muscari diese töchterliche Ergebenheit und war doch zugleich irritiert. Schwungvoll steckte er seine Waffe in die Scheide zurück, entfernte sich und warf sich leicht verstimmt auf einen der Grasbüschel nieder. Der Priester setzte sich kaum zwei Yard weiter neben ihn, und Muscari wandte ihm in einem plötzlichen Anfall von Gereiztheit seine Adleraugen und seine Adlernase zu.

»Und«, rief der Dichter scharf, »halten mich die Herrschaften immer noch für zu romantisch? Gibt es in den Bergen immer noch Räuber oder nicht?«

»Möglich wäre es«, erwiderte Pater Brown vage.

»Was wollen Sie damit sagen?«, schnauzte der andere.

»Ich will damit sagen, dass ich verblüfft bin«, antwortete der Priester. »Ich bin verblüfft über Ezza oder Montano oder wie immer er heißen mag. Er erscheint mir als Räuber noch viel unerklärlicher, als er es in seiner Rolle als Fremdenführer war.«

»Aber wieso?«, beharrte sein Reisegefährte. »Santa Maria! Ich hätte gedacht, der Räuber sei eindeutig genug.«

»Ich stehe vor drei merkwürdigen Umständen«, sagte der Priester mit ruhiger Stimme. »Ich würde gerne Ihre Meinung dazu hören. Zunächst muss ich Ihnen gestehen, dass ich damals ebenfalls in dem Restaurant am Meer gespeist habe. Als Sie alle vier den Saal verließen, gingen Sie und Miss Harrogate plaudernd und lachend voran; der Bankier und der Fremdenführer folgten nach. Sie sprachen nur wenig und ziemlich leise. Ich konnte aber nicht umhin, zu hören, wie Ezza sagte: ›Lassen Sie ihr doch das kleine Vergnügen, Sie wissen, der Schlag kann sie jeden Augenblick zerschmettern.‹ Mr Harrogate entgegnete nichts, also mussten die Worte etwas bedeuten. Einem spontanen Impuls folgend warnte ich ihren Bruder, dass sie in Gefahr sein könnte. Über die Art der Gefahr sagte ich nichts, da ich keine Ahnung davon hatte. Wenn er damit aber die Gefangennahme in den Bergen gemeint hat, ergibt die Bemerkung keinen Sinn. Warum sollte der räuberische Fremdenführer seinen Auftraggeber warnen – und sei es nur durch einen Wink –, wenn er dadurch seinen ganzen Plan gefährdete, ihn in diese Falle in den Bergen zu locken? Das konnte nicht gemeint sein. Wenn also das nicht, welches andere Unheil, das sowohl dem Fremdenführer als auch dem Bankier bekannt ist, droht dann Miss Harrogate?«

»Unheil über Miss Harrogate?«, stieß der Dichter hervor und setzte sich ungestüm auf. »Erklären Sie sich, sprechen Sie weiter.«

»Alle meine Rätsel drehen sich um unseren Räuberhauptmann«, fuhr der Priester nachdenklich fort. »Hier kommt das zweite. Warum bestand er bei seiner Lösegeldforderung so sehr auf der Tatsache, dass er dem Opfer auf der Stelle zweitausend Pfund abgenommen hat? Das hat doch nicht die geringste Wirkung auf die Herausgabe des Lösegelds. Ganz im Gegenteil: Harrogates Freunde würden viel eher um sein Schicksal bangen, wenn sie die Diebe für arm und verzweifelt hielten. Dennoch hat er den sofortigen Raub besonders betont und an die erste Stelle seiner Forderung gestellt. Warum sollte Ezza Montano so sehr darauf erpicht sein, ganz Europa wissen zu lassen, dass er seinem Opfer die Taschen geleert hat, noch bevor er die Erpressung in Gang setzte?«

»Ich habe keine Ahnung«, erwiderte Muscari und strich sein schwarzes Haar zur Abwechslung einmal ohne affektierte Geste zurück. »Sie glauben vielleicht, mich aufzuklären, aber in Wahrheit führen Sie mich nur tiefer ins Ungewisse. Was wäre der dritte Einwand gegen den König der Diebe?«

»Der dritte Einwand«, sagte Pater Brown, nach wie vor tief in Gedanken, »ist der Platz, an dem wir uns befinden. Warum nennt unser Räuberführer ihn seine Stammfestung und das Paradies der Diebe? Sicher, es ist ein angenehm weicher Fleck, um darauf zu landen, und er ist reizend anzusehen. Es stimmt sicher auch, wie er sagt, dass er vom Tal wie von der Höhe aus unsichtbar und deshalb ein ideales Versteck ist. Aber es ist keine Festung. Es könnte niemals eine Festung sein. Ich glaube, es wäre die unsinnigste Festung auf der ganzen Welt. Denn die Stelle wird ja offenbar von oben beherrscht, durch die Staatsstraße, die über die Berge führt – genau der Ort, an dem die Polizei am ehesten vorbeikommt. Haben uns hier vor etwa einer halben Stunde nicht fünf lumpige, kurzläufige Gewehre in Schach gehalten? Ein Viertel irgendeiner beliebigen Soldatenkompanie hätte uns mühelos über den Abgrund gejagt. Was also hat dieser seltsame kleine Winkel aus Gras und Blumen zu bedeuten? Er ist nicht dazu geeignet, sich zu verschanzen. Er ist etwas anderes; er hat eine andere, sonderbare Bedeutung, irgendeinen Nutzen, den ich nicht begreife. Das Ganze wirkt eher wie eine improvisierte Theaterbühne oder wie ein natürliches Künstlerzimmer, wie die Szenerie zu einer romantischen Komödie, wie …«

Die Worte des kleinen Priesters zogen sich in die Länge und verloren sich in eintöniger und verträumter Wahrheitsliebe. Indessen vernahm Muscari, dessen lebhafte Sinne hellwach und angespannt waren, ein neues Geräusch in den Bergen. Selbst für ihn war der Laut zunächst noch sehr schwach und kaum hörbar, er hätte aber schwören können, dass die Abendbrise so etwas Ähnliches wie Pferdehufschläge und entfernte Rufe herübertrug.

Im gleichen Augenblick und lange bevor das Geräusch an das Ohr des weniger erfahrenen Engländers drang, eilte der Räuber Montano zum Straßenrand über ihnen hinauf, blieb in der ramponierten Hecke stehen, stützte sich gegen einen Baum und spähte die Straße hinunter. Seine Gestalt bot einen sonderbaren Anblick, denn in seiner Eigenschaft als Banditenkönig hatte er sich zwar einen fantastischen Schlapphut, ein Waffengehänge und ein Buschmesser zugelegt, doch an den verschiedensten Stellen seines Körpers lugte der helle nüchterne Tweedanzug des Fremdenführers durch.

Kurz darauf wandte er sein olivenfarbenes, höhnisches Gesicht um und winkte mit der Hand. Auf das Signal hin verstreuten sich die Räuber, nicht in wirrer Auflösung, sondern auf eine Weise, die offenbar einer Art Guerilladisziplin entsprach. Anstatt die Straße entlang des Höhenkamms besetzt zu halten, verteilten sie sich am Weg und versteckten sich hinter Bäumen und Sträuchern, als wollten sie ungesehen nach einem Feind Ausschau halten. Der Lärm wurde stärker und erschütterte zunehmend die Bergstraße; man konnte deutlich eine Stimme vernehmen, die Befehle erteilte. Die Räuber wurden unruhig und drängten sich fluchend und flüsternd zusammen, und die Abendluft füllte sich mit kurzen metallischen Geräuschen, als sie ihre Pistolen luden, ihre Messer lockerten und ihre Degenscheiden über die Steine hinter sich her zogen. Der Lärm beider Lager schien sich auf der darüberliegenden Straße zu vermengen, Zweige brachen ab, Pferde wieherten, Männer riefen.

»Die Rettung!«, rief Muscari aus, sprang auf und schwenkte seinen Hut. »Die Polizei geht Ihnen an den Kragen! Vorwärts, für die Freiheit, zu den Waffen! Vorwärts, seid Rebellen gegen Räuber! Los, überlasst nicht alles der Polizei, das ist so schrecklich modern. Fallt den Schurken in den Rücken. Die Carabinieri retten uns; los, Freunde, lasst uns die Carabinieri retten!«

Und damit warf der seinen Hut in die Luft, zog zum zweiten Mal seine Machete und begann, den Abhang zur Straße hochzuklettern. Frank Harrogate sprang auf und eilte ihm zu Hilfe, den Revolver in der Hand, musste zu seinem Erstaunen aber hören, wie er von der rauen Stimme seines Vaters, der sich offenbar in heller Aufregung befand, gebieterisch zurückgerufen wurde.

»Ich lasse es nicht zu«, sagte der Bankier mit erstickter Stimme. »Ich befehle dir, dich nicht einzumischen.«

»Aber Vater«, erwiderte Frank sehr freundlich, »ein italienischer Ehrenmann ging mit gutem Beispiel voran. Du wirst doch nicht wollen, dass die Engländer da zurückstehen.«

»Es ist sinnlos«, sagte der ältere Mann, der heftig zitterte. »Es ist sinnlos. Wir müssen uns in unser Los fügen.«

Pater Brown sah den Bankier an, dann legte er instinktiv die Hand scheinbar auf sein Herz, in Wirklichkeit aber auf das kleine Fläschchen mit Gift, und eine leuchtende Erkenntnis legte sich über sein Gesicht, ähnlich der Erkenntnis im Angesicht des Todes.

Inzwischen hatte Muscari, ohne weiter auf Hilfe zu warten, den Straßenrand erklommen und schlug dem Räuberkönig so heftig gegen die Schulter, dass dieser ins Stolpern geriet und herumgeschleudert wurde. Auch Montano hatte sein Buschmesser gezogen, und Muscari zielte ohne ein weiteres Wort einen Hieb nach seinem Kopf, den dieser auffangen und parieren musste. Aber noch während sich die beiden kurzen Klingen kreuzten und aufeinanderschlugen, ließ der König der Diebe vorsätzlich seine Messerspitze sinken und lachte.

»Was soll das, alter Knabe?«, sagte er in gut gelaunt in italienischer Umgangssprache. »Diese verdammte Farce ist ohnehin gleich vorbei.«

»Was soll das heißen, du Schwindler?«, keuchte der rachelüsterne Dichter. »Ist deine Tapferkeit genauso geheuchelt wie deine Ehrlichkeit?«

»Alles an mir ist geheuchelt«, gab der Ex-Fremdenführer in bester Laune zurück. »Ich bin ein Schauspieler, und sollte ich je persönlich einen Charakter besessen haben, dann habe ich ihn vergessen. Ich bin ebenso wenig ein echter Räuber wie ein echter Fremdenführer. Ich bin nichts als ein Bündel Masken, und dagegen kannst du kein Duell ausfechten.« Er lachte mit spitzbübischem Vergnügen und fiel dann in seine alte, breitbeinige Haltung zurück, mit dem Rücken gegen das Geplänkel auf der Straße.

Dunkelheit verbreitete sich unterhalb der Bergwände, und man konnte nicht viel vom Verlauf des Kampfes erkennen, außer dass große Gestalten ihre Pferde durch eine dicht gedrängte Räubermenge trieben, die offenbar eher geneigt war, die Angreifer anzurempeln und zu belästigen, als sie umzubringen. Das Ganze glich mehr einer Bürgeransammlung, die der Polizei den Weg versperrt, als einem Ereignis, das sich der Dichter als letztes Gefecht eines verlorenen und gesetzlosen Haufens waschechter Räuber vorstellte. Gerade als Muscari seinen Blick verwirrt umherschweifen ließ, spürte er eine leichte Berührung an seinem Ellbogen und sah den sonderbaren kleinen Priester neben sich stehen, der wirkte wie ein kleiner Noah mit großem Hut und ihn um die

Freundlichkeit bat, ein, zwei Worte mit ihm wechseln zu dürfen.

»Signor Muscari«, sagte der Geistliche, »in dieser außergewöhnlichen Krise werden Sie mir eine persönliche Bemerkung gestatten. Ich möchte Ihnen, ohne Ihnen zu nahe treten zu wollen, einen Rat geben, wie Sie Besseres tun können, als den Carabinieri zu helfen, die ohnehin durchbrechen werden. Wenn Sie mir die aufdringliche Vertrautheit erlauben wollen: Liegt Ihnen etwas an dem Mädchen? Ich meine, genug, um es zu heiraten und ihr ein guter Ehemann zu sein?«

»Ja«, sagte der Dichter ganz schlicht.

»Liegt ihr etwas an Ihnen?«

»Ich glaube schon«, lautete die ebenso ernsthafte Antwort.

»Dann gehen Sie hin und bieten Sie sich ihr an«, sagte der Priester. »Bieten Sie ihr alles, was Sie können; legen Sie Ihr Himmel und Erden zu Füßen, wenn möglich. Die Zeit drängt.«

»Warum?«, fragte der Literat verwundert.

»Weil ihr Verhängnis soeben die Straße heraufkommt«, erwiderte Pater Brown.

»Diese Straße kommt nichts herauf als die Rettung«, widersprach Muscari.

»Nun, dann gehen Sie dorthin und halten Sie sich bereit, sie vor der Rettung zu bewahren«, sagte sein Ratgeber.

Er hatte kaum das letzte Wort gesprochen, als die Hecke entlang des gesamten Kamms von fliehenden Räubern durchbrochen wurde. Sie tauchten in Sträuchern und dichtem Gras unter wie besiegte Männer, die verfolgt werden; und über der niedergetretenen Hecke erschienen die großen, federgeschmückten Hüte der berittenen Gendarmerie. Ein neuer Befehl wurde erteilt; man hörte das Geräusch von absteigenden Männern, dann trat ein hochgewachsener Offizier in Federhut und kaiserlich grauer Uniform mit einem Blatt Papier in der Hand in die Bresche, die das Tor zum Paradies der Diebe bildete. Ein kurzes Schweigen folgte, das auf ungewöhnliche Weise vom Bankier gebrochen wurde, der mit heiserer, erstickter Stimme rief: »Beraubt! Man hat mich beraubt!«

»Aber das geschah doch vor Stunden«, wandte sein Sohn erstaunt ein, »da hat man dich um zweitausend Pfund beraubt.«

»Nicht um zweitausend Pfund«, sagte der Finanzier, der plötzlich mühsam um Fassung rang, »nur um ein kleines Fläschchen.«

Der Polizist in kaiserlicher Uniform durchquerte die grüne Mulde mit raschen Schritten. Als er dem König der Diebe auf seinem Weg begegnete, schlug er ihm in einer Mischung aus Liebkosung und Faustschlag auf die Schulter, dann gab er ihm einen Stoß, der ihn zurücktaumeln ließ. »Du wirst dich noch in Schwierigkeiten bringen«, sagte er, »wenn du solche Spielchen treibst.«

Mit den Augen eines Künstlers betrachtet sah auch das für Muscari kaum wie die Festnahme eines großen Verbrechers aus, den man dingfest gemacht hat. Der Polizist ging weiter, machte vor der Gruppe um Harrogate Halt und sagte: »Samuel Harrogate, ich verhafte Sie im Namen des Gesetzes wegen Veruntreuung der Gelder der Hull und Huddersfield Bank.«

Der bedeutende Bankier nickte mit einer seltsamen Anwandlung von geschäftsmäßiger Zustimmung, schien einen Augenblick nachzudenken, und noch bevor jemand eingreifen konnte, drehte er sich halb um und stand mit einem Schritt an der Kante der äußeren Felswand. Dann hob er die Hände und sprang, genauso, wie er aus der Kutsche gesprungen war. Doch dieses Mal landete er nicht auf einer kleinen Wiese unmittelbar unter ihm, sondern stürzte tausend Fuß nach unten und verwandelte sich im Tal in einen Haufen zerschlagener Knochen.

In den Zorn des Carabinieri, den er Pater Brown gegenüber lautstark zum Ausdruck brachte, mischte sich eine große Portion Bewunderung. »Das sieht ihm ähnlich, uns so am Schluss noch zu entwischen«, sagte er. »*Er* war ein großer Räuber, wenn Sie so wollen. Ich halte sein letztes Kunststück für absolut beispiellos. Er floh mit dem Geld der Bank nach Italien und ließ sich dort von falschen Räubern, die er selbst entlohnte, gefangen nehmen, um damit sowohl das Verschwinden des Geldes als auch sein eigenes zu erklären. Diese Lösegeldforderung wurde von einem Großteil der Polizei tatsächlich ernst genommen. Doch solche Gaunerstücke hat er seit Jahren betrieben oder zumindest ähnlich gaunerhafte. Es wird ein schwerer Verlust für seine Familie sein.«

Muscari führte die unglückliche Tochter beiseite, die sich fest an ihn klammerte, wie sie es noch viele folgende Jahre lang tun sollte. Aber selbst inmitten dieses tragischen Unglücks konnte er nicht umhin, ein Lächeln und eine halbironische Geste der Freundschaft für den unschlagbaren Ezzo Montano übrig zu haben. »Und wohin treibt es dich als nächstes?«, fragte er ihn über die Schulter.

»Birmingham«, entgegnete der Schauspieler und zog an seiner Zigarette. »Sagte ich dir nicht, dass ich ein Futurist bin? Ich glaube tatsächlich an diese Dinge, sofern ich überhaupt an etwas glaube. Jeden Morgen etwas Neues, Veränderung und Trubel. Ich gehe nach Manchester, Liverpool, Leeds, Hull, Huddersfield, Glasgow, Chicago – kurz, in eine aufgeklärte, energievolle, zivilisierte Gesellschaft!«

»Kurz«, sagte Muscari, »in das wahre Paradies der Diebe.«

Der Salat des Oberst Cray

An einem weißen, verschleierten Morgen, als sich die Nebel langsam verzogen, befand sich Pater Brown auf dem Heimweg von der Frühmesse – es war einer jener Morgen, an denen man die bare Naturkraft des Lichts als geheimnisvoll und neuartig empfindet. Die Konturen einzelner Bäume traten immer deutlicher aus dem Dunst hervor, als wären sie zuerst mit grauer Kreide skizziert und dann mit einem Kohlestift nachgezogen worden. In größeren Abständen tauchten die ersten Häuser am Rand des Vororts auf, ihre Umrisse wurden schärfer und schärfer, bis Pater Brown viele entdeckte, in denen er zufällige Bekanntschaften hatte; und etliche mehr, deren Besitzer er mit Namen kannte. Alle Fenster und Türen waren jedoch verschlossen; keiner der Bewohner pflegte um dieses Tageszeit auf den Beinen zu sein, schon gar nicht wegen eines Kirchgangs. Als er aber dicht an einer hübschen Villa mit zahlreichen Veranden und großen Blumengärten vorüberging, vernahm er ein Geräusch, das ihn fast unwillkürlich stehen bleiben ließ. Es war unverkennbar der Schuss aus einer Pistole, einem Karabiner oder einer anderen leichten Feuerwaffe; aber nicht das war es, was ihn am meisten irritierte. Dem ersten lauten Knall folgte unmittelbar darauf eine Reihe von schwächeren Lauten – er zählte etwa sechs hintereinander. Er vermutete, es wäre das Echo, aber seltsamerweise entsprach das Echo dem ursprünglichen Geräusch nicht im Geringsten. Es klang wie nichts, was er je schon einmal gehört hätte; an drei Dinge erinnerte ihn das Geräusch noch am ehesten: an das Zischen beim Öffnen einer Sodaflasche, an einen Tierlaut und an das Geräusch mühsam unterdrückten Gelächters. Nichts davon schien irgendeinen Sinn zu ergeben.

In Pater Brown vereinten sich zwei unterschiedliche Menschen. Da gab es den Mann der Tat, bescheiden wie eine Primel und pünktlich wie eine Uhr, der seine kleinen Pflichten stets erfüllte und nicht im Traum daran dachte, etwas daran zu ändern. Und dann gab es den Mann der reiflichen Überlegung, der zwar noch viel bescheidener, aber auch viel entschlossener war und den man nicht so leicht aufhalten konnte; dessen Gedanken (im einzig zutreffenden Sinn des Wortes) jederzeit freie Gedanken waren. Er konnte einfach nicht anders, selbst unbewusst, als sich die Fragen zu stellen, die gestellt werden mussten, und so viele davon zu beantworten, wie er nur konnte. Das war so selbstverständlich wie seine Atmung oder sein Kreislauf. Dennoch überschritt er mit seinen Handlungen niemals bewusst die Grenzen seines Pflichtbereichs; und in diesem Fall wurden die beiden Seelen in seiner Brust auf eine harte Probe gestellt. Er war schon fast entschlossen, seinen Marsch durch die Morgendämmerung fortzusetzen, und redete sich ein, dass die ganze Sache ihn schließlich nichts anginge. Doch instinktiv ersann und verwarf er zwanzig Theorien darüber, was diese seltsamen Geräusche bedeuten könnten. Da nahm die graue Silhouette der Stadt einen silberhellen Farbton an und im zunehmenden Licht erkannte er, dass er vor dem Haus eines anglo-indischen Majors namens Putnam gestanden hatte; und dieser Major hatte einen aus Malta gebürtigen Koch, der zu seiner Gemeinde gehörte. Auch wurde ihm allmählich bewusst, dass Pistolenschüsse manchmal eine ernste Angelegenheit und mit Folgen verbunden sind, die durchaus in seinen Zuständigkeitsbereich fielen. Er kehrte um und ging durch das Gartentor auf den Hauseingang zu.

Etwa in der Mitte der einen Hausseite stand ein kleiner Vorbau, eine Art niedriger Schuppen; wie er später entdeckte, war es ein großer Müllbehälter. Dort bog eine Gestalt um die Ecke, zunächst nur ein Schatten im Nebel, die sich augenscheinlich bückte und nach etwas suchte. Beim Näherkommen verdichtete sich der Schatten zu einer ungewöhnlich massigen Person. Major Putnam war ein kahlköpfiger, stiernackiger Mann, klein und stark untersetzt, mit einem jener roten Gesichter, die auf einen Hang zum Schlaganfall deuten und aus dem nachhaltigen Versuch entstehen, das orientalische Klima mit abendländischen Genüssen in Einklang zu bringen. Dieses Gesicht aber war dennoch gutmütig; und selbst jetzt, obgleich offensichtlich verwirrt und wissbegierig, lag eine Art unschuldiges Lächeln darauf. Auf seinem Hinterkopf saß ein breit ausladender Hut aus Palmblättern (fast wie ein Heiligenschein, der aber keineswegs zum Gesicht passte), ansonsten war er lediglich mit einem sehr auffallend scharlachrot und gelb gestreiften Pyjama bekleidet, der zwar hinlänglich strahlte, um ihn zu erkennen, für so einen frischen Morgen aber recht kühl zu sein schien. Er war offenbar überstürzt aus dem Haus geeilt, und der Priester war nicht überrascht, als er ihm ohne weitere Umschweife zurief: »Haben Sie dieses Geräusch gehört?«

»Ja«, entgegnete Pater Brown, »deshalb ich wollte eben hereinschauen, für den Fall, dass etwas passiert ist.«

Der Major warf ihm mit seinen gutmütigen Stachelbeeraugen einen seltsamen Blick zu. »Was, glauben Sie, war das für ein Geräusch?«

»Es hörte sich an wie ein Gewehr oder so etwas Ähnliches«, erwiderte der andere zögernd, »aber es schien ein eigentümliches Echo zu haben.«

Der Major sah ihn noch immer wortlos, doch mit stierem Blick an, als die Vordertür aufgestoßen wurde und sich ein breiter Gaslichtstrahl in den aufsteigenden Morgennebel ergoss; und eine zweite Gestalt im Pyjama sprang und taumelte in den Garten hinaus. Sie war größer, schlanker und athletischer, und der Pyjama, obgleich ebenfalls tropischer Herkunft, war vergleichsweise geschmackvoll, denn er war weiß mit hellen, zitronengelben Streifen. Der Mann war hager, aber sah gut aus und war sonnengebräunter als der andere. Er hatte ein Adlerprofil und ziemlich tief liegende Augen; und der Kontrast zwischen dem kohlrabenschwarzen Haar und dem wesentlich helleren Schnurrbart verlieh ihm einen Hauch von Andersartigkeit. All diese Einzelheiten nahm Pater Brown ziemlich gelassen wahr. Denn im Augenblick interessierte ihn an dem Mann nur eines: der Revolver in seiner Hand.

»Cray!«, rief der Major und starrte ihn an. »Hast du diesen Schuss abgefeuert?«

»Allerdings«, antwortete der schwarzhaarige Gentleman hitzig, »und du hättest an meiner Stelle nicht anders gehandelt. Wenn du von allen Seiten von Teufeln gejagt wirst und beinahe ...«

Der Major fiel ihm recht unsanft ins Wort. »Dies ist mein Freund Pater Brown«, sagte er. Und zu Pater Brown gewandt: »Ich weiß nicht, ob Sie Oberst Cray von der Königlichen Artillerie bereits kennen.«

»Ich habe natürlich von ihm gehört«, erwiderte der Priester unschuldig. »Haben Sie ... haben Sie etwas getroffen?«

»Dachte ich jedenfalls«, entgegnete Cray voller Ernst.

»Ist er ... ist er zu Boden gegangen, hat er geschrien oder dergleichen?«, fragte Major Putnam mit gedämpfter Stimme.

Oberst Cray sah seinen Gastgeber mit einem seltsamen, festen Blick an. »Ich will dir genau sagen, was er tat«, erwiderte er. »Er nieste.«

Pater Brown fuhr sich mit der Hand an die Stirn, wie jemand, der sich an einen Namen erinnert, der ihm entfallen war. Er wusste nun, dass das Geräusch weder das Zischen einer Sodaflasche noch das Schniefen eines Hundes war.

»Nun«, stieß der Major mit starrem Blick hervor, »das höre ich zum ersten Mal, dass ein Armeerevolver jemanden zum Niesen bringt.«

»Ich auch«, mischte sich Pater Brown vorsichtig ein. »Welch ein Glück, dass Sie nicht gleich ihre ganze Artillerie gegen ihn eingesetzt haben, er hätte sich ernsthaft erkälten können.« Er stutzte kurz verunsichert und sagte dann: »War es ein Einbrecher?«

»Lassen Sie uns hineingehen«, sagte Major Putnam ziemlich scharf und ging ins Haus voran.

Im Innern bot sich ein verwirrender Anblick, auf den man in solchen Morgenstunden häufig trifft: Die Räume wirkten heller als der Himmel draußen; selbst nachdem der Major das einzige Gaslicht in der Halle gelöscht hatte. Pater Brown stellte überrascht fest, dass der Esstisch wie für ein festliches Mahl gedeckt war; die Servietten steckten in ihren Ringen, und neben jedem Teller standen Weingläser in schätzungsweise sechs ganz überflüssigen Größen. Es wäre durchaus normal gewesen, zu so früher Stunde auf die Überreste eines Banketts vom Vorabend zu treffen; so früh auf einen frisch gedeckten Tisch zu stoßen, war ungewöhnlich.

Während der Pater unschlüssig in der Halle herumstand, schoss Major Putnam an ihm vorbei und warf einen wütenden Blick über das lange Rechteck des gedeckten Tisches. Schließlich stieß er stotternd und schwer atmend hervor: »Das ganze Silber ist weg! Das Fischbesteck ist weg. Der alte Essig- und Ölständer ist weg. Sogar das alte silberne Sahnekännchen ist weg.

Und nun, Pater Brown, kann ich auch Ihre Frage beantworten, ob es ein Einbrecher war.«

»Das ist nur eine Täuschung«, sagte Cray störrisch. »Ich weiß besser als du, warum man dieses Haus heimsucht. Ich weiß besser als du, warum …«

Der Major tätschelte ihm begütigend die Schulter, wie man ein krankes Kind beruhigt, und sagte: »Es war ein Einbrecher. Es war ganz offensichtlich ein Einbrecher.«

»Ein Einbrecher mit einer schlimmen Erkältung«, bemerkte Pater Brown, »das wird Ihnen helfen, seine Spur in der Nachbarschaft zu verfolgen.«

Der Major schüttelte düster den Kopf. »Ich fürchte, er ist längst über alle Berge.«

Dann, als sich der unruhige Mann mit dem Revolver erneut der Tür zum Garten zuwandte, fügte er halblaut mit vertraulicher Stimme hinzu: »Ich glaube, ich sollte besser nicht die Polizei holen, ich fürchte, mein Freund hier ist ein wenig zu leichtfertig mit seinen Kugeln umgegangen und so auf die falsche Seite des Gesetzes geraten. Er hat an den wildesten Orten gelebt, und offen gestanden glaube ich, er bildet sich manchmal Dinge ein.«

»Sie haben mir einmal erzählt«, sagte Brown, »dass er glaubt, von einem indischen Geheimbund verfolgt zu werden.«

Major Putnam nickte und zuckte zugleich mit den Achseln. »Ich glaube, wir sollten ihm nachgehen«, sagte er. »Ich möchte jedes weitere, wie soll ich sagen … Niesen vermeiden.«

Sie traten in das Morgenlicht hinaus, das nun von Sonnenschein gerötet war, und betrachteten die hochgewachsene Gestalt von Oberst Cray, der sich fast bis zum Boden hinunterbeugte, um den Zustand von Kiesweg und Rasen aufs Genaueste zu untersuchen. Während der Major unauffällig zu ihm hinschlenderte, schlug der Priester ebenso unauffällig einen Haken um die nächste Hausecke und näherte sich dem vorstehenden Müllbehälter.

Er stand eine Weile da und betrachtete dieses hässliche Objekt; dann ging er darauf zu, hob den Deckel und steckte seinen Kopf hinein. Staub und verrotteter Abfall wirbelten ihm entgegen; doch Pater Brown gab niemals acht auf sein Äußeres, was immer er sonst so beachtete. In dieser Haltung verharrte er eine beträchtliche Zeit, als wäre er in irgendwelche mystischen Gebete versunken. Dann tauchte er wieder auf, mit ein wenig Asche im Haar und schlenderte unbekümmert weiter.

Als er wieder beim Gartentor anlangte, traf er dort auf eine Ansammlung von Personen, die geneigt schien, düstere Gedanken zu vertreiben wie zuvor die Sonne den Nebel. Sie wirkte jedoch keineswegs vernünftig und beruhigend, sondern schlicht ungeheuer komisch, wie ein Haufen Dickens'scher Romangestalten. Major Putnam hatte es zuwege gebracht, sich in ein ordentliches Hemd und in eine Hose mit karmesinrotem Kummerbund zu zwängen, darüber trug er eine leichte, gewöhnliche Jacke; und aus diesem ordentlichen Aufzug strahlte sein rotes, fröhliches Gesicht in altbekannter Herzlichkeit hervor. Er sprach gerade mit großem Nachdruck, aber er unterhielt sich ja auch mit seinem Koch – dem dunkelhäutigen Sohn Maltas, dessen schmales, missgünstiges und ziemlich kummervolles Gesicht in merkwürdigem Widerspruch zu seiner schneeweißen Kochmütze und Arbeitskleidung stand. Der Koch mochte allen Grund haben, vergrämt zu sein, denn Kochen war das Steckenpferd des Majors. Er gehörte zu jenen Amateuren, die stets alles besser wissen als der Fachmann. Die einzige andere Person, der er ein Urteil über die Güte eines Omelettes überhaupt zugestand, war sein Freund Cray – und als Brown sich daran erinnerte, hielt er nach dem anderen Offizier Ausschau. Bei Tageslicht und in der Umgebung von angekleideten Menschen in normaler Verfassung bot er einen geradezu schockierenden Anblick. Die hochgewachsene, elegante Gestalt war immer noch im Nachtgewand, mit zerzaustem, schwarzem Haar, und kroch soeben auf allen vieren durch den Garten, um weiter nach Spuren des Einbrechers zu suchen; dabei schlug er hin und wieder, offenbar darüber verärgert, dass er nichts entdecken konnte, mit der Hand auf den Boden. Als er diesen Vierfüßler im Gras erblickte, zog der Priester betrübt die Augenbrauen hoch; und zum ersten Mal kam ihm der Gedanke, dass der Ausdruck »bildet sich Dinge ein« eine Beschönigung sein könnte.

Die dritte Person im Bunde neben Koch und Gourmet war Pater Brown ebenfalls bekannt. Es war Audrey Watson, Mündel und Haushälterin des Majors – der Schürze, den aufgekrempelten Ärmeln und ihrem resoluten Auftreten nach zu urteilen im Augenblick wohl eher Haushälterin als Mündel.

»Das geschieht dir recht«, sagte sie. »Ich habe dir immer gesagt, du sollst diesen altmodischen Essig- und Ölständer nicht benutzen.«

»Er gefällt mir eben«, erwiderte Putnam in versöhnlichem Ton. »Ich bin selber altmodisch, und er hält die Dinge zusammen.«

»Und lässt sie zusammen verschwinden, wie du siehst«, erwiderte sie. »Nun, wenn du dich nicht um den Einbrecher kümmerst, muss ich mich ja auch nicht um das Mittagessen kümmern. Heute ist Sonntag, wir können keinen Essig und all das aus der Stadt kommen lassen; und euch indischen Gentlemen schmeckt ja kein sogenanntes Dinner ohne Unmengen von scharfem Zeug. Ich wünschte bei Gott, du hättest Cousin Oliver nicht gebeten, mich zur Messe mitzunehmen. Sie ist erst um halb eins zu Ende, und dann muss der Oberst gehen. Ich glaube kaum, dass ihr Männer allein zurechtkommt.«

»Aber selbstverständlich, meine Liebe«, sagte der Major und sah sie äußerst liebevoll an. »Marco hat alle Soßen, und wie du mittlerweile wissen solltest, haben wir uns an weit unwirtlicheren Orten häufig bestens selbst versorgt. Außerdem solltest du dir einmal etwas gönnen, Audrey, du musst nicht von morgens bis abends die Haushälterin sein, und ich weiß, dass du die Musik gerne hören willst.«

»Ich will in die Kirche gehen«, sagte sie und sah in ziemlich streng an.

Sie war eine jener attraktiven Frauen, deren Schönheit unvergänglich ist, weil Schönheit nicht vom Aussehen oder Teint, sondern von der Form des Kopfes und der Glieder bestimmt wird. Aber obwohl sie noch nicht einmal mittleren Alters war und ihr kastanienbraunes Haar in Fülle und Farbe an Tizian erinnerte, ließ ein bestimmter Zug um Mund und Augen erahnen, dass ein geheimer Kummer an ihr zehrte, so wie die Winde mit der Zeit an den Kanten eines griechischen Tempels zehren. Denn das kleine häusliche Problem, von dem sie gerade so entschieden sprach, war in Wirklichkeit eher komischer als tragischer Natur. Pater Brown entnahm der Unterhaltung, dass Cray, der andere Gourmet, vor der üblichen Essenszeit gehen musste; damit Putnam, sein Gastgeber, aber nicht auf das abschließende Festmahl mit einem alten Kumpan verzichten musste, hatte er ein besonderes *Déjeuner* bereiten lassen, das im Laufe des Vormittags serviert und verspeist werden sollte, während Audrey und andere ernsthaftere Menschen im Gottesdienst weilten. Dorthin wollte sie in Begleitung eines Verwandten und alten Freundes, Dr. Oliver Oman, gehen. Der war zwar ein nüchterner Wissenschaftler, begeisterte sich aber derart für Musik, dass er sogar in die Kirche ging, um sie zu hören. Von all dem erklärte allerdings nichts die stille Trauer im Gesicht von Miss Watson; und einer halb unbewussten Eingebung folgend, wandte sich Pater Brown erneut dem scheinbar Verrückten zu, der im Gras herumwühlte.

Als er zu ihm hinüberschlenderte, hob der Oberst jäh den schwarzen, verstrubbelten Kopf, als wäre er überrascht, dass der Priester immer noch da sei. Und in der Tat hatte er sich aus Gründen, die nur ihm bekannt waren, viel länger aufgehalten, als es die Höflichkeit erforderte oder unter normalen Umständen sogar erlaubte.

»Ah!«, rief Cray mit wildem Blick. »Sie halten mich wohl auch für verrückt wie alle anderen, was?«

»Ich habe die Möglichkeit in Erwägung gezogen«, erwiderte der kleine Mann gelassen. »Und ich neige zu der Ansicht, dass Sie es nicht sind.«

»Wie meinen Sie das?«, schnauzte Cray wütend.

»Wirklich Verrückte«, erklärte Pater Brown, »lassen ihrer Krankheit stets freien Lauf. Sie wehren sich niemals dagegen. Sie aber versuchen, Spuren des Einbrechers zu finden, selbst wenn es gar keine gibt. Sie kämpfen dagegen an. Sie wollen, was ein Verrückter niemals wollen würde.«

»Und das wäre?«

»Sie wollen vom Gegenteil überzeugt werden«, antwortete Pater Brown.

Bei den letzten Worten war Cray schwankend aufgesprungen und sah den Geistlichen mit lebhaftem Blick an. »Donnerwetter, endlich ein wahres Wort!«, rief er. »Alle hier wollen mir weismachen, dass der Kerl nur hinter dem Silber her war – als wenn ich das nicht selber gerne glauben würde! *Sie* war auch an mir dran«, und er wies mit seinem zerzausten schwarzen Kopf in Audreys Richtung, aber der andere wusste auch so, wen er meinte, »sie hat mir heute Vorwürfe gemacht, wie grausam es sei, auf einen harmlosen Einbrecher zu schießen, und das wohl der Teufel in mich gefahren sei, diese armen, arglosen Eingeborenen zu verfolgen. Aber früher war ich ein gutmütiger Mensch – so gutmütig wie Putnam.«

Nach einer Pause sagte er: »Schauen Sie, ich bin Ihnen noch nie begegnet; aber Sie sollen sich ein eigenes Urteil über die ganze Geschichte bilden. Der alte Putnam und ich waren bereits in der Offiziersmesse befreundet; doch aufgrund einiger Zwischenfälle an der afghanischen Grenze erhielt ich früher als die meisten ein eigenes Regiment; dann wurden wir beide auf Krankenurlaub nach Hause geschickt. Ich habe mich dort unten mit Audrey verlobt, und wir sind alle zusammen heimgereist. Doch auf der Reise sind Dinge geschehen, seltsame Dinge. Die Folge davon war, dass Putnam darauf besteht, die Verlobung zu lösen, selbst Audrey scheint keine besondere Eile zu haben – mir ist auch klar, warum. Ich weiß, für was sie mich halten. Und Sie wissen es auch.

Nun, hier kommen die Fakten. An unserem letzten Tag in einer indischen Stadt fragte ich Putnam, ob man dort wohl Trichinopoly-Zigarren* bekäme; er schickte mich in einen kleinen Laden, der direkt gegenüber seiner Unterkunft lag. Ich habe später festgestellt, dass er recht hatte, aber ›gegenüber‹ ist ein gefährliches Wort, wenn ein anständiges Haus fünf oder sechs verwahrlosten gegenübersteht; jedenfalls muss ich mich in der Tür geirrt haben. Sie ließ sich nur mit Mühe öffnen

* Tiruchirapalli, früher Trichinopoly, Stadt im Bundesstaat Tamil Nadu, Indien, einst bedeutende Handelsstadt in British-India, in der u. a. Zigarren produziert wurden. Anm. d. Ü.

und führte in völlige Finsternis; doch als ich mich umdrehte, fiel die Tür mit einem Krachen wie von unzähligen Riegeln hinter mir ins Schloss. Mir blieb nichts anders übrig, als vorwärtszugehen, und ich tastete mich durch einen stockdunklen Gang nach dem anderen. Über eine Treppe gelangte ich zu einer verborgenen Tür, die mit einem Schnappschloss aus kunstvoll gearbeitetem orientalischen Schmiedeeisen gesichert war, wie ich durch bloßes Tasten herausfand, und die ich schließlich öffnen konnte. Wieder trat ich ins Halbdunkel, das jedoch durch unendlich viele kleine brennende Lämpchen in ein grünes Zwielicht getaucht wurde. Sie beleuchteten nur den Boden und die Ecken eines riesigen, leeren Raums. Unmittelbar vor mir stand etwas, das aussah wie ein Berg. Ich muss gestehen, dass ich auf dem großen Steinsockel, auf den ich gelangt war, fast hingestürzt wäre, bevor ich merkte, dass es ein Götzenbildnis war. Und das Schlimmste: es war ein Götzenbildnis, das mir den Rücken zukehrte.

Es hatte kaum Ähnlichkeit mit einem Menschen, wie mir schien; das zeigte sich an dem kleinen, gedrungenen Kopf und mehr noch an einem schwanzähnlichen Gebilde, das an seiner Rückseite in die Höhe stand und wie ein riesiger, abscheulicher Finger auf ein eingraviertes Symbol in der Mitte des gewaltigen Steinrückens deutete. Voller Entsetzen hatte ich begonnen, die Hieroglyphen im Dämmerlicht zu entziffern, als etwas noch Entsetzlicheres geschah. Hinter mir öffnete sich geräuschlos eine Tür in der Wand des Tempels, und ein Mann mit dunklem Gesicht und in einem schwarzen Mantel trat herein. Ein gemeißeltes Lächeln lag auf den kupferfarbenen Lippen mit den elfenbeinernen Zähnen, aber ich glaube, das Grässlichste an ihm war die europäische Kleidung. Ich vermute, ich war auf vermummte Priester oder nackte Fakire gefasst. Doch das hier sah ganz danach aus, als wäre die Teufelskunst auf der ganzen Welt verbreitet. Was sich ja später auch bewahrheitete.

›Wenn du nur die Füße des Affen gesehen hättest‹, sagte der Mann starr lächelnd und ohne weitere Umschweife, ›wären wir ganz sanft mit dir umgegangen – du würdest nur gefoltert und sterben. Wenn du das Antlitz des Affen gesehen hättest, wären wir immer noch sehr zurückhaltend und tolerant geblieben – du würdest nur gefoltert und dürftest leben. Da du jedoch den Schwanz des Affen gesehen hast, sehen wir uns gezwungen, das schlimmste Urteil zu fällen. Es lautet: Du bist frei.‹

Als er diese Worte sprach, hörte ich, wie sich das schmiedeeiserne Schloss, das ich so mühsam geöffnet hatte, automatisch öffnete, und dann vernahm ich, wie sich am fernen Ende der dunklen Gänge, durch die ich mich getastet hatte, die Riegel der schweren Eingangstür von selbst zurückschoben.

›Es ist vergeblich, um Gnade zu bitten. Du bist frei‹, sagte der lächelnde Mann. ›Von nun an soll dich ein Haar töten wie ein Schwert, und ein Atemhauch soll dich beißen wie eine Natter; aus dem Nichts sollen Waffen über dich kommen; und du wirst hundertfache Tode sterben.‹ Damit verschmolz er noch einmal mit der Tempelwand, und ich ging auf die Straße hinaus.«

Cray hielt inne. Pater Brown setzte sich ungerührt auf den Rasen und fing an, Gänseblümchen zu pflücken.

Der Soldat fuhr fort: »Putnam natürlich, mit seinem heiteren gesunden Menschenverstand, machte sich über meine Ängste lustig, und aus jener Zeit stammen seine Zweifel an meiner geistigen Verfassung. Nun, ich werde Ihnen in so wenigen Worten wie möglich drei Vorfälle schildern, die sich seither zugetragen haben, und Sie sollen beurteilen, wer von uns beiden recht hat. Der erste Vorfall geschah in einem indischen Dorf am Rande des Dschungels, Hunderte von Meilen entfernt von jenem Tempel, der Stadt, den Stämmen und ihren Gebräuchen, wo der Fluch über mich verhängt worden war. Ich erwachte mitten in der Nacht und lag da, ohne an etwas Bestimmtes zu denken, als ich plötzlich ein leichtes Kitzeln wie von einem Faden oder Haar an meiner Kehle spürte. Ich schrak zurück und wich ihm aus und musste an die Worte im Tempel denken. Doch als ich aufstand und bei Licht in einen Spiegel sah, war der feine Strich an meinem Hals eine Blutspur.

Der zweite Vorfall ereignete sich in einer Unterkunft in Port Said, etwas später, als wir bereits auf der Heimreise waren. Es war eine Mischung aus Taverne und Raritätenladen; und obwohl dort nichts auch nur entfernt an den Kult des Affen erinnerte, ist es natürlich möglich, dass sich ein paar seiner Bildnisse oder Talismane an einem solchen Ort befanden. Sein Fluch war jedenfalls dort. Wieder erwachte ich im Dunkeln, mit einem Gefühl, das sich mit nichts so nüchtern oder genau vergleichen lässt wie mit dem gehauchten Biss einer Natter. Ich fühlte mich wie im Todeskampf; ich schlug mit dem Kopf gegen die Wände, bis ich eine Scheibe traf und in den darunterliegenden Garten mehr stürzte als sprang. Putnam, der arme Kerl, der die andere Sache als zufälligen Kratzer abgetan hatte, musste diesmal den Umstand ernst nehmen, dass er mich im Morgengrauen halb bewusstlos im Gras fand. Ich befürchte aber, er hat nur meinen Geisteszustand ernst genommen, nicht aber meine Geschichte.

Der dritte Vorfall geschah in Malta. Wir befanden uns in einer Festung, und unsere Schlafräume gingen zufällig aufs offene Meer hinaus, das fast bis zu den Fensterbänken hinaufbrandete, wenn es nicht von einer flachen, weißen Außenmauer, blank wie die See, zurückgehalten worden wäre. Wieder wachte ich nachts auf, doch es war nicht dunkel. Als ich ans Fenster trat, bemerkte ich, dass Vollmond war; ich hätte einen Vogel auf den nackten Zinnen oder ein Segel am Horizont erkennen können. Doch was ich sah, war eine Art Stock oder Zweig, der aus eigener Kraft am leeren Himmel seine Kreise zog. Er flog geradewegs durch mein Fenster herein und zerschmetterte die Lampe neben dem Kopfkissen, das ich soeben verlassen hatte. Es war eines jener seltsam geformten Wurfhölzer, die manche Stämme im Fernen Osten im Krieg benutzen. Doch keine menschliche Hand hatte es geschleudert.«

Pater Brown warf den Kranz aus Gänseblümchen weg, den er geflochten hatte, und erhob sich mit nachdenklichem Blick. »Besitzt Major Putnam irgendwelche asiatischen Raritäten, Talismane, Waffen und so weiter, die uns einen Fingerzeig geben könnten?«, fragte er.

»Jede Menge, aber ich fürchte, sie sind keine große Hilfe«, antwortete Cray; »aber werfen Sie doch für alle Fälle einen Blick in sein Arbeitszimmer.«

Als sie das Haus betraten, begegneten sie Miss Watson, die gerade ihre Handschuhe für den Kirchgang zuknöpfte, und hörten, wie Putnam dem Koch unten immer noch einen Vortrag über Kochkunst hielt. Im Arbeits- und Raritätenzimmer des Oberst stießen sie plötzlich auf eine weitere Person in Zylinder und Straßenkleidung, die in ein Buch vertieft war, das aufgeklappt auf dem Rauchtisch lag – ein Buch, das der Mann ziemlich schuldbewusst fallen ließ, als er sich umdrehte.

Cray stellte ihn höflich als Dr. Oman vor, doch im Gesicht stand ihm ein derartiges Missfallen, dass Brown den Verdacht hegte, die beiden Männer seien Rivalen – ob Audrey es nun wusste oder nicht. Auch fand der Priester die Abneigung Crays nicht ganz abwegig. Dr. Oman war in der Tat ein sehr elegant gekleideter Gentleman; er hatte ein gut geschnittenes Gesicht, obwohl es fast so dunkel wie das eines Asiaten war. Pater Brown musste sich streng ermahnen, dass man Milde auch denen gegenüber walten lassen sollte, die ihre Spitzbärte pomadisieren, ihre zierlichen Finger in Handschuhe stecken und mit öliger Stimme sprechen.

Cray schien sich besonders über das kleine Gebetbuch in Omans dunkel behandschuhter Hand zu ärgern. »Ich wusste gar nicht, dass sie sich mit so etwas abgeben«, sagte er ziemlich grob.

Oman lächelte sanft, doch ohne Kränkung. »Das ist schon mehr nach meinem Geschmack, ich weiß«, sagte er und legte die Hand auf das dicke Buch, das er fallen gelassen hatte, »ein Nachschlagewerk über Drogen und dergleichen. Leider ist es etwas zu groß, um es mit in die Kirche zu nehmen.« Dann schloss er das größere Buch und schien erneut in gewisser Eile und Verlegenheit zu sein.

»Ich nehme an«, sagte der Priester, dem offenbar stark daran gelegen war, das Thema zu wechseln, »all diese Speere und die übrigen Dinge stammen aus Indien?«

»Von überallher«, erwiderte der Doktor. »Putnam ist ein alter Soldat, er war in Mexiko, Australien und, soviel ich weiß, auf den Kannibalen-Inseln.«

»Ich hoffe, er hat auf den Kannibalen-Inseln nicht auch die Kunst des Kochens erlernt«, bemerkte Brown und ließ seinen Blick über die Kochtöpfe und andere merkwürdige Gegenstände an der Wand schweifen.

In diesem Augenblick steckte der fröhliche Gegenstand ihrer Unterhaltung sein lachendes, krebsrotes Gesicht durch die Tür. »Komm runter, Cray«, krähte er. »Dein Lunch wird gerade aufgetragen. Und die Glocken läuten für die, die in die Kirche gehen wollen.«

Cray verschwand nach oben, um sich umzuziehen. Dr. Oman und Miss Watson begaben sich gemeinsam mit einer Reihe von anderen Kirchgängern feierlich die Straße hinab; Pater Brown bemerkte jedoch, dass sich der Doktor zweimal umdrehte und prüfend das Haus in Augenschein nahm, er kam sogar zur Straßenecke zurück, um es noch einmal zu tun.

Der Priester war verwirrt. »*Er* kann nicht an dem Müllbehälter gewesen sein«, murmelte er. »Nicht in diesen Kleidern. Oder war er heute schon früher einmal da?«

Im Umgang mit anderen Menschen war Pater Brown eigentlich so feinfühlig wie ein Barometer, doch heute schien er so dickfellig wie ein Rhinozeros zu sein. Keine gesellschaftliche Regel, fest vereinbart oder als ungeschriebenes Gesetz, hätte seine weitere Anwesenheit während des Mahls der anglo-indischen Freunde rechtfertigen können; er blieb trotzdem – und verbarg sein ungebührliches Benehmen hinter einer Flut amüsanter, doch völlig unsinniger Geschichten. Besonders rätselhaft war, dass er eigentlich nichts zu sich nehmen wollte. Als eine herrlich gewürzte Reis- und Currytafel nach der anderen, begleitet von den jeweils passenden Weinen, vor den beiden aufgetragen wurden, wiederholte er nur immer wieder, heute sei einer seiner Fastentage, kaute an einem Stück Brot, nippte an einem Glas mit kaltem Wasser und ließ es stehen. Doch seine Redelust war überschäumend.

»Wissen Sie, was ich jetzt für Sie tun werde?«, rief er. »Ich werde Ihnen einen Salat zubereiten! Ich darf zwar keinen essen, aber im Soßenanrühren bin ich unschlagbar! Dort drüben haben Sie ja Salat.«

»Leider ist das auch das Einzige, was wir haben«, entgegnete der Major aufgeräumt. »Sie wissen doch, dass Senf, Essig, Öl und so weiter gemeinsam mit dem Ständer und dem Einbrecher verschwunden sind.«

»Ich weiß«, erwiderte Brown unbekümmert. »Genau das habe ich immer befürchtet. Deshalb trage ich die wichtigsten Utensilien stets bei mir. Ich finde Salate einfach herrlich.«

Und zum großen Erstaunen der beiden Männer zog er einen Pfefferstreuer aus seiner Westentasche und stellte ihn auf den Tisch.

»Ich frage mich, wieso der Einbrecher auch den Senf mitgenommen hat«, fuhr er fort und holte aus einer anderen Tasche einen Senftiegel. »Vermutlich für ein Senfpflaster. Und Essig«, auch dieses Würzmittel kam zum Vorschein, »habe ich nicht mal etwas über Essig und Packpapier gehört? Das Öl ist, ich glaube, hier links ...«

Einen kurzen Moment hielt er in seiner Geschwätzigkeit inne, hob den Blick und sah, was keiner außer ihm bemerkte: die schwarze Gestalt Dr. Omans, der auf dem sonnenbeschienenen Rasen stand und unverwandt ins Zimmer starrte. Bevor er sich wieder gefasst hatte, ergriff Cray das Wort.

»Sie sind ein komischer Vogel«, sagte er und starrte ihn an. »Ich werde mir einmal Ihre Predigten anhören, falls sie genauso amüsant sind wie Ihr Benehmen.« Seine Stimme schwankte ein wenig, und er lehnte sich in seinem Stuhl zurück.

»Oh, man kann ja auch über Gewürzständer predigen«, sagte Pater Brown ernsthaft. »Haben Sie noch nie etwas von dem Glauben gehört, der einem Senfkorn gleicht, oder von der Barmherzigkeit, die mit Öl salbt? Und was den Essig angeht, können Soldaten jemals jenen einsamen Soldaten vergessen, der, als die Sonne sich verfinsterte ...«

Oberst Cray beugte sich ein wenig nach vorne und packte krampfhaft das Tischtuch.

Pater Brown, der gerade den Salat machte, gab zwei Löffel Senf in das Wasserglas, das neben ihm stand, erhob sich und sagte plötzlich laut und mit völlig veränderter Stimme: »Trinken Sie das!«

Im selben Augenblick stürzte der Doktor, der bis dahin reglos im Garten gestanden hatte, auf das Haus zu, stieß ein Fenster auf und rief: »Werde ich gebraucht? Ist er vergiftet worden?«

»Beinahe«, erwiderte Brown mit einem Anflug von Lächeln, denn das Brechmittel hatte eine äußerst unmittelbare Wirkung. Cray lag in einem Lehnstuhl. Er rang nach Luft, aber er lebte.

Major Putnam war aufgesprungen, sein rotes Gesicht voller Flecken. »Ein Verbrechen!«, rief er heiser. »Ich werde die Polizei holen!«

Der Priester konnte hören, wie er seinen Palmblätterhut vom Haken riss und zur Eingangstür hinausstürzte; dann fiel das Gartentor ins Schloss. Er aber stand nur da und sah Cray an, und nach kurzem Schweigen sagte er:

»Ich werde keine großen Worte machen; aber ich werde Ihnen sagen, was Sie wissen wollen. Auf Ihnen liegt kein Fluch. Der Tempel des Affen war entweder ein Zufall oder ein Teil des Spiels; das Spiel eines weißen Mannes. Er gibt nur eine einzige Waffe, die bei einer federleichten Berührung eine Blutspur hinterlässt: ein Rasiermesser in der Hand eines Weißen. Es gibt nur eine Methode, einen gewöhnlichen Raum mit unsichtbarem, betäubendem Gift zu füllen: das Aufdrehen des

Gashahns – das Verbrechen eines weißen Mannes. Und es gibt nur einen Schlagstock, den man aus dem Fenster schleudern kann, der in der Luft umdreht und durchs Nachbarfenster zurückkommt: den australischen Bumerang. Im Arbeitszimmer des Majors können Sie einige davon bewundern.«

Damit verließ er das Zimmer und sprach kurz mit dem Doktor. Im nächsten Augenblick stürzte Audrey Watson ins Haus und fiel neben Crays Stuhl auf die Knie. Er konnte nicht hören, was sie sprachen, aber in ihren Gesichtern stand Erstaunen, keine Traurigkeit. Der Doktor und der Priester schlenderten langsam auf das Gartentor zu.

»Ich nehme an, dass der Major ebenfalls in sie verliebt war«, sagte er seufzend, und als der andere nickte, stellte er fest: »Sie waren sehr edelmütig, Doktor. Das haben Sie großartig gemacht. Aber was ließ Sie Verdacht schöpfen?«

»Nur eine Kleinigkeit«, entgegnete Oman. »Aber sie ließ mich in der Kirche nicht zur Ruhe kommen, bis ich zurückging, um mich davon zu überzeugen, dass alles in Ordnung war. Dieses Buch auf dem Tisch war ein Werk über Gifte, und es war an einer Stelle aufgeschlagen, die sich mit einem bestimmten indischen Gift befasst, das tödlich wirkt und schwer nachzuweisen ist, aber durch das einfachste Brechmittel unschädlich gemacht werden kann. Ich glaube, das hat er wirklich im letzten Augenblick gelesen …«

»Und daran gedacht, dass sich in dem Gewürzständer Brechmittel befanden«, unterbrach ihn Pater

Brown. »Genau. Er warf den Gewürzständer in den Müllbehälter – wo ich ihn zusammen mit dem übrigen Silber fand –, um einen Einbruch vorzutäuschen. Aber wenn Sie sich den Pfefferstreuer ansehen, den ich auf den Tisch gestellt habe, werden Sie ein kleines Loch entdecken. Dort hat Crays Kugel eingeschlagen, wirbelte den Pfeffer auf und brachte den Verbrecher zum Niesen.«

Sie schwiegen. Dann sagte Oman grimmig: »Der Major braucht ziemlich lange, um die Polizei zu suchen.«

»Oder die Polizei, um den Major zu suchen«, versetzte der Priester. »Leben Sie wohl.«

Das sonderbare Verbrechen
des John Boulnois

Mr Calhoun Kidd war ein sehr junger Gentleman mit einem sehr alten Gesicht, einem von Ehrgeiz zerfurchten Gesicht, umrahmt von blauschwarzem Haar und einer schwarzen, breiten Krawatte. Er war der englische Berichterstatter der mächtigen amerikanischen Tageszeitung *Western Sun* – von boshaften Zungen auch »Aufgehender Sonnenuntergang« genannt. Das war eine Anspielung auf den berühmten Ausspruch eines Journalisten (man schrieb ihn Mr Kidd persönlich zu), »er vermute, die Sonne würde sogar im Westen aufgehen, wenn sich die Amerikaner ein wenig mehr anstrengen würden«. Diejenigen, die sich vom Standpunkt einer etwas gesetzteren Tradition aus über den amerikanischen Journalismus lustig machen, übersehen leicht ein bestimmtes Paradox, das diese Schwäche zum Teil wieder aufwiegt. Denn obwohl der Journalismus in den Staaten eine unverhohlene Vulgarität zulässt, die in England undenkbar wäre, so zeugt er doch von einer echten Begeisterungsfähigkeit für die wahrhaft menschlichen Belange, die den englischen Blättern völlig abgeht oder die sie zumindest nicht zur Kenntnis nehmen. Die *Sun* wimmelte nur so von höchst ehrwürdigen Angelegenheiten, die auf höchst lächerliche Weise abgehandelt wurden. William James* wurde dort in einem Atemzug mit dem »Traurigen August« genannt, und in der langen Reihe ihrer Personenbeschreibungen wechselten sich Pragmatiker mit Boxkämpfern ab.

So kam es, dass sich kein Hauch im englischen Blätterwald regte, als ein höchst bescheidener Gelehrter aus Oxford namens John Boulnois in der völlig unverständlichen Zeitschrift *Natural Philosophy Quarterly* eine Reihe von Artikeln veröffentlichte, die sich mit einigen angeblich fragwürdigen Punkten der Darwin'schen Evolutionstheorie befassten. Und das, obwohl Boulnois' Theorie (die von einem vergleichsweise unbewegten Universum ausging, das nur gelegentlich von transformierenden Erschütterungen heimgesucht wurde) in Oxford vorübergehend eine gewisse Lokalberühmtheit erlangt hatte und immerhin als »Katastrophismus« bezeichnet wurde. Viele amerikanische Zeitungen allerdings stellten diese kühne Behauptung als großes Ereignis dar; und die *Sun* ließ Mr Boulnois einen riesenhaften Schatten über ihre Seiten werfen. Aufgrund des bereits erwähnten Paradoxons wurden Artikel von bemerkenswerter Intelligenz und Begeisterungsfähigkeit geschrieben, die unter Schlagzeilen liefen, die offenbar von einem ungebildeten Irren verfasst worden waren; Schlagzeilen wie »Darwin frisst Dreck; Kritiker

* 1842–1910, amerikanischer Psychologe und Philosoph, Vertreter des Pragmatismus. Anm. d. Ü.

Boulnois pfeift auf Erdstöße« oder »Gelehrter Boulnois rät: Glaubt an Katastrophen«. Also wurde Mr Calhoun Kidd von der *Western Sun* aufgefordert, seine breite Krawatte und traurige Visage in Richtung des kleinen Hauses in der Nähe von Oxford zu bewegen, wo der Gelehrte Boulnois in glücklicher Ahnungslosigkeit derartiger Schlagzeilen lebte.

Dieser dem Verderben geweihte Philosoph hatte in einem Augenblick der Verwirrung zugestimmt, den Journalisten zu empfangen, und ihn am selben Abend auf neun Uhr bestellt. Die letzten Strahlen eines sommerlichen Sonnenuntergangs lagen über Cumnor und seinen bewaldeten Hügeln; der romantisch veranlagte Yankee war sich nicht nur unsicher, wo er ihn finden würde, er war auch neugierig auf die Umgebung, und als er die Tür eines vornehmen alten Landgasthofs, »The Champion Arms«, offen stehen fand, ging er hinein, um sich zu erkundigen.

Er läutete die Glocke in der Wirtsstube und musste eine Weile warten, bis jemand kam. Die einzig anwesende Person war ein schlanker Mann mit dichtem roten Haar in weiter Kleidung, die wie ein Reiterdress aussah. Er trank miserablen Whisky und rauchte eine ausgezeichnete Zigarre. Der Whisky war natürlich die Hausmarke des »Champion Arms«; die Zigarre hatte er wahrscheinlich aus London mitgebracht. Seine zynische Nonchalance stand in äußerstem Gegensatz zu der adretten Nüchternheit des jungen Amerikaners; aber irgendetwas – vielleicht der Bleistift und das offene Notizbuch, vielleicht auch der wache Ausdruck seiner blauen Augen – veranlasste Kidd zu der korrekten Annahme, dass es sich um einen Berufskollegen handle.

»Wären Sie so freundlich«, fragte Kidd mit der seinen Landsleuten eigenen Höflichkeit, »mir den Weg nach Grey Cottage zu beschreiben, wo Mr Boulnois wohnt, wenn ich recht informiert bin?«

»Das ist nur ein paar Meter weiter«, antwortete der rothaarige Mann und nahm die Zigarre aus dem Mund; »ich komme selbst gleich daran vorbei, will aber weiter nach Pendragon Park und mir mal ansehen, was dort los ist.«

»Was ist Pendragon Park?«, wollte Calhoun Kidd wissen.

»Das Anwesen von Sir Claude Champion – sind Sie nicht auch deswegen hier?«, fragte der Pressekollege und blickte auf. »Sie sind doch Journalist, oder?«

»Ich wollte zu Mr Boulnois«, sagte Kidd.

»Ich wollte zu Mrs Boulnois«, entgegnete der andere. »Aber ich werde sie wohl kaum zu Hause antreffen.« Er lachte ziemlich unangenehm.

»Interessieren Sie sich für Katastrophismus?«, fragte der verwunderte Yankee.

»Ich interessiere mich für Katastrophen, und es wird hier ein paar davon geben«, erwiderte sein Gegenüber finster. »Ich betreibe ein schmutziges Geschäft und behaupte auch nie etwas anderes.«

Dabei spuckte er auf den Boden; doch an der Art und Weise war sofort zu erkennen, dass er aus gutem Hause stammte.

Der amerikanische Pressemann betrachtete ihn mit wachsendem Interesse. Sein Gesicht wirkte fahl und verlebt und ließ vermuten, dass bisher unausgelebte, gefährliche Leidenschaften in ihm schlummerten; dennoch war es ein kluges und feinfühliges Gesicht; er war grob und nachlässig gekleidet, trug jedoch einen schönen Siegelring an einem seiner langen, dünnen Finger. Wie sich im Verlauf des Gespräches herausstellte, hieß er James Dalroy und war der Sohn eines bankrotten irischen Landadligen. Er arbeitete für eine Boulevardzeitung, die *Smart Society*, die er aus tiefstem Herzen verachtete, und übernahm dort die Rolle des Reporters und außerdem eine Funktion, die der des Spitzels unerfreulich nahekam.

Bedauerlicherweise muss ich sagen, dass sich die *Smart Society* nicht im Geringsten für Boulnois' Thesen über Darwin interessierte, die für Herz und Hirn der *Western Sun* von derart zentraler Bedeutung waren. Dalroy war offenbar angereist, um Witterung für einen Skandal aufzunehmen, der allem Anschein nach vor dem Scheidungsrichter enden würde, sich aber derzeit noch zwischen Grey Cottage und Pendragon Park abspielte.

Sir Claude Champion war den Lesern der *Western Sun* ebenso vertraut wie Mr Boulnois. Genau wie der Papst und der letzte Derbysieger; doch die Vorstellung einer intimen Bekanntschaft zwischen beiden wäre Kidd ähnlich absurd vorgekommen. Er hatte von Sir Claude Champion gehört (und über ihn geschrieben, nein, sogar fälschlich vorgegeben zu wissen), dass er »eine der glänzendsten und reichsten Persönlichkeiten von Englands oberen Zehntausend« sei; ein hervorragender Sportsmann, der seine Yachten rund um die Welt jagte; ein großer Weltreisender, der Bücher über den Himalaja verfasste; ein Politiker, der die Herzen seiner Wähler mit einer erstaunlich neuartigen Tory-Demokratie eroberte; ein großer Liebhaber der Kunst, Musik, Literatur und vor allem der Schauspielerei. Sir Claude war tatsächlich ein fabelhafter Kerl, nicht nur aus amerikanischer Sicht. Seine alles verzehrende Lebensart und seine unermüdliche Effekthascherei erinnerten an einen Renaissancefürsten; er war nicht nur ein großer, sondern auch ein begeisterter Amateur. Er hatte nichts von jener verstockten Albernheit, die wir mit dem Wort »dilettantisch« umschreiben.

Sein makelloses Falkenprofil mit dem stechend schwarzen Auge eines Südländers, das so häufig in der *Smart Society* und in der *Western Sun* abgebildet gewesen war, vermittelte jedem den Eindruck eines Menschen, der von Ehrgeiz verzehrt wurde wie von einem Feuer oder gar von einer Krankheit. Doch obwohl Kidd eine Menge über Sir Claude wusste – eigentlich mehr, als man über ihn wissen konnte –, wäre er in seinen kühnsten Träumen niemals auf die Idee gekommen, einen derart protzigen Aristokraten mit dem erst kürzlich bekannt gewordenen Begründer des Katastrophismus in Verbindung zu bringen, geschweige denn, dass Sir Claude Champion und John Boulnois eng befreundet sein könnten. Doch genau das war Dalroys Bericht zufolge der Fall. Die beiden hatten gemeinsam die Schule und später die Universität besucht, und obwohl ihre soziale Herkunft so gänzlich verschieden war (Champion war ein wohlhabender Großgrundbesitzer und fast Millionär, Boulnois ein armer und bis vor Kurzem noch völlig unbekannter Gelehrter), waren sie stets in enger Verbindung geblieben. Boulnois' kleines Landhaus stand sogar unmittelbar vor den Toren von Pendragon Park.

Ob die beiden Männer allerdings auch zukünftig befreundet sein würden, entwickelte sich allmählich zu einem undurchschaubar heiklen Problem. Ein oder zwei Jahre zuvor hatte Boulnois eine schöne und nicht ganz unerfolgreiche Schauspielerin geheiratet, der er in seiner schüchternen, ungelenken Art treu ergeben war. Die Nachbarschaft zu Champions Anwesen hatte die flatterhafte Berühmtheit dazu verleitet, ein Benehmen an den Tag zu legen, das nur dazu führen konnte, für schmerzvolle und ziemlich niederträchtige Aufregung zu sorgen. Sir Claude hatte die Kunst der Prahlerei bis zur Perfektion getrieben und schien ein grausames Vergnügen daran zu finden, mit ebensolcher Großtuerei eine Intrige in die Welt zu setzen, die ihm keinesfalls zur Ehre gereichte. Unablässig überbrachten Lakaien von Pendragon Mrs Boulnois Blumenbuketts; ständig hielten Kutschen und Automobile vor dem kleinen Landhaus, um Mrs Boulnois abzuholen; in einem fort wurden Bälle und Maskeraden auf dem Anwesen veranstaltet, auf denen der Baronet Mrs Boulnois zur Schau stellte, als wäre sie die Herzensdame bei einem Ritterturnier. Jenen besagten Abend, an dem Mr Kidd eine ausführrliche Darlegung des Katastrophismus in Aussicht gestellt war, hatte Sir Claude für eine Freilichtaufführung von *Romeo und Julia* bestimmt, bei der er selbst den Romeo geben würde. Unnötig zu erwähnen, wer die Julia spielen würde.

»Ich kann mir nicht vorstellen, dass das ohne Krach über die Bühne geht«, sagte der rothaarige junge Mann, stand auf und schüttelte sich. »Der alte Boulnois mag kleinkariert oder auch einfach gestrickt sein. Aber für einen Biedermann ist er recht dumm, man könnte es auch dickfellig nennen. Ich glaube nicht, dass es gutgehen wird.«

»Er ist ein Mann von scharfem Verstand«, sagte Calhoun Kidd mit tiefer Stimme.

»Ja«, erwiderte Dalroy; »aber selbst ein Mann mit scharfem Verstand kann kein so blinder Narr sein. Müssen Sie schon gehen? Ich komme in ein, zwei Minuten nach.«

Nachdem er seine Milch mit Soda geleert hatte, begab sich Calhoun Kidd rasch und entschlossen auf den Weg nach Grey Cottage und überließ seinen zynischen Informanten dem Whisky und dem Tabak. Das letzte Tageslicht war verblasst und der Himmel hatte eine dunkle, graugrüne schieferartige Farbe angenommen, in der hie und da ein Stern aufblitzte; nur im Westen war es ein wenig heller, ein Anzeichen für den aufgehenden Mond.

Grey Cottage, das von einer hohen, starren, rechteckig angelegten Dornenhecke umzäunt war, stand so nahe unter den Kiefern und Palisaden von Pendragon, dass Kidd es zunächst für das Pförtnerhäuschen hielt. Doch als er den Namen auf dem schmalen hölzernen

Gartentor entdeckt und durch einen Blick auf seine Uhr festgestellt hatte, dass die mit dem Gelehrten vereinbarte Stunde geschlagen hatte, betrat er den Garten und klopfte an die Eingangstür. Innerhalb der Hecke sah er, dass das Haus, obgleich noch immer recht bescheiden, weitaus größer und prächtiger war, als es zunächst den Anschein erweckt hatte, und sich von einem Pförtnerhäuschen doch um einiges unterschied. Hundehütte und Bienenstock standen vor dem Haus wie Sinnbilder alten englischen Landlebens; über einer ansehnlichen Birnenplantage ging soeben der Mond auf; der Hund, der aus seiner Hütte herauskam, machte einen Ehrfurcht gebietenden Eindruck und schien gar nicht erst bellen zu wollen; der blässliche, ältere Diener, der die Tür öffnete, war zwar kurz angebunden, aber würdevoll.

»Mr Boulnois bittet um Verzeihung, Sir«, sagte er, »aber er sah sich überraschend gezwungen, das Haus zu verlassen.«

»Aber hören Sie, ich hatte eine Verabredung mit ihm«, erwiderte der Reporter unwirsch. »Wissen Sie, wo er hingegangen ist?«

»Nach Pendragon Park, Sir«, antwortete der Diener ein wenig düster und begann, die Tür zu schließen.

Kidd zuckte leicht zusammen.

»Ging er mit Mrs … zusammen mit den anderen?«, fragte er zögernd.

»Nein, Sir«, entgegnete der Mann schroff; »er blieb erst hier und ging dann allein.« Dann schloss er heftig die Tür, doch mit einer Miene, als hätte er seine Pflichten vernachlässigt.

Der Amerikaner, diese seltsame Mischung aus Dreistigkeit und Feingefühl, war verärgert. Er hatte gute Lust, sie alle ein wenig durch die Gegend zu schubsen und ihnen ordentliche Manieren beizubringen: dem altersschwachen Hund, dem griesgrämigen, starrgesichtigen alten Diener mit seiner vorsintflutlichen Hemdbrust, dem trägen, alten Mond und besonders dem vertrottelten alten Philosophen, der keine Verabredung einhalten konnte.

»Wer sich so benimmt, verdient es, die treue Hingabe seiner Frau zu verlieren«, sagte sich Mr Calhoun Kidd. »Aber vielleicht ist er auch hingegangen, um einen Aufstand zu machen. Ich schätze, in dem Fall sollte ein Mann von der *Western Sun* zur Stelle sein.«

Damit bog er am offenen Tor um die Ecke und stapfte die lange Allee aus schwarzen Kiefern entlang, die ihn schnurstracks in die inneren Gefilde von Pendragon Park führte. Die Bäume waren so schwarz und wohlgeordnet aufgereiht wie Stofffalten an einem Leichenwagen, und am Himmel standen ein paar Sterne. Kidd war ein Mann, der die Dinge eher literarisch als in ihrem unmittelbar natürlichen Zusammenhang betrachtete; daher spukte ihm mehrfach das Wort »Ravenswood« durch den Kopf. Das lag zum Teil an der Rabenschwärze der Kiefern, zum Teil aber auch an jener unbeschreiblichen Stimmung, die zu beschreiben Scott in seiner großartigen Tragödie fast gelungen ist[*]; der Ge-

---

[*] Anspielung auf den Roman *The Bride of Lammermoore* (Edinburgh 1819) von Sir Walter Scott (1771–1832). »Ravenswood« ist dort der Name eines Schlosses und eines alten Adelsgeschlechts, »a race of powerful and warlike barons«. Anm. d. Ü.

ruch von irgendetwas, das im achtzehnten Jahrhundert verblich; der Geruch von dumpfen Gärten und zerbrochenen Urnen, von Unrecht, das nie wieder gutgemacht werden kann; von etwas, das eben deshalb so unendlich traurig ist, weil es seltsam unwirklich ist.

Mehr als einmal zuckte er auf dieser gepflegten, schwarzen Allee tragischer Kunstschöpfung zusammen und blieb stehen, weil er dachte, Schritte vor sich zu hören. Aber er konnte nichts erkennen, lediglich die dunklen Kiefernwälle zu beiden Seiten und einen keilförmigen Ausschnitt sternbedeckten Himmels darüber. Zuerst hielt er die Schritte für Einbildung oder eine Täuschung, ausgelöst vom Echo seines eigenen Stapfens. Doch als er weiterging, gelangte er mehr und mehr zu dem Schluss, soweit sein Verstand ihn dazu noch befähigte, dass sich tatsächlich noch andere Schritte auf der Allee befanden. Gespenster kamen ihm vage in den Sinn, und er stellte überrascht fest, wie schnell sich das Bild eines passenden Dorfgespensts einstellte, mit einem kalkweißen Gesicht wie das des Pierrot, doch mit schwarzen Flecken übersät. Der Scheitelpunkt des Dreiecks aus nachtblauem Himmel wurde heller und größer, noch aber war ihm nicht bewusst, dass dieser Umstand daher rührte, dass er sich den Lichtern des Herrenhauses und des Gartens näherte. Er spürte nur, wie sich die Atmosphäre verdichtete, unter die Traurigkeit mischten sich immer mehr Heimlichkeit und Gewalt … immer mehr – er zögerte, das Wort laut auszusprechen, und tat es dann mit einem plötzlichen Lachen – Katastrophismus.

Noch mehr Kiefern und Wegstück glitten an ihm vorüber, dann stand er wie von Zauberhand getroffen wie angewurzelt da. Es macht keinen Sinn, zu behaupten, er fühlte sich, als wäre er in einen Traum versetzt worden; in diesem Fall aber war er sich relativ sicher, mitten in ein Buch geraten zu sein. Wir Menschen sind ja an irreguläre Dinge gewöhnt, das Geklapper von Ungereimtheiten bringt uns nicht aus der Ruhe; es ist ein Geräusch, das uns in den Schlaf wiegen kann. Sobald sich jedoch etwas Reguläres ereignet, rüttelt es uns wach wie der stechende Schmerz eines vollendeten Akkords. Was jetzt geschah, hätte in einer lang vergessenen Geschichte an einem solchen Ort tatsächlich geschehen können.

Über den schwarzen Kiefernwald kam eine nackte Klinge geflogen, die im Mondlicht aufblitzte – es war ein schlanker, funkelnder Degen, mit dem in diesem alten Park vielleicht schon so manches ungerechte Duell ausgefochten worden war. Er fiel in einiger Entfernung vor ihm auf den Weg und blieb dort liegen, glitzernd wie eine große Nadel. Kidd jagte wie ein Hase darauf zu und beugte sich nieder, um ihn zu betrachten. Aus der Nähe wirkte er recht protzig: die großen roten Edelsteine an Griff und Schaft sahen etwas fragwürdig aus. Doch es gab weitere rote Tropfen auf der Klinge, die über jeden Zweifel erhaben waren.

Er sah aufgeregt in die Richtung, aus der das glänzende Wurfgeschoss gekommen war und bemerkte, dass der finstere Wall aus Tannen und Kiefern an dieser Stelle nach rechts von einem schmalen Pfad unterbrochen wurde. Er folgte ihm und sah sich dem lang gestreckten, erleuchteten Herrenhaus in seiner vollen Größe gegenüber; davor befand sich ein kleiner See mit mehreren Springbrunnen. Seinen Blick aber fesselte nicht das, sondern etwas weitaus Interessanteres.

Über ihm, am Rande des jäh abfallenden, grünen Abhangs des terrassenförmig angelegten Gartens, befand sich eines jener pittoresken kleinen Wunderwerke, die in der alten englischen Gartenarchitektur beliebt waren; eine Art kleine, runde Erhebung oder Grasmonument, wie ein riesiger Maulwurfshügel, der von drei Rosenspalieren umschlossen und gekrönt wurde und auf dessen höchstem Punkt in der Mitte eine Sonnenuhr stand. Kidd konnte den Zeiger über dem Zifferblatt erkennen, der sich wie die Schwanzflosse eines Hais dunkel gegen den Himmel abhob, und sah, wie sich das Mondlicht vergebens an die ungenutzte Uhr klammerte. Er sah aber auch noch etwas anderes sich daran klammern, zumindest einen unerhörten Moment lang … nämlich die Gestalt eines Mannes.

Obwohl sie nur für einen Bruchteil einer Sekunde zu sehen war und obwohl sie in einem fremdartigen, lächerlichen Kostüm steckte – sie war von Kopf bis Fuß in ein eng anliegendes purpurfarbenes Gewand gehüllt, das stellenweise mit Gold durchwirkt war –, erkannte er im Aufschein eines einzigen Mondstrahls, um wen es sich handelte. Das bleiche, zum Himmel gerichtete Antlitz, glatt rasiert und von so unnatürlicher Jugend, wie Byron mit einer römischen Nase, die schwarzen, schon leicht angegrauten Locken – er kannte die tausendfach veröffentlichten Porträts von

Sir Claude Champion. Die wilde rote Gestalt taumelte kurz gegen die Sonnenuhr; im nächsten Augenblick war sie den steilen Abhang heruntergerollt und lag zu Füßen des Amerikaners, schwach einen Arm bewegend. Ein grelles, nachgebildetes Goldornament an diesem Arm erinnerte Kidd plötzlich an *Romeo und Julia*. Natürlich: dieses eng anliegende purpurfarbene Gewand gehörte in das Stück. Der lange rote Streifen aber, der sich dort den Hang hinunterzog, wo der Mann heruntergerollt war – der gehörte nicht in das Stück. Der Mann war erstochen worden.

Mr Calhoun Kidd schrie und schrie. Abermals glaubte er, geisterhafte Schritte zu vernehmen, und fuhr zusammen, als plötzlich jemand neben ihm stand. Er kannte die Person und war dennoch zu Tode erschrocken. Dieser zügellose Jungspund, der sich Dalroy nannte, hatte eine grauenvolle Art, lautlos zu erscheinen; und wenn Boulnois es nicht schaffte, längst getroffene Verabredungen einzuhalten, dann hatte Dalroy die unheimliche Angewohnheit, Verabredungen einzuhalten, die gar nicht getroffen worden waren. Das Mondlicht verzerrte alle Farben; gegen seinen roten Haarschopf wirkte Dalroys bleiches Gesicht nicht weiß, sondern blassgrün.

All diese morbiden Eindrücke müssen Kidd zur Entschuldigung dafür gereichen, dass er wie ein Verrückter markerschütternd brüllte: »Haben Sie das getan, Sie Teufel?«

James Dalroy lächelte sein süffisantes Lächeln; aber bevor er den Mund aufmachen konnte, bewegte die am Boden liegende Gestalt erneut den Arm, deutete vage in die Richtung, wo der Degen heruntergefallen war, dann stöhnte er und stieß hervor:

»Boulnois ... es war Boulnois ... Boulnois hat es getan ... war eifersüchtig auf mich ... er war eifersüchtig, er war, er war ...«

Kidd beugte sich näher zu ihm herunter, um ihn besser zu verstehen, hörte aber nur die Worte:

»Boulnois ... mit meinem eigenen Degen ... er warf ihn ...«

Noch einmal deutete der Arm schwach in Richtung des Degens, dann fiel er mit einem dumpfen Aufschlag leblos herab. Tief in sich spürte Kidd jenen galligen Humor aufsteigen, welcher der Ernsthaftigkeit seiner Landsleute diese besondere Würze verleiht.

»Los doch«, stieß er in scharfem Befehlston hervor, »Sie müssen einen Arzt holen. Dieser Mann ist tot.«

»Und einen Priester, vermute ich«, erwiderte Dalroy in rätselhaftem Ton. »Diese Champions sind alle Papisten.«

Der Amerikaner kniete neben dem Körper nieder, tastete nach dem Herz, bettete den Kopf höher und unternahm ein paar letzte Wiederbelebungsversuche; aber noch ehe der andere Journalist in Begleitung eines Arztes und eines Priesters wieder auftauchte, war er bereits darauf gefasst, zu bestätigen, dass jede Hilfe zu spät käme.

»Sind Sie auch zu spät gekommen?«, fragte der Arzt, ein gediegen wohlhabend aussehender Mann mit gewöhnlichem Schnurr- und Backenbart, doch sehr wachem Blick, mit dem er Kidd argwöhnisch beäugte.

»In gewisser Weise schon«, sagte der Vertreter der *Western Sun* zögernd. »Ich kam zu spät, um den Mann zu retten, aber ich schätze, ich kam gerade noch rechtzeitig, um etwas Entscheidendes zu hören. Ich hörte, wie der Mann den Namen seines Mörders nannte.«

»Und wer war der Mörder?«, forschte der Arzt und zog die Augenbrauen zusammen.

»Boulnois«, entgegnete Calhoun Kidd und pfiff leise.

Der Arzt starrte ihn finster an und wurde rot im Gesicht; aber er widersprach nicht. Da ließ sich die sanfte Stimme des Priesters, einer kleinen Gestalt, aus dem Hintergrund vernehmen: »Soviel ich weiß, wurde Mr Boulnois heute Abend nicht in Pendragon Park erwartet.«

»Da haben wir es«, schnaubte der Yankee erbost. »Ich sehe mich durchaus in der Lage, dem alten Mutterland ein, zwei Fakten zu liefern. Ja, *Sir*, John Boulnois wollte heute Abend zu Hause bleiben; er hatte dort eine wirklich wichtige Verabredung mit mir. Doch John Boulnois hat es sich anders überlegt; John Boulnois hat sein Haus ganz allein Hals über Kopf verlassen und hat diesen verfluchten Park vor etwa einer Stunde erreicht. Sein Butler verriet es mir. Ich denke, wir haben das, was die ach so kluge Polizei eine Spur nennt – haben Sie sie übrigens schon benachrichtigt?«

»Ja«, erwiderte der Arzt. »Aber sonst haben wir noch niemanden hier verständigt.«

»Weiß es Mrs Boulnois schon?«, fragte James Dalroy – und wieder verspürte Kidd das unwiderstehliche Verlangen, ihm einen Schlag auf sein verzogenes Maul zu versetzen.

»Ich habe ihr nichts gesagt«, versetzte der Arzt barsch; »aber da kommt ja die Polizei.«

Der kleine Priester war zur Hauptallee hinübergegangen und kehrte nun mit dem dort niedergestürzten Degen zurück, der sich neben seiner gedrungenen Gestalt, die zugleich klerikal und profan wirkte, lächerlich riesig und theatralisch ausnahm. »Nur ganz kurz, bevor die Polizei kommt«, sagte er entschuldigend, »hat vielleicht jemand ein Licht?«

Der amerikanische Journalist zog eine Taschenlampe aus seiner Jacke, und der Priester hielt sie dicht vor das Mittelstück der Klinge, das er mit teuflischer Sorgfalt untersuchte. Dann überreichte er die lang gestreckte Waffe dem Arzt – ohne Spitze oder Griff eines weiteren Blicks zu würdigen.

»Ich fürchte, ich bin hier überflüssig«, sagte er mit einem kurzen Seufzer. »Ich wünsche einen guten Abend, Gentlemen.« Damit schritt er die dunkle Allee zum Herrenhaus hinab, die Hände auf dem Rücken verschränkt und den großen Kopf nachdenklich gesenkt.

Alle Übrigen begaben sich rasch in Richtung des Pförtnerhäuschens, wo man bereits einen Inspektor und zwei Polizisten mit dem Pförtner sprechen sah. Der kleine Priester aber verlangsamte seinen Schritt im düsteren Kreuzgang der Kiefern und blieb schließlich reglos vor der Freitreppe des Herrenhauses stehen. Er reagierte auf diese Art lautlos auf eine ebenso lautlose Annäherung; denn es schritt ein Wesen auf ihn zu, das selbst Calhoun Kidds Ansprüchen an ein liebreizendes und aristokratisches Gespenst Genüge geleistet hätte. Es war eine junge Frau im silbernen Satinkleid im Renaissancestil; ihr goldenes Haar war zu zwei langen, schimmernden Zöpfen geflochten, die ein Gesicht von so erstaunlicher Blässe umrahmten, dass sie ebenso gut chryselephantin hätte sein können – sprich, wie eine jener alten griechischen Statuen, aus Gold und Elfenbein gefertigt. Ihre Augen aber leuchteten hell, und ihre Stimme klang selbstsicher, wenn auch leise.

»Pater Brown?«, fragte sie.

»Mrs Boulnois?«, gab er ernst zurück. Dann sah er sie an und sagte unvermittelt: »Ich sehe, Sie wissen bereits über Sir Claude Bescheid?«

»Woher wissen Sie das?«, fragte sie ruhig.

Er beantwortete ihre Frage nicht, sondern stellte eine zweite: »Haben Sie Ihren Mann gesehen?«

»Mein Mann ist zu Hause«, erwiderte sie. »Er hat damit nichts zu tun.«

Wieder antwortete er nicht, und die Frau trat mit einem merkwürdig angespannten Gesichtsausdruck näher an ihn heran.

»Soll ich Ihnen noch etwas sagen?«, fuhr sie mit einem ängstlichen Lächeln fort. »Ich glaube nicht, dass er es getan hat, und *Sie* glauben es auch nicht.«

Pater Brown erwiderte ihren Blick, indem er sie lange ernst anstarrte; dann nickte er mit noch größerer Ernsthaftigkeit.

»Pater Brown«, sagte die Lady, »ich erzähle Ihnen alles, was ich weiß, aber zuerst möchte ich, dass Sie mir einen Gefallen tun. Werden Sie mir sagen, *warum* Sie nicht wie allen anderen zu dem Schluss kamen, dass der arme John schuldig ist? Sie müssen kein Blatt vor den Mund nehmen: Ich … ich kenne den Klatsch und den äußeren Anschein, der gegen ihn spricht.«

Pater Brown war ernsthaft verlegen und fuhr sich mit der Hand über die Stirn. »Es sind nur zwei Kleinigkeiten«, erwiderte er. »Letzten Endes ist die eine sehr banal und die andere sehr vage. Aber wie sie nun einmal sind, passen sie nicht zu der Annahme, dass Mr Boulnois der Mörder ist.«

Er wandte sein unbewegtes, rundes Gesicht den Sternen zu und fuhr gedankenverloren fort: »Nehmen wir zuerst die vage Vermutung. Ich halte vage Vermutungen für äußerst wichtig. Mich überzeugt alles, was nicht ›offensichtlich‹ ist. Nichts ist unmöglicher als Dinge, die aus moralischen Gründen unmöglich sind. Ich kenne Ihren Gatten nur flüchtig, aber ich denke, dass sein Verbrechen, wie man es sich allgemein vorstellt, moralisch gesehen nicht durchführbar ist. Bitte glauben Sie nicht, ich würde Boulnois keine Niedertracht zutrauen. Jeder kann niederträchtig sein – so niederträchtig, wie er nur will. Wir können unsere moralischen Gesinnungen steuern, in der Regel aber an unseren instinktiven Neigungen und unserer Art zu handeln nichts ändern. Boulnois wäre vielleicht in der Lage, einen Mord zu begehen, aber nicht diesen. Er würde niemals Romeos Degen aus der romanzenhaften Scheide ziehen; oder seinen Widersacher auf der Sonnenuhr niedermetzeln wie auf einem Altar; oder seinen Leichnam im Rosenbeet zurücklassen; oder seinen Degen zwischen die Kiefern schleudern. Wenn Boulnois jemanden umbrächte, dann täte er es leise und mit Bedacht, so wie er alles tun würde, dem etwas Anrüchiges anhaftet – zum Beispiel ein zehntes Glas Portwein trinken oder einen verruchten griechischen Dichter lesen. Nein, die romantische Kulisse passt nicht zu Boulnois. Eher zu Champion.«

»Ach!«, stieß sie hervor und sah ihn mit Augen an, die wie Diamanten funkelten.

»Und die banale Sache ist folgende«, fuhr Pater Brown fort. »Auf diesem Degen befanden sich Fingerabdrücke; Fingerabdrücke lassen sich auch nach längerer Zeit noch erkennen, wenn jemand sie auf einer polierten Oberfläche wie Glas oder Stahl hinterlässt. Diese wurden auf einer polierten Oberfläche hinterlassen. Sie befanden sich etwa in der Mitte der Klinge. Ich habe beim besten Willen keine Ahnung, um wessen Fingerabdrücke es sich handelt; aber warum sollte jemand einen Degen auf halber Höhe der Klinge umfassen? Es war ein langer Degen, aber beim Ausfall gegen den Feind ist Länge ein Vorteil. Zumindest bei den meisten Feinden. Bei allen Feinden bis auf einen.«

»Bis auf einen!«, wiederholte sie.

»Es gibt nur einen Feind«, erklärte Pater Brown, »den man leichter mit dem Dolch als mit dem Degen tötet.«

»Ich weiß«, sagte Mrs Boulnois. »Sich selbst.«

Langes Schweigen folgte. Dann sagte der Priester unvermittelt, aber ruhig: »Habe ich also recht? Hat Sir Claude sich selbst getötet?«

»Ja«, entgegnete sie mit versteinertem Gesicht. »Ich habe gesehen, wie er es getan hat.«

»Starb er aus Liebe zu Ihnen?«, wollte Pater Brown wissen.

Ein außergewöhnlicher Ausdruck huschte über ihr Gesicht; bei Weitem kein Mitleid, keine Bescheidenheit, keine Reue oder irgendetwas anderes, das ihr Gegenüber erwartet hatte: ihre Stimme klang plötzlich fest und voll. »Ich glaube nicht, dass er sich jemals einen Deut um mich geschert hat. Er hasste meinen Mann«, stieß sie hervor.

»Aber warum?«, fragte der andere und wandte sein rundes Gesicht von den Sternen zurück der Lady zu.

»Er hasste meinen Mann weil ... es ist so seltsam, dass ich nicht weiß, wie ich es sagen soll ... weil ...«

»Ja?«, sagte Brown geduldig.

»Weil mein Mann ihn nicht hassen wollte.«

Pater Brown nickte nur und hörte scheinbar immer noch zu. Es war nur eine Kleinigkeit, die ihn von den meisten Detektiven in Fakt und Fiktion unterschied – er gab niemals vor, nicht zu verstehen, wenn er sehr wohl verstand.

Mrs Boulnois rückte noch ein wenig näher an ihn heran, und wiederum wirkte sie voll glühender Gewissheit. »Mein Mann«, sagte sie, »ist ein großartiger Mensch. Sir Claude Champion war kein großartiger Mensch: er war berühmt und erfolgreich. Mein Mann ist nie berühmt oder erfolgreich gewesen; und es ist die reine Wahrheit, dass er davon niemals geträumt hat. Er erwartet nicht, dass man durch Denken berühmter wird als durch Zigarrenrauchen. Bei all diesen Dingen schützt ihn eine wundervolle Einfalt. Er ist niemals erwachsen geworden. Er mochte Champion noch genauso wie damals in der Schule; er bewunderte ihn, wie man einen Zauber- trick beim Abendessen bewundert. Aber nichts konnte ihn dazu bewegen, Champion zu *beneiden*. *Und Cham- pion wollte beneidet werden.* Das machte ihn rasend, und deshalb hat er sich umgebracht.«

»Ja«, sagte Pater Brown. »Ich glaube, ich fange an, zu verstehen.«

»Oh, begreifen Sie denn nicht?«, rief sie. »Alles wurde nur dafür in Szene gesetzt – die Örtlichkeit ist Teil eines Plans. Champion brachte John in einem klei- nen Haus unmittelbar vor seinen Toren unter, wie einen Untertan – um ihn sein Versagen *spüren* zu lassen. Er spürte es nie. Er denkt über solche Dinge ebenso wenig nach wie … wie ein geistesabwesender Löwe. Cham- pion pflegte in den für John beschämendsten Momen- ten oder bei den bescheidensten Mahlzeiten herein- zuplatzen, mit irgendeinem umwerfenden Geschenk, einer Ankündigung oder einer Expedition, sodass man glaubte, Harun ar-Raschid würde seine Aufwartung ma- chen. Und John nahm an oder lehnte liebenswürdig ab, mit einem Auge zum Himmel gewendet sozusagen, so wie ein fauler Schuljunge dem anderen zustimmt oder eben nicht. Fünf Jahre ging das so, und John zuckte nicht einmal mit der Wimper; Sir Claude dagegen war wie von einer fixen Idee besessen.«

»Und Haman zählte Ihnen auf«, sagte Pater Brown, »die Herrlichkeit seines Reichtums und die Menge sei- ner Söhne und alles, wie ihn der König so groß gemacht habe; und er sagte: ›Aber das alles ist mir nicht genug, solange ich den Juden Mardochai sitzen sehe im Tor des Königs.‹«[*]

»Zur Krise kam es«, fuhr Mrs Boulnois fort, »als ich John dazu überredete, einige seiner Theorien niederschreiben zu dürfen und bei einer Zeitschrift einzureichen. Sie begannen, Aufsehen zu erregen, vor allem in Amerika, eine Zeitung wollte ihn sogar interviewen. Als Champion (der fast jeden Tag ein Interview gab) von diesem neuesten kleinen Erfolgserlebnis hörte, das seinem ahnungslosen Rivalen in den Schoss fiel, stürzte die letzte Schranke, die seinen teuflischen Hass zurückhielt, in sich zusammen. Da begann er diesen irrsinnigen Vernichtungsfeldzug gegen meine Liebe und mein Ansehen, von dem die ganze Grafschaft spricht. Sie werden mich fragen, warum ich diese entsetzlichen Aufmerksamkeiten zuließ. Meine Antwort lautet, dass ich sie nicht zurückweisen konnte, ohne meinem Mann alles erklären zu müssen, und es gibt gewisse Dinge, die eine Seele nicht fertigbringt, so wie ein Körper nicht fliegen kann. Niemand hätte es meinem Mann erklären können. Niemand könnte es jetzt tun. Wenn Sie ihm wortreich eröffnet hätten: ›Champion nimmt Ihnen die Frau weg‹, er hätte den Scherz für etwas derb gehalten. Dass es sich um mehr als nur einen Scherz handeln könnte – kein Spalt in seinem dicken Schädel wäre groß genug gewesen, um diese Ansicht hineinzubekommen. Eigentlich hätte John heute Abend kommen sollen, um uns spielen zu sehen, aber als wir uns zum Ausgehen bereitmach-

---

[*] Est 5,11 und 13. Anm. d. Ü.

ten, sagte er, er käme doch nicht mit; er hätte ein gutes Buch und eine Zigarre. Das habe ich Sir Claude gesagt, und das war sein Todesstoß. Der Besessene war plötzlich voller Verzweiflung. Er erstach sich selbst und schrie wie ein Teufel, Boulnois würde ihn ermorden; nun liegt er dort im Garten, gestorben an seiner eigenen Eifersucht, die Eifersucht hervorrufen sollte; und John sitzt im Esszimmer und liest ein Buch.«

Erneut war es still. Dann sagte der kleine Priester: »Ihr sehr lebhafter Bericht hat nur einen Schwachpunkt, Mrs Boulnois. Ihr Gatte sitzt nicht im Esszimmer und liest ein Buch. Dieser amerikanische Reporter hat mir erzählt, er wäre dort gewesen und Ihr Butler habe ihm gesagt, Mr Boulnois sei schließlich doch nach Pendragon Park gegangen.«

Ihre leuchtenden Augen weiteten sich und glitzerten wie elektrisiert; sie schien jedoch eher verblüfft als verwirrt oder ängstlich zu sein. »*Was* wollen Sie damit sagen?«, rief sie. »Alle Bediensteten waren außer Haus, um das Theaterstück zu sehen. Und einen Butler haben wir Gott sei Dank gar nicht!«

Pater Brown fuhr zusammen und drehte sich schlagartig zu ihr um wie ein trudelnder Kreisel. »Wie bitte, was?«, rief er und schien wie zu plötzlichem Leben erwacht. »Hören Sie … ich meine … öffnet Ihr Mann also die Tür, wenn ich jetzt zum Haus hinübergehe?«

»Oh, inzwischen dürften die Bediensteten zurück sein«, sagte sie erstaunt.

»Natürlich, natürlich!«, erwiderte der Geistliche schwungvoll und hastete die Allee hinauf, die zu den

Parktoren führte. Dann wandte er sich noch einmal um und sagte: »Sehen Sie zu, dass Sie sich den Yankee schnappen, sonst wird die Schlagzeile ›Verbrechen des John Boulnois‹ ganz Amerika überziehen.«

»Sie verstehen nicht«, entgegnete Mrs Boulnois. »Das wäre ihm egal. Ich glaube nicht, dass er Amerika überhaupt für bewohntes Land hält.«

Als Pater Brown das Haus mit dem Bienenstock und dem dösigen Hund erreicht hatte, wurde er von einem kleinen, hübschen Stubenmädchen ins Esszimmer geführt, wo John Boulnois lesend unter einer Schirmlampe saß, genau wie seine Frau es ihm beschrieben hatte. Eine Portweinkaraffe und ein Weinglas standen neben ihm; und just als er den Raum betrat, bemerkte der Priester das lange Aschenstück seiner Zigarre, das er nicht abgestreift hatte.

»Er muss mindestens seit einer halben Stunde hier sitzen«, dachte Pater Brown. Er sah sogar aus, als säße er noch immer dort, wo er gesessen hatte, als das Abendessen abserviert wurde.

»Bitte bleiben Sie sitzen, Mr Boulnois«, sagte der Priester in seiner angenehmen, unumwundenen Art. »Ich will Sie nicht unterbrechen. Ich fürchte, ich störe Sie bei einer wissenschaftlichen Lektüre.«

»Nein«, erwiderte Boulnois, »ich las soeben den *Blutigen Daumen*.« Er sagte es, ohne dabei eine Miene zu verziehen, und seinem Besucher fiel eine unbestimmte tiefe und sehr maskuline Gleichgültigkeit an dem Mann auf, die seine Frau Größe genannt hatte. Er legte den grellgelben »Reißer« beiseite, ohne den Akt als unpassend genug zu empfinden, um sich zu einem ironischen Kommentar hinreißen zu lassen. John Boulnois war ein großer Mann mit langsamen Bewegungen und einem gewaltigen, nahezu kahlen Kopf, der von einem grauen Haarkranz umgeben war. Seine Gesichtszüge waren schlicht und grobschlächtig. Er trug einen abgetragenen, sehr altmodischen Abendanzug mit einem kleinen, dreieckigen Hemdausschnitt: er hatte ihn scheinbar ursprünglich angelegt, um auszugehen und seine Frau die Julia spielen zu sehen.

»Ich werde Sie nicht lange vom *Blutigen Daumen* oder irgendwelchen anderen katastrophalen Angelegenheiten abhalten«, sagte Pater Brown lächelnd. »Ich bin nur gekommen, um sie nach dem Verbrechen zu fragen, das Sie heute Abend begangen haben.«

Boulnois sah ihn ruhig an, doch quer über seine breite Stirn begann sich ein roter Streifen abzuzeichnen; er wirkte wie jemand, der zum ersten Mal das Gefühl der Verlegenheit an sich entdeckt.

»Ich weiß, es war sein sonderbares Verbrechen«, pflichtete Brown leise bei. »Sonderbarer als ein Mord vielleicht – für Sie. Die kleinen Sünden sind manchmal schwerer zu beichten als die großen – deshalb ist ja so wichtig, sie zu beichten. Ihre Art des Verbrechens wird von jeder vornehmen Tischdame sechsmal die Woche begangen; und doch kommt es einem wie eine unaussprechliche Verruchtheit vor.«

»Man hat das Gefühl«, versetzte der Philosoph zögernd, »so ein verdammter Narr zu sein.«

»Ich weiß«, stimmte der andere zu, »aber oft muss man sich entscheiden, ob man nur das Gefühl hat oder ob man tatsächlich ein verdammter Narr ist.«

»Ich kann mich selbst schlecht einschätzen«, fuhr Boulnois fort, »aber als ich mit diesem Krimi in diesem Stuhl saß, war ich so glücklich wie ein Schuljunge an einem halben freien Tag. Es war Sicherheit, Ewigkeit – ich kann es nicht erklären ... die Zigarren waren in Reichweite ... die Streichhölzer waren in Reichweite ... der *Daumen* würde noch viermal zuschlagen ... es war nicht nur Frieden, es war Vollkommenheit. Dann läutete es, und eine Minute lang, eine unendliche Minute lang dachte ich, dass ich mich aus diesem Stuhl nicht würde erheben können – buchstäblich, physisch nicht würde aufstehen können, weil die Muskeln versagten. Dann tat ich es wie ein Mann, der die Welt aus den Angeln hebt, weil ich wusste, dass alle Bediensteten außer Haus waren. Ich öffnete die Vordertür, und da stand ein kleiner Kerl mit offenem Mund, um zu sprechen, und mit geöffnetem Notizbuch, um hineinzuschreiben. Da fiel mir der Yankee-Reporter wieder ein, den ich vergessen hatte. Sein Haar war in der Mitte gescheitelt, und ich sage Ihnen, ich hätte einen Mord ...«

»Ich verstehe«, sagte Pater Brown. »Ich habe ihn getroffen.«

»Ich habe keinen Mord begangen«, fuhr der Katastrophen-Spezialist milde fort, »nur einen Meineid. Ich behauptete, ich sei nach Pendragon Park gegangen, und schlug ihm die Tür vor der Nase zu. Das ist mein Verbrechen, Pater Brown, und ich weiß nicht, welche Strafe Sie mir dafür auferlegen würden.«

»Ich werde Ihnen gar keine Strafe auferlegen«, erwiderte der Kirchenmann, indem er fröhlich seinen breiten Hut und seinen Schirm nahm, »im Gegenteil. Ich bin eigens hergekommen, um Ihnen die kleine Strafe zu erlassen, die andernfalls auf ihren kleinen Verstoß gefolgt wäre.«

»Und worin besteht die kleine Strafe, die mir zum Glück erlassen wird?«, fragte Boulnois lächelnd.

»Gehängt zu werden«, entgegnete Pater Brown.

Das Hundeorakel

»Doch«, sagte Pater Brown, »ich mag Hunde sehr gern, solange man sie nur als Tiere betrachtet.«

Gute Geschichtenerzähler sind nicht immer gute Zuhörer. Zuweilen erweisen sich selbst geistreiche Menschen als begriffsstutzig. Pater Browns Freund und Besucher war ein junger Mann, der vor Ideen und Geschichten nur so übersprudelte, ein enthusiastischer Jungspund namens Fiennes, mit hellwachen blauen Augen und einem blonden Haarschopf, der aussah, als hätte ihn nicht einfach nur eine Bürste nach hinten gestriegelt, sondern der Wind des Lebens, durch das er hindurchfegte. Er unterbrach seinen Redefluss für einen Moment und schwieg verdutzt, ehe er den schlichten Sinn der Worte von Pater Brown erkannte.

»Meinen Sie, dass die Leute sie zu sehr vergöttern?«, fragte er. »Ach, ich weiß nicht. Es sind herrliche Geschöpfe. Manchmal glaube ich, sie wissen viel mehr als wir.«

Pater Brown erwiderte nichts, sondern fuhr fort, dem großen Jagdhund halb unbewusst den Kopf zu streicheln, was dieser offensichtlich genoss.

»Also«, sagte Fiennes, der sich bereits wieder warmredete, »bei dem Fall, wegen dem ich sie aufgesucht habe, spielt auch ein Hund eine Rolle: dem sogenannten ›Fall des Unsichtbaren Mörders‹, wissen Sie. Es ist eine seltsame Geschichte, aber meiner Ansicht nach ist der Hund das Seltsamste daran. Sicher, das Verbrechen an sich ist höchst geheimnisvoll, und wie der alte Druce von einem anderen Menschen getötet werden konnte, während er ganz allein in seiner Gartenlaube saß ...«

Die Hand, die den Hund streichelte, hielt in ihrer gleichmäßigen Bewegung einen Augenblick inne, und Pater Brown sagte ruhig: »Ach, es war also eine Gartenlaube?«

»Ich dachte, Sie hätten alles darüber in der Zeitung gelesen«, entgegnete Fiennes. »Warten Sie mal – ich glaube, ich habe einen Ausschnitt bei mir, dem Sie alle Einzelheiten entnehmen können.« Er zog einen Zeitungsstreifen aus seiner Tasche und reichte ihn dem Priester; dieser fing an zu lesen, indem er ihn mit einer Hand dicht vor seine blinzelnden Augen hielt und mit der anderen zerstreut fortfuhr, den Hund zu liebkosen. Es sah aus wie das Gleichnis von dem Mann, dessen rechte Hand nicht weiß, was die linke tut.

»*Viele Detektivgeschichten über Menschen, die hinter verschlossenen Türen und Fenstern ermordet wurden, und Mörder, die entflohen, ohne dabei einen Ein- oder Ausgang zu benutzen, wurden im Zuge der außergewöhnlichen Ereignisse in Cranston an der Küste von Yorkshire Wirklichkeit. Dort wurde Oberst Druce hinterrücks erstochen aufgefunden. Von der Tatwaffe, einem Dolch, fehlt jede*

Spur, sie wurde weder am Tatort noch in der umliegenden Gegend gefunden.

Die Gartenlaube, in der er starb, verfügte tatsächlich nur über einen einzigen Eingang, die Tür, die auf Hauptweg des Gartens, der zum Haus führt, hinausging. Durch eine Verkettung von Umständen, die man beinahe Zufall nennen könnte, wurden Weg und Eingang anscheinend während der fraglichen Zeit beobachtet, und es gibt eine Reihe von Zeugen, deren Aussagen dahingehend übereinstimmen. Die Laube steht am äußersten Ende des Gartens, wo es keinerlei weiteren Ein- oder Ausgang gibt. Der Hauptweg ist ein Gartenpfad zwischen zwei Reihen riesiger Ritterspornstauden, die so eng gepflanzt sind, dass jeder Schritt ab vom Weg eine Spur hinterlassen würde; Pfad und Stauden laufen unmittelbar auf den Eingang der Laube zu, sodass jedes Verlassen des kerzengeraden Wegs keinesfalls unbemerkt bleiben würde. Eine andere Form des Zutritts ist nicht vorstellbar.

Patrick Floyd, der Sekretär des Ermordeten, sagte aus, dass er sich an einem Ort befand, von dem aus er den ganzen Garten überblicken konnte, und zwar von dem Augenblick an, wo der Oberst zuletzt lebend in der Tür erschien, bis zu dem Zeitpunkt, an dem er tot aufgefunden wurde: er habe nämlich auf der obersten Sprosse einer Trittleiter gestanden und die Gartenhecke geschnitten. Janet Druce, die Tochter des Toten, bestätigte diese Aussage und gab an, sie habe die ganze Zeit über auf der Terrasse des Hauses gesessen und Floyd bei der Arbeit gesehen. Auch dies wird, zumindest für einen Teil der Zeit, von Donald Druce, ihrem Bruder, bestätigt, der im Morgenrock — er war spät aufgestanden – am Schlafzimmerfenster gestanden und von dort in den Garten gesehen hatte. Schlussendlich decken sich diese Angaben mit der Aussage Dr. Valentines, einem Nachbarn, der vorbeigekommen war, um eine Weile mit Miss Druce auf der Terrasse zu plaudern, und mit der Aussage von Mr Aubrey Traill, dem Rechtsanwalt des Oberst, der den Ermordeten offenbar als letzter lebend gesehen hat – mit Ausnahme des Mörders vermutlich.

Alle stimmen darin überein, dass sich die Ereignisse folgendermaßen zugetragen haben: Etwa um halb vier Uhr nachmittags ging Miss Druce den Pfad hinab, um ihren Vater zu fragen, wann er seinen Tee wünsche; doch er sagte, er wolle keinen, er würde auf Traill, seinen Anwalt, warten, den man zu ihm in die Gartenlaube schicken solle. Auf dem Rückweg traf das Mädchen Traill, der den Gartenpfad entlangkam; sie wies ihn zu ihrem Vater in die Laube, wo er auch hinging. Etwa eine halbe Stunde später kam er wieder heraus, der Oberst begleitete ihn bis zur Tür und war augenscheinlich in bester Verfassung und sogar glänzend gelaunt. Etwas früher am Tag hatte er sich über die Nachtschwärmereien seines Sohnes geärgert, schien aber seinen Groll überwunden und zu normaler Verfassung zurückgefunden zu haben, denn er hatte andere Gäste ganz ausgesprochen herzlich empfangen, darunter seine beiden Neffen, die an diesem Tag zu Besuch gekommen waren. Da sich diese jedoch während des gesamten Zeitraums, in dem sich die Tragödie ereignete, auf einem Spaziergang befanden, konnten sie keinerlei Aussage machen. Man behauptet, dass das Verhältnis zwischen dem Oberst und Dr. Valentine nicht besonders gut gewesen sei, doch dieser Gentleman *hatte nur eine kurze Unterredung mit der Tochter des Hauses, der er angeblich ernsthaft den Hof macht.*

Rechtsanwalt Traill gibt an, den Oberst allein in der Gartenlaube zurückgelassen zu haben, dies wird von Floyd bestätigt, der aus seiner Vogelperspektive sehen konnte, dass niemand sonst die Laube betrat. Zehn Minuten später ging Miss Druce erneut durch den Garten, und sie hatte das Ende des Pfads noch nicht erreicht, als sie ihren Vater, deutlich zu erkennen an seinem weißen Leinenjackett, ungestalt am Boden liegen sah. Sie stieß einen Schrei aus, der die anderen sofort herbeieilen ließ, und als sie die Laube betraten, fanden sie den Oberst tot neben seinem umgestürzten Korbsessel liegen. Dr. Valentine, der sich noch in unmittelbarer Nähe aufhielt, stellte fest, dass die Wunde von einer Art Stilett herrührte, das unterhalb des Schulterblatts eingedrungen war und das Herz durchbohrt hatte. Die Polizei hat die ganze Umgebung nach einer derartigen Waffe abgesucht, aber keine Spur davon entdecken können.«

»Oberst Druce trug also ein weißes Jackett?«, fragte Pater Brown, als er den Zeitungsausschnitt sinken ließ.

»Das hat er sich in den Tropen angewöhnt«, erwiderte Fiennes leicht erstaunt. »Laut eigener Aussage hat er dort ein paar abenteuerliche Dinge erlebt; und ich schätze, seine Abneigung gegen Valentine hatte etwas damit zu tun, dass der Arzt ebenfalls aus den Tropen kam. Aber die ganze Sache ist ein verdammtes Rätsel. Der Zeitungsbericht ist ziemlich genau – ich habe die Tragödie nicht selbst erlebt, denn ich war nicht dabei, als sie ihn fanden; ich war mit den beiden Neffen und dem Hund spazieren – mit dem Hund, von dem ich Ihnen erzählen wollte. Aber ich habe die Szenerie exakt so gesehen, wie sie hier beschrieben wird: den schnurgeraden Pfad zwischen den blauen Blumen bis hin zu dem schattigen Eingang; den schwarz gekleideten Rechtsanwalt mit Zylinder, der ihn entlangging; den roten Schopf des Sekretärs hoch über der grünen Hecke, die er mit seiner Gartenschere bearbeitete. Diesen roten Schopf hätte niemand übersehen können, egal aus welcher Entfernung, und wenn die Leute behaupten, sie hätten ihn die ganze Zeit über dort gesehen, dann stimmt das auch. Dieser rothaarige Sekretär Floyd ist wirklich ein Original, ein hektischer, umtriebiger Kerl, der ständig die Arbeit anderer Leute erledigt, wie in diesem Fall die des Gärtners. Ich glaube, er ist Amerikaner; jedenfalls hat er diese amerikanische Art, ins Leben zu sehen – den Standpunkt, wie sie das nennen … du meine Güte.«

»Was ist mit dem Rechtsanwalt?«, wollte Pater Brown wissen.

Fiennes schwieg einen Augenblick und sprach dann für seine Verhältnisse ziemlich langsam: »Traill kam mir sonderbar vor. In seiner eleganten schwarzen Kleidung wirkte er fast geckenhaft, trotzdem würde man ihn kaum als modebewusst bezeichnen. Denn er trug einen langen, üppigen schwarzen Backenbart, wie man ihn seit viktorianischer Zeit nicht mehr gesehen hat. Er hatte ein vornehmes, ernstes Gesicht und ein vornehmes, ernstes Auftreten, aber hin und wieder schien er sich zu erinnern, dass ein Lächeln angebracht sei. Und wenn er seine weißen Zähne zeigte, schien er leicht an

Würde zu verlieren, er bekam sogar etwas Kriecherisches. Es mag auch reine Verlegenheit gewesen sein, denn er spielte nervös mit seinem Halstuch und der Krawattennadel, die zugleich hübsch und sonderbar waren, genau wie er selbst. Wenn jemand infrage käme ... aber was soll das alles, es ist doch ausgeschlossen. Niemand weiß, wer es getan hat. Niemand weiß, wie es getan werden konnte. Eine Ausnahme würde ich allerdings machen, und nur deshalb erwähne ich die ganze Sache. Der Hund weiß es.«

Pater Brown seufzte und sagte dann zerstreut: »Sie waren dort, weil Sie mit dem jungen Donald befreundet sind, nicht wahr? Aber bei dem Spaziergang war er nicht dabei, oder?«

»Nein«, erwiderte Fiennes lächelnd. »Der Halunke war erst morgens zu Bett gegangen und nachmittags aufgestanden. Ich begleitete seine beiden Vettern, zwei junge Offiziere aus Indien, und dementsprechend belanglos war unsere Unterhaltung. Ich weiß noch, dass der ältere, der, glaube ich, Herbert Druce heißt und der als hervorragender Pferdezüchter gilt, über nichts anderes als eine Stute sprach, die er gekauft hatte, und über den Schurken, der sie ihm verkauft hatte; sein Bruder Harry schien währenddessen über sein Spielerpech in Monte Carlo nachzugrübeln. Ich erwähne das nur, um Ihnen in Anbetracht der Dinge, die sich auf unserem Spaziergang ereigneten, deutlich zu machen, dass keiner von uns etwas Übersinnliches an sich hatte. Der einzig Geheimnisvolle in unserer Gruppe war der Hund.«

»Was war das für ein Hund?«, fragte der Priester.

»Gleiche Rasse wie der hier«, entgegnete Fiennes. »Das hat mich ja erst auf die Geschichte gebracht, ihre Aussage, man solle in Hunden nicht mehr sehen, als sie sind. Er ist ein großer schwarzer Retriever und hört auf den Namen Nox – ein sehr passender Name übrigens, denn ich glaube, was er anstellte, ist ein noch dunkleres Geheimnis als der Mord. Wie Sie wissen, liegen Druces Haus und Garten am Meer; wir gingen etwa eine Meile am Strand entlang und dann den gleichen Weg zurück. Wir kamen an einem merkwürdigen Felsen, dem sogenannten Schicksalsfelsen vorüber, der in der Gegend berühmt ist, weil er einer von diesen Steinen ist, der nur mit der Spitze auf einem anderen Stein balanciert und bei der leisesten Berührung herabstürzen würde. Er ist nicht besonders hoch, aber durch seine überhängende Form wirkt er ziemlich wild und bedrohlich; jedenfalls in meinen Augen, ich kann mir nicht vorstellen, dass meine unbekümmerten jungen Begleiter viel Sinn fürs Pittoreske hatten. Vielleicht spürte ich auch nur, dass eine Stimmung in der Luft lag; denn genau in diesem Augenblick kam die Frage auf, ob es an der Zeit sei, zum Tee zurückzukehren, und da hatte ich, glaube ich, eine Vorahnung, dass die Zeit bei der Angelegenheit eine große Rolle spielte. Weder Herbert Druce noch ich hatten eine Uhr, also riefen wir seinen Bruder, der ein paar Schritte zurückgeblieben war, um sich im Schutz der Hecke seine Pfeife anzuzünden. So kam es, dass er durch das zunehmende Halbdunkel mit lauter Stimme die Uhrzeit, es war zwanzig nach vier, herüberschrie; und irgendwie bewirkte die Lautstärke, dass es wie die

Verkündung eines schrecklichen Unheils klang. Seine Unbefangenheit verstärkte das Gefühl noch; aber das ist ja bei Vorzeichen meistens der Fall; und bestimmte Augenblicke an diesem Nachmittag waren tatsächlich besonders bedeutungsvoll. Laut Dr. Valentines Aussage war der arme Druce wirklich gegen halb fünf gestorben.

Nun, die Jungs meinten, wir hätten noch zehn Minuten Zeit, also gingen wir noch ein wenig den Strand entlang, ohne etwas Besonderes zu tun – wir warfen Steine für den Hund und schleuderten Stöcke ins Meer, die er apportieren sollte. Doch mir erschien die Dämmerung immer bedrückender, und der bloße Schatten des überhängenden Schicksalsfelsens lag auf mir wie eine Last. Und dann geschah das Merkwürdige. Nox hatte soeben Herberts Spazierstock aus dem Meer geholt, sein Bruder hatte seinen Stock ebenfalls hineingeworfen. Der Hund schwamm wieder hinaus, aber auf einmal – es musste gerade halb fünf geschlagen haben – hörte er auf zu schwimmen. Er kehrte ans Ufer zurück und blieb vor uns stehen. Dann warf er den Kopf zurück und stieß ein Geheul aus – ein so klagendes Wehgeheul, wie ich es noch nie im Leben gehört habe.

›Was zum Teufel ist mit dem Hund los?‹, fragte Herbert, aber keiner von uns konnte ihm eine Antwort geben. Nachdem das Heulen und Winseln des Tiers an der einsamen Küste verstummt war, herrschte langes Schweigen, das plötzlich unterbrochen wurde. Unterbrochen, so wahr ich lebe, von einem schwachen, fernen Schrei, dem Schrei einer Frau, der jenseits der Hecken vom Land her zu kommen schien. Damals wussten wir noch nicht, was es war, doch später erfuhren wir es. Es war der Schrei, den das Mädchen ausstieß, als es den Leichnam seines Vaters entdeckte.«

»Sie gingen zurück, nehme ich an«, sagte Pater Brown geduldig. »Was geschah dann?«

»Ich will Ihnen sagen, was dann geschah«, versetzte Fiennes mit finsterem Nachdruck. »Das Erste, was wir erblickten, als wir in diesen Garten zurückkamen, war Rechtsanwalt Traill; ich sehe ihn noch vor mir, mit seinem schwarzen Hut und seinem schwarzen Backenbart, die sich vor dem Hintergrund der bis zur Laube reichenden blauen Blumen abhoben, dahinter den Sonnenuntergang und den seltsamen Umriss des Schicksalsfelsens. Sein Gesicht und seine Gestalt lagen im Schatten, doch ich könnte schwören, dass er seine weißen Zähne zeigte und lächelte.

Kaum hatte Nox den Anwalt erblickt, stürmte er auf ihn zu, blieb mitten auf dem Weg stehen und bellte ihn völlig außer sich an; ein mörderisches Gebell, als würde er Flüche und schreckliche Hasstiraden gegen den Mann ausstoßen. Der Mann duckte sich und flüchtete zwischen den Blumen den Pfad hinauf.«

Pater Brown sprang mit erschreckender Ungeduld auf.

»Also hat der Hund ihn denunziert, ja?«, rief er. »Das Hundeorakel hat ihn verurteilt. Haben Sie gesehen, welche Vögel in der Luft waren, und wissen Sie auch, ob sie rechts oder links vorbeiflogen? Haben Sie auch die Auguren wegen der Opfer befragt? Bestimmt haben Sie nicht versäumt, den Hund aufzuschneiden und seine

Eingeweide zu beschauen. Auf diese Art von wissenschaftlicher Prüfung scheint ihr aufgeklärten Heiden euch ja zu verlassen, wenn ihr vorhabt, einen Menschen um sein Leben und seine Ehre zu bringen.«

Fiennes saß einen Augenblick lang gaffend da, bevor er wieder zu Atem kam und hervorbrachte: »Aber, was haben Sie denn? Was habe ich jetzt wieder angestellt?«

In die Augen des Priesters stahl sich ein Ausdruck von Unsicherheit – der Unsicherheit eines Mannes, der im Dunkeln gegen einen Pfosten gelaufen ist und sich einen Moment lang fragt, ob er ihn beschädigt hat.

»Es tut mir schrecklich leid«, sagte er aufrichtig betrübt. »Ich bitte meine Grobheit zu entschuldigen, bitte verzeihen Sie mir.«

Fiennes sah ihn neugierig an. »Manchmal glaube ich, Sie sind das größte Mysterium von allen«, sagte er. »Aber wenn Sie schon nicht an das Geheimnis des Hundes glauben wollen, an dem Geheimnis des Menschen kommen Sie nicht vorbei. Sie können nicht leugnen, dass genau in dem Augenblick, als das Tier aus dem Meer zurückkam und bellte, die Seele seines Herrn aus dem Leib getrieben wurde – durch den Stoß einer unsichtbaren Macht, die kein Sterblicher erkennen oder sich auch nur vorstellen kann. Und was den Rechtsanwalt betrifft – ich halte mich da nicht nur an den Hund –, gibt es auch noch andere merkwürdige Details. Er kam mir wie ein glatter, lächelnder, doppelzüngiger Mensch vor; und eine seiner Angewohnheiten erschien mir fast wie ein Wink. Wie Sie wissen, waren Arzt und Polizei sehr rasch zur Stelle; Valentine wurde zurückgeholt, als er sich gerade vom Haus entfernte, und er telefonierte sofort. Dieser Umstand, die Abgeschiedenheit des Hauses, die geringe Anzahl von Personen und das eingezäunte Grundstück erlaubten es, wirklich jeden zu durchsuchen, der in der Nähe war; und jedermann wurde genauestens durchsucht – nach einer Waffe. Das ganze Haus, der Garten und der Strand wurden nach einer Waffe durchkämmt. Das Verschwinden des Dolchs ist beinahe ebenso aberwitzig wie das Verschwinden des Täters.«

»Das Verschwinden des Dolchs«, wiederholte Pater Brown nickend. Er schien plötzlich aufmerksam geworden zu sein.

»Also«, fuhr Fiennes fort, »ich habe Ihnen doch erzählt, dass Traill die Angewohnheit hatte, an seinem Halstuch und an der Krawattennadel herumzuzupfen – vor allem an der Nadel. Sie war, genau wie er, protzig und altmodisch in einem. Sie war mit einem jener Steine versehen, die aus konzentrischen, bunten Kreisen bestehen, die aussehen wie ein Auge, und dass er darauf so fixiert war, ging mir auf die Nerven, als wäre er ein Zyklop mit einem einzigen Auge in der Körpermitte. Doch die Nadel war nicht nur groß, sondern auch lang; und mir kam plötzlich der Gedanke, dass seine Sorge um ihren korrekten Sitz daher rührte, dass sie noch länger war, als sie aussah; genau genommen so lang wie ein Stilett.«

Pater Brown nickte nachdenklich. »Wurde jemals eine andere Waffe in Betracht gezogen?«, forschte er.

»Ja«, erwiderte Fiennes, »einer der beiden jungen Druces – ich meine die Vettern – hatte noch eine

Idee. Weder Herbert noch Harry erweckten zunächst den Anschein, als ob sie bei einer wissenschaftlichen Untersuchung eine große Hilfe wären; Herbert war wirklich ein Dragoner wie aus dem Bilderbuch, er interessierte sich ausschließlich für Pferde und war eine Zierde der Gardekavallerie; sein jüngerer Bruder hingegen hatte der indischen Polizei angehört und kannte sich mit derlei Dingen ein wenig aus. Auf seine Art war er sogar ziemlich gescheit; ich schätze fast, ein wenig zu gescheit; immerhin schied er aus dem Polizeidienst aus, weil er irgendwelche bürokratischen Regeln missachtet und auf eigenes Risiko und auf eigene Verantwortung gehandelt hat. Jedenfalls war er gewissermaßen ein Detektiv außer Dienst und stürzte sich mit mehr als dem Eifer eines Amateurs auf die Sache. Mit ihm hatte ich auch den Streit über die Waffe – einen Streit, der uns auf eine neue Spur brachte. Es begann damit, dass er meiner Beschreibung, wie der Hund Traill anbellte, widersprach; er behauptete, dass ein Hund, wenn es darauf ankommt, nicht belle, sondern knurre.«

»Womit er ja auch recht hatte«, bemerkte der Priester.

»Ferner sagte der junge Bursche, was diesen Punkt beträfe, so hätte er Nox andere Leute vorher schon anknurren gehört, darunter auch Floyd, den Sekretär. Ich entgegnete, damit würde sich sein Einwand von selbst erledigen; schließlich könne das Verbrechen ja nicht zwei oder drei Leuten angelastet werden, am wenigsten Floyd, der so unschuldig sei wie ein junger Hallodri und der die ganze Zeit über von jedermann gesehen worden war, wie er mit seinem roten Haarschopf, hervorstechend wie ein scharlachroter Kakadu, über der Gartenhecke hing. ›Ich weiß, die Sache ist nicht einfach‹, erwiderte mein Gesprächspartner, ›aber ich wünschte, Sie würden kurz mit mir in den Garten kommen. Ich möchte Ihnen etwas zeigen, was meiner Ansicht nach noch niemand gesehen hat.‹ Es war eben der Tag, an dem der Mord entdeckt worden war, und im Garten war noch alles unverändert. Die Trittleiter stand noch an der Hecke, und genau an dieser Stelle blieb mein Begleiter stehen und zog etwas aus dem hohen Gras hervor. Es war die Schere, mit der die Hecke gestutzt worden war, und an einer Spitze klebte Blut.«

Ein kurzes Schweigen entstand, dann fragte Pater Brown unvermittelt: »Weshalb war der Rechtsanwalt da?«

»Er erzählte uns, der Oberst habe ihn kommen lassen, um sein Testament zu ändern«, entgegnete Fiennes. »Übrigens sollte ich im Zusammenhang mit dem Testament noch etwas anderes erwähnen. Es wurde nämlich nicht an jenem Nachmittag in der Gartenlaube unterzeichnet, wissen Sie.«

»Davon gehe ich aus«, gab Pater Brown zurück; »sonst hätten zwei Zeugen zugegen sein müssen.«

»Tatsächlich kam der Anwalt bereits am Tag zuvor, und das Testament wurde unterzeichnet; aber am nächsten Tag wurde er nochmals bestellt, denn dem Alten waren Zweifel an einem der Zeugen gekommen, die er beseitigt wissen wollte.«

»Wer waren denn die Zeugen?«, fragte Pater Brown.

»Das ist es ja gerade«, versetzte sein Informant eifrig, »die beiden Zeugen waren Floyd, der Sekretär, und dieser Dr. Valentine, dieser ausländische Chirurg, oder was immer er ist; und die beiden hatten eine Auseinandersetzung. Nun muss ich zugeben, dass der Sekretär ein ziemlicher Wichtigtuer ist. Er gehört zu jenen hitzigen und ungestümen Menschen, die aufgrund ihres heftigen Temperaments unglücklicherweise zu Streitsucht und schnaubendem Argwohn neigen, die anderen Leuten misstrauen, anstatt ihn zu trauen. Dieser rothaarige Hitzkopf ist stets entweder vollkommen leichtgläubig oder vollkommen ungläubig; manchmal auch beides. Er war nicht nur ein Hansdampf in allen Gassen, er wusste auch in jedem Punkt besser Bescheid als jeder Fachmann. Außerdem wusste er nicht nur alles, sondern warnte auch jeden vor allen anderen. All das muss man in Betracht ziehen, wenn man seinen Verdacht gegen Valentine bedenkt; in diesem speziellen Fall schien jedoch wirklich etwas dahinterzustecken. Er behauptete, Valentine hieße in Wirklichkeit gar nicht Valentine. Er sagte, er sei ihm an einem anderen Ort unter dem Namen De Villon begegnet. Er sagte, dies mache das Testament ungültig; und selbstverständlich besaß er die Freundlichkeit, dem Anwalt die Rechtslage in einem solchen Fall zu erläutern. Beide waren furchtbar wütend.«

Pater Brown lachte. »Das sind die Menschen häufig, wenn sie ein Testament unterzeichnen sollen«, sagte er, »das liegt manchmal auch daran, dass sie darin nicht als Erben genannt werden. Aber was hat Dr. Valentine gesagt? Sicherlich wusste der allwissende Sekretär mehr über den Namen des Doktors als dieser selbst. Vielleicht aber wusste selbst der Doktor das ein oder andere über seinen Namen beizusteuern.«

Fiennes hielt einen Augenblick inne, bevor er fortfuhr.

»Dr. Valentine nahm es ziemlich merkwürdig auf. Dr. Valentine ist ein merkwürdiger Mensch. Er ist eine auffällige Erscheinung, wenn auch sehr fremdländisch. Er ist jung, aber trägt einen quadratisch gestutzten Bart; sein Gesicht ist sehr bleich, erschreckend bleich und schrecklich ernst. In seinen Augen liegt ein Schmerz, als ob er besser eine Brille trüge oder vom vielen Nachdenken Kopfschmerzen hätte; trotzdem ist er ein gut aussehender Mann und stets korrekt gekleidet, mit Zylinder, dunklem Rock und einer kleinen roten Rose im Knopfloch. Er benimmt sich recht kühl und hochmütig, und seine Art, einen anzustarren, ist zuweilen höchst irritierend. Als er sich nun mit dem Vorwurf konfrontiert sah, seinen Namen geändert zu haben, stierte er lediglich wie eine Sphinx vor sich hin und erwiderte mit einem kurzen Lachen, er nehme an, Amerikaner hätten keine Namen, die sie ändern könnten. Ich glaube, daraufhin geriet auch der Oberst in Rage und bedachte den Doktor mit allerlei groben Worten, die umso zorniger waren, da ihm dessen Absichten bezüglich eines künftigen Platzes in der Familie durchaus bewusst waren. Ich hätte mir dabei nicht viel gedacht, wenn mir nicht etwas später, am frühen Nachmittag vor der Tragödie, zufällig ein paar Worte zu Ohren gekommen wären. Ich will keine große Affäre daraus machen, denn es handelte sich um jene Art von Gespräch, bei dem man normalerweise nur ungern Zeuge wird. Als ich mit meinen beiden Begleitern und dem Hund auf das Eingangstor zuschritt, vernahm ich die Stimmen von Miss Druce und Dr. Valentine, die sich für einen Augenblick in den Schatten des Hauses zurückgezogen hatten, in einen von blühenden Pflanzen verborgenen Winkel. Sie sprachen miteinander in leidenschaftlichem Flüstern, manchmal fast wie ein Zischen, es klang wie ein Zwist unter Liebenden und war gleichzeitig ein Stelldichein. Kein Mensch würde die meisten Dinge, die sie sagten, wiederholen wollen, aber angesichts eines derart tragischen Ereignisses sehe ich mich gezwungen, zu berichten, dass mehr als einmal die Rede davon war, jemanden umzubringen. Wenn ich es richtig verstanden habe, flehte das Mädchen ihn an, jemanden nicht zu töten, oder sie sagte, keine noch so große Provokation würde den Mord an einem Menschen rechtfertigen. Ziemlich ungewöhnliche Unterhaltung mit einem Gentleman, der mal eben zum Tee vorbeischaut, finde ich.«

»Erinnern Sie sich«, wollte der Priester wissen, »ob Dr. Valentine nach der Szene mit dem Sekretär und dem Oberst besonders verärgert war – ich meine wegen der Unterzeichnung des Testaments?«

»Jedenfalls war er nicht halb so verärgert wie der Sekretär«, erwiderte Fiennes. »Es war der Sekretär, der nach der Unterzeichnung wutschnaubend davonstürzte.«

»Und nun«, bat Pater Brown, »erzählen Sie mir, was es mit dem Testament auf sich hat.«

»Der Oberst war ein sehr reicher Mann, und sein Testament war von Bedeutung. Traill wollte uns zum damaligen Zeitpunkt nichts über die Änderung sagen, aber ich habe inzwischen erfahren – erst heute Morgen, um genau zu sein –, dass ein Großteil des Vermögens vom Sohn auf die Tochter übertragen wurde. Ich habe Ihnen ja berichtet, dass Druce über den Lebenswandel meines Freundes Donald wütend war.«

»Die Frage nach dem Motiv wurde von der Frage nach der Ausführung ziemlich in den Hintergrund gedrängt«, bemerkte Pater Brown nachdenklich. »So wie es aussieht, hat Miss Druce momentan durch den Tod ihres Vaters den größten Vorteil.«

»Lieber Gott! Wie kann man so kaltblütig reden!«, rief Fiennes und starrte ihn an. »Wollen Sie damit andeuten, dass sie …«

»Wird sie diesen Dr. Valentine heiraten?«, unterbrach ihn der andere.

»Manche Leute sind dagegen«, entgegnete sein Freund. »Aber er ist hier in der Gegend beliebt und angesehen, außerdem ist er ein fähiger und leidenschaftlicher Chirurg.«

»Ein so leidenschaftlicher Chirurg«, wandte Pater Brown ein, »dass er sein Operationsbesteck bei sich hatte, als er die junge Dame zur Teezeit aufsuchte. Denn er muss ein Skalpell oder etwas Ähnliches benutzt haben, außerdem scheint er zwischendurch nicht nach Hause gegangen zu sein.«

Fiennes sprang auf und blickte ihn mit brennender Neugier an. »Wollen Sie andeuten, dass er vielleicht dasselbe Skalpell benutzt hat …«

Pater Brown schüttelte verneinend den Kopf. »All diese Andeutungen sind vorläufig reine Fantasien«, erklärte er. »Die Frage ist nicht, wer es getan hat und womit, sondern wie es getan wurde. Uns mögen zahlreiche Tatverdächtige einfallen und ebenso viele Tatwaffen: Nadeln, Scheren und Skalpelle. Aber wie ist der Täter in den Raum gelangt? Wie konnte dort auch nur eine Nadel hineingelangen?«

Während er sprach, starrte er nachdenklich zur Decke, doch bei seinen letzten Worten trat ein gespannter Ausdruck in seinen Blick, als hätte er dort oben eine vom Aussterben bedrohte Fliege erkannt.

»Also, wie würden Sie jetzt vorgehen?«, fragte der junge Mann. »Sie haben doch so viel Erfahrung; was würden Sie mir raten?«

»Ich fürchte, ich bin keine große Hilfe«, entgegnete Pater Brown seufzend. »Ich kann nicht viel dazu sagen, da ich weder die Örtlichkeiten noch die Personen näher kenne. Im Augenblick können Sie lediglich ihre Nachforschungen vor Ort fortsetzen. Wenn ich Sie recht verstanden habe, hat Ihr Freund von der indischen Polizei mehr oder weniger die Leitung Ihrer Untersuchung dort übernommen. An Ihrer Stelle würde ich hinfahren und nachsehen, wie er vorankommt. Herausfinden, wie er sich als Amateurdetektiv anstellt. Vielleicht gibt es ja schon neue Erkenntnisse.«

Nachdem sich seine Gäste, der zweibeinige und der vierbeinige, entfernt hatten, nahm Pater Brown seinen Federhalter und widmete sich erneut der Tätigkeit, bei der er unterbrochen worden war: der Vorbereitung einer Vortragsreihe über die Enzyklika *Rerum Novarum*. Es war ein umfassendes Thema, er musste seine Ausführungen mehrmals überarbeiten, sodass er noch genauso damit beschäftigt war, als etwa zwei Tage später der große schwarze Hund erneut ins Zimmer gesprungen kam und ihn vor Begeisterung und Aufregung fast umwarf. Sein Herr, der ihm nachfolgte, teilte zwar die Aufregung, nicht aber die Begeisterung. Seine Erregung schien weniger angenehmer Natur zu sein, denn die blauen Augen schienen aus seinem Kopf fast hervorzutreten, und sein sonst so rosiges Gesicht war ein wenig blass.

»Sie haben mir geraten«, sagte er brüsk und ohne Umschweife, »ich solle herausfinden, was Harry Druce so treibt. Wissen Sie, was er getan hat?«

Der Priester gab keine Antwort, und der junge Mann stieß aufgewühlt hervor: »Ich will Ihnen sagen, was er getan hat. Er hat sich umgebracht.«

Pater Browns Lippen bewegten sich nur schwach, und die Worte, die er vor sich hin murmelte, hatten keinerlei Bezug, betrafen weder diese Geschichte noch andere irdische Belange.

»Manchmal sind Sie mir unheimlich«, sagte Fiennes. »Haben Sie … haben Sie damit etwa gerechnet?«

»Ich habe es für möglich gehalten«, erwiderte Pater Brown, »deshalb habe ich Sie gebeten, ein Auge auf ihn zu haben. Ich hoffte, Sie kämen noch rechtzeitig.«

»Ich war derjenige, der ihn gefunden hat«, fuhr Fiennes heiser fort. »Es war das abscheulichste und unheimlichste Erlebnis, das ich je hatte. Ich ging wieder durch diesen alten Garten und spürte, dass abgesehen von dem Mord noch etwas anderes, Unnatürliches über ihm lag. Der dunkle Eingang zu der alten, grauen Laube war nach wie vor zu beiden Seiten von einer Fülle blauer Blumen umwogt; doch auf mich wirkten die blauen Blumen wie blaue Dämonen, die vor einer dunklen Höhle der Unterwelt tanzten. Ich sah mich um, alles schien an seinem gewohnten Platz zu sein. Mich aber beschlich der seltsame Gedanke, der Himmel selbst habe nicht seine gewohnte Gestalt. Und dann erkannte ich, was es war. Üblicherweise sah man stets den Schicksalsfelsen im Hintergrund aufragen, jenseits der Gartenhecke und vor dem Meer. Der Schicksalsfelsen war verschwunden.«

Pater Brown hatte den Kopf gehoben und lauschte gebannt.

»Es war, als ob sich ein Berg aus einer Landschaft davongestohlen hätte oder als ob der Mond vom Himmel gefallen wäre; obwohl mir durchaus bewusst war, dass der leichteste Stoß den Felsen jederzeit hätte umstürzen können. Wie besessen rannte ich in Windeseile den Gartenpfad hinab und brach durch die Hecke, als wäre sie ein Spinnennetz. Es war keine sonderlich robuste Hecke, doch aufgrund ihres ungestörten Wuchses erfüllte sie den denselben Zweck wie eine Mauer. Am Strand stellte ich fest, dass der lose Felsen von seinem Podest gefallen war, und darunter lag zerschmettert der arme Harry Druce. Er hatte einen Arm um den Felsen geschlungen, als hätte er ihn selbst zu sich herabgezogen; und in die weite braune Sandfläche neben sich hatte er in wirren, großen Buchstaben die Worte geritzt: ›Der Schicksalsfelsen begräbt den Narren unter sich.‹«

»Daran war das Testament des Oberst schuld«, bemerkte Pater Brown. »Der junge Mann hatte alles auf eine Karte gesetzt, er war fest davon überzeugt, dass er von Donalds Enterbung profitieren würde, vor allem als ihn sein Onkel am gleichen Tag bestellte wie den Rechtsanwalt und ihn so herzlich empfing. Andernfalls wäre er erledigt gewesen, er hatte seinen Posten bei der Polizei verloren und sein letztes Hemd in Monte Carlo verspielt. Als er feststellen musste, dass er seinen Onkel umsonst getötet hatte, nahm er sich das Leben.«

»Halt, Moment mal!«, rief Fiennes mit aufgerissenen Augen. »Das geht mir zu schnell.«

»Weil wir gerade vom Testament sprechen«, fuhr Pater Brown ruhig fort, »bevor ich es vergesse oder wir uns bedeutenderen Dingen zuwenden: Ich glaube, für das Rätsel um den Namen des Doktors gibt es eine ganz einfache Erklärung. Ich meine, ich hätte beide Namen irgendwo schon einmal gehört. Der Arzt ist in Wirklichkeit ein französischer Adliger und trägt den Titel Marquis de Villon. Zugleich aber ist er glühender Republikaner, er hat auf den Titel verzichtet und seinen vergessenen Familiennamen wieder angenommen. ›Mit Eurem Bürger Riquetti habt Ihr zehn Tage lang ganz Europa in die Irre geführt.‹ *

---

* Honoré-Gabriel de Riquetti, Graf von Mirabeau (1749–1791) trat in der französischen Nationalversammlung als Vertreter des Dritten Standes unter dem Namen Riquetti auf, den zunächst niemand mit dem Grafen Mirabeau in Verbindung brachte. Anm. d. Ü.

»Wie bitte?«, fragte der junge Mann verständnislos.

»Sei's drum«, versetzte der Priester. »In neun von zehn Fällen verbirgt sich hinter einem Namenswechsel ein Schurkenstück, aber hier haben wir es mit edlem Fanatismus zu tun. Darauf zielte im Übrigen auch seine sarkastische Bemerkung, Amerikaner hätten keine Namen, er meinte damit keine Titel. In England würde man den Marquis von Hartington niemals mit Mister Hartington anreden; in Frankreich hingegen nennt man den Marquis de Villon einfach Monsieur de Villon. Es könnte also durchaus wie eine Namensänderung aussehen. Was das Gerede über Mord und Totschlag angeht, vermute ich, dass auch das etwas mit französischer Etikette zu tun hat. Der Doktor sprach davon, Floyd zu einem Duell herauszufordern, und das Mädchen versuchte, ihn davon abzuhalten.«

»Oh, jetzt *verstehe* ich«, sagte Fiennes langsam. »Jetzt weiß ich auch, was sie meinte.«

»Und das wäre?«, fragte sein Gegenüber lächelnd.

»Na ja«, meinte der junge Mann, »es handelt sich um etwas, das geschah, bevor ich den Leichnam des armen Kerls entdeckte; die Katastrophe hat es wohl aus meinem Gedächtnis verdrängt. Es fällt ja auch schwer, eine kleine romantische Idylle im Kopf zu behalten, wenn man gerade auf dem Höhepunkt einer Tragödie angelangt ist. Als ich den Weg zum Haus des Oberst hinunterging, traf ich seine Tochter bei einem Spaziergang mit Dr. Valentine. Sie war natürlich in Trauer, und er ist ohnehin stets schwarz gekleidet, als ginge er gerade zu einem Begräbnis; ich kann aber nicht behaupten, dass die beiden eine Leichenbittermiene zur Schau trugen. Mir sind noch nie zwei Menschen begegnet, die auf ihre Weise strahlender und fröhlicher ausgesehen hätten. Sie blieben stehen und begrüßten mich, dann erzählten sie mir, sie hätten geheiratet und lebten in einem kleinen Haus am Rande der Stadt, wo der Arzt seine Praxis weiterführe. Das erstaunte mich etwas, da ich ja wusste, dass sie durch das Testament ihres Vater sein gesamtes Vermögen geerbt hatte; ich machte diesbezüglich eine dezente Anspielung, indem ich sagte, ich sei auf dem Weg zum ehemaligen Anwesen ihres Vaters und hätte gehofft, sie vielleicht dort anzutreffen. Aber sie lachte nur und sagte: ›Ach, das haben wir alles aufgegeben. Mein Mann macht sich nichts aus Erbinnen.‹ Und zu meiner Überraschung erfuhr ich, dass sie tatsächlich darauf bestanden hatten, den Besitz an den armen Donald zurückzugeben; ich hoffe, es war ein heilsamer Schock für ihn und dass er mit seinem Erbe vernünftig umgehen wird. Letztlich ist er gar kein übler Kerl, er war eben noch sehr jung und sein Vater nicht gerade verständnisvoll. Doch in diesem Zusammenhang machte sie eine Bemerkung, die ich damals nicht deuten konnte; aber jetzt bin ich sicher, dass es so ist, wie Sie sagen. Mit einem Anflug großzügiger Arroganz, die jedoch völlig altruistisch war, sagte sie nämlich plötzlich:

›Ich hoffe, das wird diesen rothaarigen Schwachkopf davon abhalten, einen weiteren Aufstand wegen des Testaments zu machen. Glaubt er wirklich, mein Mann, der seinen Grundsätzen zuliebe auf ein Familienwappen und eine Adelskrone aus der Zeit der Kreuzzüge verzichtet hat, würde einen alten Mann in seiner Gartenlaube umbringen, um an eine solche Erbschaft zu gelangen?‹ Dann lachte sie wieder und sagte: ›Mein Mann bringt überhaupt niemanden um, es sei denn in der Ausübung seines Berufs. Er hat ja nicht einmal seine Freunde mit einer Forderung zu dem Sekretär geschickt.‹ Jetzt ist mir natürlich klar, was sie meinte.«

»Natürlich«, sagte Pater Brown, »mir ist es zum Teil auch klar. Was aber meinte sie genau mit ihrer Äußerung, der Sekretär mache Ärger wegen des Testaments?«

Lächelnd antwortete Fiennes: »Ich wünschte, Sie würden den Sekretär kennen, Pater Brown. Sie hätten Ihre Freude daran, ihn dabei zu beobachten, wie er ›den Laden in Schwung bringt‹, wie er es ausdrückt. Er brachte sogar das Trauerhaus in Schwung. Er steckte so viel Elan und Dynamik in das Begräbnis, als wäre es eine sportliche Großveranstaltung. Wenn sich wirklich etwas ereignet hatte, gab es für ihn kein Halten mehr. Ich habe Ihnen ja geschildert, wie er den Gärtner beim Gärtnern zu beaufsichtigen pflegte und wie er den Rechtsanwalt im Recht unterwies. Es versteht sich von selbst, dass er auch den Chirurgen über praktische Chirurgie belehrte, und da es sich bei dem Chirurgen um Dr. Valentine handelte, können Sie davon ausgehen, dass er ihm schließlich weit Schlimmeres unterstellte als mangelnde Fachkenntnis. Der Sekretär hatte es sich in seinen roten Kopf gesetzt, dass der Arzt das Verbrechen begangen hatte, und als die Polizei eintraf, lief er zu Höchstform auf. Unnötig zu erwähnen, dass er sich auf der Stelle in den größten aller Amateurdetektive verwandelte. Nie hat Sherlock Holmes mit riesenhafterem geistigen Hochmut und mehr Verachtung auf Scotland Yard herabgesehen als der Privatsekretär von Oberst Druce auf die Polizei, die den Tod des Oberst untersuchte. Ich sage Ihnen, es war eine Wonne, ihn zu beobachten. Er stolzierte mit abwesender Miene umher, warf seine scharlachrote Mähne in den Nacken und gab knappe, ungehaltene Antworten. Es war zweifellos sein Benehmen in diesen Tagen, das Druces Tochter so gegen ihn aufbrachte. Er hatte natürlich eine Theorie. Und zwar genau die Art von Theorie, die in einen Detektivroman passen würde; überhaupt ist Floyd ein Mensch, der eigentlich in einem Buch vorkommen sollte. In einem Buch wäre er wesentlich komischer und würde einem weniger auf die Nerven fallen.«

»Und wie lautete seine Theorie?«, wollte der andere wissen.

»Oh, sie hatte es wirklich in sich«, versetzte Fiennes düster. »Sie hätte Furore gemacht, wenn sie auch nur zehn Minuten länger standgehalten hätte. Er behauptete, der Oberst habe noch gelebt, als man ihn in der Laube auffand, und der Doktor habe ihn unter dem Vorwand, seine Kleidung aufzuschneiden, mit seinem Chirurgenbesteck getötet.«

»Ich verstehe«, gab der Priester zurück. »Ich nehme an, er lag flach mit dem Gesicht auf dem schmutzigen Boden, um in dieser Stellung ein kleines Nickerchen zu machen.«

»Wunderbar, wie weit man es mit bloßer Betriebsamkeit bringen kann«, fuhr sein Informant fort. »Ich glaube, Floyd hätte seine großartige Theorie unter allen Umständen in die Zeitung gebracht und den Doktor möglicherweise ins Gefängnis, als die Entdeckung des Leichnams unter dem Schicksalsfelsen die ganze Sache wie eine Ladung Dynamit himmelweit auffliegen ließ. Damit wären wir wieder beim Ausgangspunkt. Ich denke, der Selbstmord kommt einem Geständnis gleich. Doch niemand wird wohl jemals die ganze Geschichte erfahren.«

Beide schwiegen, dann sagte der Priester bescheiden: »Ich glaube schon, dass ich die ganze Geschichte kenne.«

Fiennes starrte ihn an. »Aber hören Sie«, rief er, »woher sollten Sie die ganze Geschichte kennen oder sicher sein, dass es die Wahrheit ist? Sie saßen hier meilenweit vom Tatort entfernt und haben eine Predigt verfasst; wollen Sie mir weismachen, Sie wüssten bereits, was geschehen ist? Wenn Sie das Ende schon kennen, wo um alles in der Welt haben sie den Anfang her? Wie sind Sie auf Ihre eigene Geschichte gekommen?«

Pater Brown sprang mit einer für seine Verhältnisse ungewöhnlichen Erregung auf, und sein erster Ausruf glich einem Ausbruch.

»Durch den Hund!«, rief er aus. »Durch den Hund natürlich! Das Verhalten des Hundes am Strand hätten Ihnen alles verraten müssen, wenn Sie ihn ganz genau beobachtet hätten.«

Fiennes starrte ihn entgeistert an. »Aber Sie haben mir doch selbst gesagt, dass meine Ahnung wegen des Hundes völliger Unsinn sei und er mit der Sache nichts zu tun habe.«

»Der Hund ist der Schlüssel zu allem«, entgegnete Pater Brown. »Das hätten Sie selbst bald herausgefunden, wenn Sie den Hund als Hund betrachtet hätten und nicht als allmächtigen Gott, der über die Seelen der Menschen richtet.«

Brown schwieg kurz verlegen und fuhr dann kleinlaut fort: »Ich mag Hunde nämlich schrecklich gern, wissen Sie. Und ich hatte den Eindruck, dass der arme Hund über der ganzen abergläubisch geisterhaften Glorifizierung seiner Rasse in Vergessenheit geriet. Nehmen wir zum Beispiel den kleinen Vorfall, dass er den Rechtsanwalt anbellte und den Sekretär anknurrte. Sie haben mich gefragt, wie ich das alles aus hundert Meilen Entfernung erraten konnte; das ist, ehrlich gesagt, größtenteils Ihr Verdienst, denn sie haben die Leute so anschaulich beschrieben, dass ich weiß, was es für Typen sind. Ein Mensch wie Traill, der gewöhnlich die Stirn runzelt und plötzlich lächelt, jemand, der mit irgendwelchen Sachen herumspielt, vor allem in der Halsgegend, ist ein nervöser Mensch, den man rasch in Verlegenheit bringt. Es würde mich nicht wundern, wenn auch Floyd, der tüchtige Sekretär, nervös und schreckhaft wäre; das sind die übereifrigen Yankees gerne. Sonst hätte er sich nicht mit der Heckenschere in den Finger geschnitten und sie fallen gelassen, als er Janet Druce schreien hörte.

Bekanntlich mögen Hunde keine nervösen Leute. Ich weiß nicht, ob sie auch den Hund nervös machen, ob er sie – schließlich ist er nur ein Tier – ein wenig einschüchtern will, oder ob er sich in seiner hündischen Eitelkeit, die man keinesfalls unterschätzen sollte, ganz einfach verletzt fühlt, weil man ihn nicht leiden kann. Wie dem auch sei, jedenfalls hat der arme Nox diese Leute nur deshalb angebellt oder angeknurrt, weil er sie nicht mochte, weil sie Angst vor ihm hatten. Nun weiß ich, dass Sie furchtbar klug sind, und keiner mokiert sich über Klugheit, der nur ein bisschen Verstand hat. Aber manchmal habe ich den Eindruck, dass Sie allzu klug sind, um Tiere richtig zu verstehen. Bisweilen sind Sie auch zu klug, um Menschen zu verstehen, besonders wenn sie sich ähnlich einfach verhalten wie Tiere. Tiere nehmen alles sehr wörtlich; sie leben in einer Welt fester Wahrheiten. Nehmen wir diesen Fall: Ein Hund bellt einen Mann an, und der Mann läuft vor dem Hund davon. Sie denken scheinbar zu kompliziert, um die Fakten erkennen zu können: nämlich, dass der Hund bellte, weil er den Mann nicht mochte, und dass der Mann flüchtete, weil er Angst vor dem Hund hatte. Mann und Hund hatten kein anderes Motiv und brauchten keins; Sie aber müssen psychologische Geheimnisse hineinlesen und vermuten, der Hund verfüge über seherische Kräfte und sei ein mysteriöses Sprachrohr des Schicksals. Sie müssen vermuten, der Mann liefe nicht vor dem Hund weg, sondern vor seinem Henker. Aber wenn Sie einmal genauer darüber nachdenken, dann erweisen sich all diese tiefenpsychologischen Schlüsse als äußerst unwahrscheinlich. Wäre der Hund imstande, den Mörder seines Herrn tatsächlich eindeutig und bewusst zu identifizieren, dann würde er nicht dastehen und ihn ankläffen wie einen Pfarrer auf einer Teegesellschaft;

er würde ihm eher an die Kehle springen. Glauben Sie andererseits wirklich, dass ein Mensch, der sein Herz so verhärtet hat, dass er einen alten Freund umbringt und sich anschließend vor den Augen der Tochter und des Doktors, der die Todesursache feststellte, lächelnd unter die Familie dieses alten Freundes mischt – glauben Sie wirklich, dass sich ein solcher Mensch vor bloßer Reue krümmen würde, nur weil ein Hund ihn anbellt? Vielleicht spürt er die tragische Ironie; vielleicht erschüttert es sein Innerstes wie jedes andere alltägliche tragische Ereignis. Aber er würde nie wie ein Verrückter durch den Garten rennen, um vor dem einzigen Zeugen zu fliehen, von dem er weiß, dass er nicht reden kann. In eine solche Panik geraten Leute nur, wenn sie Angst haben – nicht vor tragischer Ironie, sondern vor den Zähnen eines Hundes. Die ganze Geschichte ist einfacher, als Sie glauben.

Kommen wir nun zu den Ereignissen am Strand. Hier wird die Sache schon interessanter. In Ihrer Darstellung wirkten sie viel rätselhafter. Ich konnte nicht begreifen, warum der Hund ins Wasser ging und einfach wieder herauskam; das sah mir nicht nach typisch Hund aus. Hätte Nox sich über etwas anderes aufgeregt, wäre er vielleicht gar nicht erst hinter dem Stock hergesprungen. Wahrscheinlich wäre er schnüffelnd in die Richtung gelaufen, in der er das Unheil witterte. Aber wenn ein Hund erst einmal hinter etwas herjagt, Stein, Stock oder Kaninchen, lässt er sich meines Wissens nur noch durch einen höchst entschiedenen Befehl davon abringen, und selbst dann nicht immer. Ich kann mir nicht vorstellen, dass er nur aus einer Laune heraus umkehrte.«

»Aber er ist umgekehrt«, beharrte Fiennes. »Und kam ohne den Stock zurück.«

»Er kam aus einem sehr einleuchtenden Grund ohne Stock zurück«, antwortete der Priester. »Er kam zurück, weil er ihn nicht finden konnte. Er winselte, weil er ihn nicht finden konnte. Über so etwas heult ein Hund nämlich wirklich. Ein Hund hält sich streng an Rituale. Er nimmt es mit dem präzisen Ablauf eines Spiels ähnlich genau wie ein Kind mit der getreulichen Wiedergabe eines Märchens. In diesem Fall entsprach das Spiel nicht den Spielregeln. Er kam zurück, um sich ernsthaft über das Betragen des Stocks zu beschweren. So etwas hatte es noch nie gegeben. Noch nie war ein bedeutender, berühmter Hund von einem miesen, alten Spazierstock so behandelt worden.«

»Wieso, was hatte der Spazierstock denn getan?«, wollte der junge Mann wissen.

»Er war untergegangen«, erwiderte Pater Brown.

Fiennes schwieg und blickte den Priester weiter mit ungläubigem Staunen an. Dieser fuhr fort:

»Er war untergegangen, weil es nicht wirklich ein Stock war, sondern eine Stahlklinge mit äußerst dünnem Bambusüberzug und scharfer Spitze. Mit anderen Worten, es war ein Stockdegen. Vermutlich kann sich ein Mörder selten auf so merkwürdige und doch so natürliche Weise einer blutigen Waffe entledigen, indem er sie einem Jagdhund zum Apportieren ins Meer wirft.«

»Langsam begreife ich, auf was Sie hinauswollen«, räumte Fiennes ein. »Aber selbst wenn der Mörder einen Stockdegen benutzte, habe ich keine Ahnung, wie.«

»Ich hatte gleich zu Beginn eine Ahnung«, sagte Pater Brown, »als Sie etwas von einem Gartenhaus sagten. Und eine weitere, als Sie erwähnten, Druce trage ein weißes Jackett. Solange alle nach einem kurzen Dolch suchten, dachte niemand daran; aber wenn wir von einer ziemlich langen Klinge wie die eines Degens ausgehen, ist es durchaus plausibel.«

Er lehnte sich zurück, richtete seinen Blick zur Decke und begann den ganzen Fall noch einmal von Anfang an zu entwickeln.

»Das ganze Gerede über Detektivgeschichten wie *Das geheimnisvolle Zimmer*[*], über einen Mann, der tot aufgefunden wird in einem versiegelten Raum, zu dem keiner Zutritt hatte, lässt sich auf diesen Fall nicht übertragen, weil es sich um eine Laube handelt. Wenn wir vom geheimnisvollen Zimmer oder einem anderen Raum sprechen, setzten wir glatte, undurchdringliche Mauern voraus. Aber eine Gartenlaube ist anders gebaut. Häufig, wie auch in diesem Fall, besteht sie aus eng geflochtenen, einzelnen Zweigen und Holzstegen, die hie und da eine Lücke aufweisen. Exakt eine solche Lücke befand sich hinter Druces Rücken, der in seinem Sessel vor der Wand saß. Doch nicht nur der Raum war eine Laube, auch der Stuhl war ein Korbsessel und somit ein wah-

---

[*] Klassische Detektivgeschichte von Gaston Leroux (1868–1927) über einen versuchten Mord in einem verschlossenen Raum. Leroux ist auch Autor vom *Phantom der Oper*. Anm. d. Ü.

res Gitterwerk von Gucklöchern. Schließlich stand die Laube dicht vor der Hecke, und Sie selbst haben mir vor Kurzem gesagt, es sei eine sehr dünne Hecke gewesen. Jemand, der draußen stand, konnte das weiße Jackett des Oberst durch dieses Netzwerk aus Ästen, Zweigen und Rohr ebenso leicht erkennen wie das Weiß einer Zielscheibe.

Sie haben die geografischen Gegebenheiten zwar etwas ungenau beschrieben; ich konnte mir aber trotzdem ein Bild davon machen. Sie sagten, der Schicksalsfelsen sei nicht sonderlich hoch gewesen; sie sagten aber auch, dass er den Garten überragte wie ein Berggipfel. Mit anderen Worten, er stand sehr nah am Ende des Gartens, obgleich Sie einen langen Spaziergang machten, um zu ihm zu gelangen. Außerdem schrie die junge Dame wohl kaum so laut, dass man es eine halbe Meile weit hören konnte. Sie stieß unwillkürlich einen kurzen Schrei aus, und trotzdem hörten Sie ihn am Strand. Neben anderen interessanten Dingen, von denen sie mir erzählten, darf ich Sie daran erinnern, dass Sie sagten, Harry Druce wäre zurückgeblieben, um sich im Schutz der Hecke seine Pfeife anzuzünden.«

Fiennes erschauerte leicht. »Sie meinen, er zog seinen Stockdegen und stach damit durch die Hecke auf den weißen Fleck ein? Aber das wäre doch ein höchst unwahrscheinlicher Zufall und ein ziemlich plötzlicher Entschluss. Außerdem wusste er ja nicht genau, ob ihm der alte Mann wirklich Geld vererben würde, und wie sich herausstellte, war das nicht der Fall.«

Pater Browns Gesichtszüge wurden lebhafter.

»Sie missdeuten den Charakter des Mannes«, erklärte er, als hätte er ihn selbst sein Leben lang gekannt. »Ein merkwürdiger, aber nicht unbekannter Menschenschlag. Wenn er wirklich *gewusst* hätte, dass er das Geld erben würde, hätte er es nicht getan, davon bin ich überzeugt. Er hätte es als die niederträchtige Tat angesehen, die sie war.«

»Ist das nicht irgendwie widersprüchlich?«, wandte Fiennes ein.

»Der Mann war ein Spieler«, fuhr der Priester fort, »und ein Mann, der in Ungnade gefallen war, weil er sich auf ein Risiko eingelassen und auf eigene Faust Befehle erteilt hatte. Wahrscheinlich ging es um eine recht skrupellose Sache, jede Polizei des Britischen Empire gleicht dem russischen Geheimdienst ja mehr, als wir wahrhaben wollen. Aber er ist zu weit gegangen und gescheitert. Für einen solchen Mann ist die Versuchung, eine verrückte Tat zu begehen, deshalb so groß, weil das Risiko im Nachhinein so bewundernswert ist. Er möchte sagen: ›Niemand außer mir hätte die Gelegenheit am Schopf packen können oder erkannt: jetzt oder nie. Was für ein kühner, kolossaler Schlag, als ich das alles wie ein Puzzle zusammensetzte: Donald in Ungnade gefallen; man schickt nach dem Rechtsanwalt; und gleichzeitig nach Herbert und mir – und dann nichts weiter als die herzliche Art, mit der alte Mann mich anlächelt und mir die Hand drückt. Jeder würde sagen, ob ich noch bei Sinnen wäre, etwas Derartiges zu riskieren; aber so macht man eben sein Glück, man muss verrückt genug sein, um ein wenig Weitblick zu entwickeln.‹ Kurz, es handelt sich um die Eitelkeit des Glücksritters, um den Größenwahn des Spielers. Je unwahrscheinlicher der Zufall, je spontaner der Entschluss, umso sicherer wird er die Chance ergreifen. Die Magie des Augenblicks, die Banalität des weißen Flecks und der Lücke in der Hecke berauschten ihn wie eine Vision der Erfüllung all seiner Wünsche. Jemand, der klug genug ist, um solch ein Zusammenspiel von Zufällen zu erkennen, kann doch nicht so feige sein, sie nicht zu nutzen! So spricht der Teufel zum Spieler. Doch selbst der Teufel hätte den Unglücklichen wohl kaum dazu verleitet, hinzugehen und einen alten Erbonkel auf so fade, vorsätzliche Weise zu töten. Das wäre ihm nicht raffiniert genug gewesen.«

Er hielt kurz inne und fuhr dann mit einem gewissen ruhigen Nachdruck fort.

»Und nun versuchen Sie einmal, sich die Szene vor Augen zu führen, wie Sie sie selbst gesehen haben. Als er so dastand, wie benebelt von seiner teuflischen Chance, blickte er auf und sah die bizarre Silhouette, die ein Abbild seiner eigenen schwankenden Seele hätte sein können; dieser eine große Felsen, der bedrohlich auf dem anderen balancierte wie eine umgedrehte Pyramide, und da erinnerte er sich, dass man dieses Gebilde den Schicksalsfelsen nannte. Können Sie sich eine Vorstellung davon machen, welche Wirkung ein solches Signal in diesem Augenblick auf den Mann haben musste? Ich glaube, es löste seine Tat aus und erhöhte seine Wachsamkeit. Wer ein Turm sein will, darf nicht fürchten, ins Wanken zu geraten. Jedenfalls handelte er, und das nächste Problem bestand darin, seine Spuren zu verwischen. Einen Stockdegen bei sich zu haben, noch dazu einen blutverschmierten Stockdegen, wäre fatal gewesen bei den Nachforschungen, die mit Sicherheit folgen würden. Wenn er ihn irgendwo versteckte, würde man ihn finden und käme ihm wahrscheinlich auf die Spur. Selbst wenn er ihn ins Meer schleuderte, könnte ihn jemand dabei beobachten und sein Verhalten sonderbar finden – es sei denn, er hätte eine Idee, wie er den Vorgang ganz natürlich aussehen lassen könnte. Wie Sie wissen, hatte er eine Idee, und eine sehr gute dazu. Da er der Einzige war, der eine Uhr bei sich hatte, sagte er Ihnen und Herbert, es sei noch zu früh, um zurückzugehen, schlenderte ein bisschen weiter und fing an, Stöcke für den Hund ins Meer zu werfen. Doch wie verzweifelt muss sein Blick den einsamen Strand abgesucht haben, ehe er erleichtert auf den Hund fiel!«

Fiennes nickte und starrte nachdenklich ins Leere. Seine Gedanken schienen zu dem weniger faktischen Teil der Geschichte abzuschweifen.

»Schon seltsam«, sagte er, »dass der Hund schließlich doch etwas mit der Geschichte zu tun hat.«

»Der Hund hätte Ihnen die Geschichte fast erzählen können, wenn er sprechen würde«, meinte der Priester. »Ich beklage mich nur darüber, dass Sie für ihn, weil er nicht sprechen kann, eine Geschichte erfunden haben und ihn mit Menschen- und Engelszungen reden ließen. Ich beobachte das immer häufiger in unserer heutigen Zeit, es taucht in allen möglichen Zeitungsgerüchten und als Gemeinplatz in Gesprächen auf: Dinge, die willkürlich für bare Münze genommen werden, ohne dass sie bestätigt werden können. Die Leute schlucken bereitwillig jede unbewiesene Behauptung, und zwar über alles Mögliche. Es begräbt den alten Rationalismus und Skeptizismus unter sich, es flutet herein wie das Meer – und sein Name ist Aberglaube.« Er erhob sich plötzlich und fuhr mit finsterem Blick stirnrunzelnd fort, als wähnte er sich allein. »Wenn man nicht an Gott glaubt, büßt man zuerst seinen gesunden Menschenverstand ein und sieht die Dinge nicht mehr so, wie sie sind. Jeder Sachverhalt, über den jemand spricht und von dem behauptet wird, da stecke wirklich etwas dahinter, nimmt bald so enorme Ausmaße an wie ein endloser Korridor in einem Albtraum. Und dann wird ein Hund zum Omen, eine Katze zum Mysterium, ein Schwein zum Glücksbringer und ein Käfer zum Skarabäus; die ganze Menagerie der ägyptischen und altindischen Vielgötterei wird heraufbeschworen: der Hund Anubis und die große grünäugige Sachmet und alle heiligen brüllenden Stiere von Basan; man taumelt zurück zu den Tiergöttern der frühen Menschheit, flüchtet sich in die Gestalten von Elefanten, Schlangen und Krokodilen – und alles nur, weil man die vier Worte fürchtet: ›ER ist Mensch geworden.‹«

Der junge Mann stand leicht verlegen auf, als hätte er ein Selbstgespräch belauscht. Er rief den Hund und verabschiedete sich mit leicht diffusen, aber fröhlichen Worten. Den Hund aber musste er zweimal rufen, denn dieser war einen Augenblick lang völlig regungslos stehen geblieben und sah unverwandt zu Pater Brown empor, wie der Wolf zum heiligen Franz von Assisi.

Das schlimmste Verbrechen der Welt

Pater Brown schlenderte durch eine Bildergalerie mit einer Miene, die verriet, dass er nicht gekommen war, um die Bilder zu sehen. Er wollte die Bilder tatsächlich nicht sehen, obwohl er Bilder durchaus mochte. Nicht, dass diese hochmodernen bildhaften Entwürfe etwas Verwerfliches oder Anstößiges an sich hätten. Nur ein unsensibler Mensch würde sich durch die Darstellung von unterbrochenen Spiralen, auf den Kopf gestellten Kegeln und verbeulten Zylindern, durch welche die moderne Kunst die Menschheit inspirierte oder bedrohte, zu einigen der etwas heidnischeren Leidenschaften hinreißen lassen. In Wirklichkeit hielt Pater Brown nach einer jungen Freundin Ausschau, die diesen leicht unpassenden Treffpunkt vorgeschlagen hatte, da sie selbst eine flotte, moderne Person war. Die junge Freundin war gleichzeitig eine junge Verwandte; eine der wenigen Angehörigen, die er hatte. Ihr Name war Elizabeth Fane, kurz Betty genannt, und sie war die Tochter einer Schwester, die in ein angesehenes, aber verarmtes Gutsherrengeschlecht eingeheiratet hatte. Der Gutsherr war nicht nur verarmt, sondern auch verstorben, deshalb übernahm Pater Brown als Verwandter sowohl eine Beschützer- als auch eine Priesterrolle. In gewisser

Weise war er Onkel und Vormund in einem. Im diesem Moment betrachtete er blinzelnd die Grüppchen in der Galerie, konnte das vertraute fröhliche Gesicht und das braune Haar seiner Nichte jedoch nirgends entdecken. Er sah ein paar Leute, die er kannte, und ein paar weitere, die er nicht kannte, darunter einige, die er – reine Geschmackssache – lieber gar nicht erst kennenlernen wollte.

Unter den Leuten, die dem Priester unbekannt waren, aber dennoch sein Interesse weckten, war ein schlanker, munterer junger Mann, der sehr elegant gekleidet war und ein wenig fremdländisch wirkte; denn er trug einen Kinnbart, der wie der eines alten Spaniers spatenförmig gestutzt war, sein dunkles Haar dagegen war so kurz geschnitten, dass es wie eine eng anliegende, schwarze Kappe aussah. Unter den Leuten, die der Priester nicht unbedingt näher kennenlernen wollte, befand sich eine äußerst herrschsüchtig aussehende Lady, ganz in aufsehenerregendes Scharlachrot gekleidet und mit einer gelben Mähne, die zu lang war, um als Bob bezeichnet zu werden, aber zu wirr, um einen anderen Namen zu verdienen. Ihr ausdrucksstarkes, grobknochiges Gesicht wies eine ungesunde Blässe auf, und wenn sie jemanden ins Auge fasste, versprühte sie den Zauber eines Basilisken*. In ihrem Schlepptau befand sich ein kleiner Mann mit ausladenden Bart und breitem Gesicht, dessen Augen sich zu langen, schläfrigen Schlitzen vereng-

---

* Mythisches Fabelwesen, dessen Blick versteinert oder tötet. Anm. d. Ü.

ten. Wenn auch nur halb wach, sah er doch unbeschwert und wohlmeinend aus, lediglich sein Stiernacken wirkte von hinten ein wenig brutal.

Pater Brown sah die Lady an und dachte, dass das Auftauchen und Erscheinen seiner Nichte ein angenehmer Kontrast wäre. Trotzdem konnte er aus irgendeinem Grund die Augen nicht von ihr abwenden, bis er das Gefühl bekam, dass der Anblick jeder beliebigen Person ein angenehmer Kontrast wäre. Daher verspürte er eine gewisse Erleichterung, auch wenn er kurz aufschreckte wie aus dem Schlaf, als er sich beim Klang seines Namens umdrehte und in ein anderes Gesicht sah, das er kannte.

Es war das gerissene, doch nicht unfreundliche Antlitz eines Anwalts namens Granby, dessen graue Haarsträhnen ebenso gut von Perückenpuder hätten stammen können, so sehr standen sie im Widerspruch zu seinem jugendlichen, energiegeladenen Auftreten. Er gehörte zu jenen Stadtmenschen, die wie Schuljungen ständig in ihren Büros herum-, in sie hinein- und wieder hinausrennen. In der feinen Bildergalerie konnte er sich ganz auf diese Weise nicht gebärden, sah aber so aus, als würde er es gerne tun; er blickte sich besorgt nach allen Seiten um, auf der Suche nach einem vertrauten Gesicht.

»Ich wusste gar nicht, dass Sie ein Faible für moderne Kunst haben«, sagte Pater Brown lächelnd.

»Das habe ich auch von Ihnen nicht angenommen«, erwiderte der andere. »Ich bin hier, um jemanden zu jagen.«

»Hoffentlich wird Ihre Jagd erfolgreich sein«, entgegnete der Priester. »Ich bin aus demselben Grund hier.«

»Sagte, er wäre auf der Durchreise zum Festland«, schnaubte der Anwalt, »und ob ich ihn an diesem bizarren Ort treffen könnte.« Er grübelte einen Augenblick lang vor sich hin und sagte dann unvermittelt: »Hören Sie, ich weiß, dass Sie ein Geheimnis bewahren können. Kennen Sie Sir John Musgrave?«

»Nein«, antwortete der Priester; »allerdings hätte ich nicht vermutet, dass seine Existenz geheim sei, obwohl er sich angeblich in einem Schloss versteckt hält. Ist das nicht dieser alte Mann, über den man sich komische Geschichten erzählt – dass er in einem Wehrturm mit echtem Fallgitter und einer Ziehbrücke lebt und sich standhaft weigert, das finstere Zeitalter hinter sich zu lassen? Ist er einer Ihrer Mandanten?«

»Nein«, erwiderte Granby schroff. »Sein Sohn, Captain Musgrave, hat sich an uns gewandt. Doch der alte Herr spielt bei der Angelegenheit eine wichtige Rolle; und ich kenne ihn nicht, das ist der Punkt. Schauen Sie, das ist wie gesagt vertraulich, aber Ihnen kann ich trauen.« Er senkte die Stimme und zog seinen Freund in einen kleineren Raum der Galerie, in dem verschiedene Bilder realer Gegenstände hingen und der vergleichsweise menschenleer war.

»Dieser junge Musgrave«, erklärte er, »möchte sich von uns eine hohe Summe leihen, deren Rückzahlung *post mortem* seines alten Vaters in Northumberland fällig wird. Der alte Herr ist weit über siebzig und wird irgendwann *mortem*, aber was ist dann sozusagen mit dem *post*? Was geschieht mit seinem Barvermögen, seinen Schlössern, Fallgittern und dem ganzen Rest? Es handelt sich um ein altehrwürdiges Anwesen, das immer noch viel wert ist, aber seltsamerweise ist es nicht als Erbgut eingetragen. So ist der Stand der Dinge, verstehen Sie. Die Frage lautet, wie es bei Dickens heißt: Ist der alte Mann wohlwollend?«

»Wenn er seinem Sohn wohl will, würden Sie sich umso wohler fühlen«, bemerkte Pater Brown. »Nein, ich fürchte, ich kann Ihnen hier nicht behilflich sein. Ich bin Sir John Musgrave niemals begegnet, und soviel ich weiß, gibt es nur sehr wenige Menschen, die ihm heutzutage begegnen. Aber selbstverständlich ist es Ihr gutes Recht, diesen Punkt zu klären, bevor Sie dem jungen Gentleman Geld Ihrer Firma leihen. Gehört er zu jener Sorte Mensch, die man enterbt?«

»Nun, ich bin mir nicht sicher«, entgegnete der andere. »Er ist äußerst beliebt und brillant, und eine bedeutende Persönlichkeit in der Gesellschaft; allerdings hält er sich viel im Ausland auf und war früher Journalist.«

»Nun, das ist ja kein Verbrechen. Zumindest nicht immer«, sagte Pater Brown.

»Ach was!«, versetzte Granby barsch. »Sie wissen, was ich meine – er ist ein ziemlich unsteter Geist, er war Journalist, Vortragsreisender, Schauspieler und alles Mögliche. Ich muss wissen, woran ich mit ihm bin … Ah, da ist er ja.«

Der Anwalt, der im leereren Teil der Galerie ungeduldig hin und her gestampft war, drehte sich plötzlich um und schoss im Laufschritt in den belebteren Saal. Er lief auf den großen, gut gekleideten jungen Mann mit kurzem Haar und fremdländisch aussehendem Bart zu.

Die beiden sprachen miteinander und entfernten sich, und eine Zeit lang verfolgte Pater Brown sie mit zusammengekniffenen, kurzsichtigen Augen. Sein starrer Blick aber wurde durch das atemlose, nahezu ungestüme Eintreffen seiner Nichte Betty abgelenkt und wieder gelöst. Zur Überraschung ihres Onkels führte sie ihn in den ruhigeren Raum zurück und setzte ihn auf einen Stuhl, der in den unendlichen Weiten des Fußbodens wie eine Insel wirkte.

»Ich muss dir etwas mitteilen«, sagte sie. »Es ist so unsinnig, dass niemand sonst es verstehen wird.«

»Nicht so stürmisch«, erwiderte Pater Brown. »Geht es um diese Sache, die deine Mutter angedeutet hat? Verlobungsgeplänkel und so weiter; nicht das, was Militärhistoriker ein Generalgefecht nennen.«

»Wie du weißt, möchte sie, dass ich mich mit Captain Musgrave verlobe«, sagte sie.

»Das wusste ich nicht«, seufzte Pater Brown resigniert, »aber von Captain Musgrave zu reden, scheint in Mode zu sein.«

»Natürlich sind wir sehr arm«, sagte sie, »und es bringt nichts, zu behaupten, es mache keinen Unterschied.«

»Willst du ihn denn heiraten?«, fragte Pater Brown und sah sie mit halb geschlossenen Augen an.

Sie blickte stirnrunzelnd zu Boden und antworte leise:

»Das dachte ich jedenfalls. Zumindest glaube ich, dass ich es dachte. Aber ich habe gerade einen ziemlichen Schock erlebt.«

»Dann erzähl mir davon.«

»Ich habe ihn lachen gehört«, sagte sie.

»Eine hervorragende soziale Fähigkeit«, gab er zurück.

»Du verstehst nicht«, erwiderte das Mädchen. »Es war überhaupt nicht sozial. Das ist es ja gerade – es war nicht sozial.«

Sie hielt kurz inne und fuhr dann entschlossen fort:

»Ich war schon früh hier und sah ihn allein mitten in dieser Galerie mit dem modernen Bildern sitzen, die zu dem Zeitpunkt noch ziemlich leer war. Er hatte keine Ahnung, dass ich oder irgendjemand sonst in der Nähe war; er saß da, ganz für sich, und er lachte.«

»Na ja, kein Wunder«, meinte Pater Brown. »Ich bin zwar kein Kunstkritiker, aber im Großen und Ganzen ist doch der Anblick der Bilder insgesamt …«

»Oh, du *willst* mich nicht verstehen«, sagte sie fast zornig. »Darum ging es überhaupt nicht. Er sah sich die Bilder gar nicht an. Er starrte direkt zur Decke, doch seine Augen schienen nach innen gerichtet, und die Art, wie er lachte, ließ das Blut in meinen Adern gefrieren.«

Der Priester hatte sich erhoben und schritt, die Hände auf dem Rücken, im Raum hin und her. »Du solltest in einem solchen Fall nichts überstürzen«, hob er an. »Es gibt zwei Arten von Männern – aber wir können jetzt nicht weiter über ihn sprechen, da kommt er nämlich gerade.«

Captain Musgrave betrat schwungvoll den Raum und eroberte ihn mit einem Lächeln. Anwalt Granby war dicht hinter ihm und in seinem anwaltlichen Gesicht stand ein neuer Ausdruck von Erleichterung und Zufriedenheit.

»Ich muss mich für alles, was ich über den Captain gesagt habe, entschuldigen«, meinte er zu dem Priester, als sie gemeinsam zur Tür gingen. »Er ist ein durch und durch vernünftiger Bursche und versteht meine Bedenken. Er hat mich von sich aus aufgefordert, gen Norden zu reisen und seinen alten Vater aufzusuchen; so könnte ich vom alten Herrn persönlich erfahren, wie es um das Erbe bestellt sei. Anständiger hätte er sich nicht verhalten können, nicht wahr? Aber er ist derartig darauf erpicht, die Sache über die Bühne zu bringen, dass er mir angeboten hat, mich in seinem eigenen Wagen nach Musgrave Moss bringen zu lassen. So heißt das Anwesen. Ich schlug vor, wenn er die Freundlichkeit besäße, dass wir zusammen fahren könnten. Wir werden morgen früh aufbrechen.«

Bei diesen Worten erschienen Betty und der Captain in der Tür und boten so umrahmt zumindest eine Art von Bild, das einige zartfühlende Seelen Kegeln und Zylindern vorziehen würden. Was immer sie sonst noch verband, sie sahen beide sehr gut aus, und der Anwalt war gerade dabei, eine diesbezügliche Bemerkung zu machen, als sich das Bild plötzlich änderte.

Captain James Musgrave ließ seinen Blick über den Hauptsaal schweifen und seine von Glück und Triumph erfüllten Augen blieben an etwas hängen, das ihn von Kopf bis Fuß zu verändern schien. Pater Brown duckte sich wie unter dem nahenden Schatten einer Vorahnung und erblickte das finstere, fast wütende Gesicht der großen Frau in Scharlachrot unter der gelben Löwenmähne. Sie stand immer leicht vornüber gebeugt, wie ein Stier, der seine Hörner senkt, und ihr bleiches, käsiges Gesicht wirkte so bedrückend und hypnotisch, dass sie den kleinen Mann mit dem ausladenden Bart neben ihr kaum wahrnahmen.

Musgrave marschierte in die Mitte des Raums und auf sie zu, fast wie eine hübsch gekleidete, aufgezogene Wachspuppe. Er ließ ein paar Worte fallen, die man nicht hören konnte. Sie gab keine Antwort; aber sie wandten sich gemeinsam ab und gingen die lange Galerie entlang, als wären sie in ein Gespräch vertieft; der untersetzte Mann mit dem Stiernacken und dem Bart bildete wie ein grotesker koboldhafter Page die Nachhut.

»Du lieber Himmel!«, murmelte Pater Brown und blickte ihnen stirnrunzelnd nach. »Wer um alles in der Welt ist diese Frau?«

»Gott sei Dank keine Busenfreundin von mir«, versetzte Granby mit grimmiger Leichtfertigkeit. »Sieht so aus, also ob ein kleiner Flirt mit ihr verheerend enden könnte, nicht wahr?«

»Ich glaube nicht, dass er mit ihr flirtet«, sagte Pater Brown.

Er hatte noch nicht zu Ende gesprochen, als sich die fragliche Formation am Ende der Galerie umdrehte und auseinanderging. Captain Musgrave kam mit hastigen Schritten zu ihnen zurück.

»Hören Sie«, rief er mit recht normaler Stimme, obwohl alle den Eindruck hatten, er habe die Farbe gewechselt. »Es tut mir schrecklich leid, Mr Granby, doch wie es aussieht, kann ich morgen nicht mit Ihnen in den Norden fahren. Selbstverständlich werden sie trotzdem meinen Wagen nehmen. Bitte tun Sie das, ich werde ihn nicht benötigen. Ich … ich muss ein paar Tage in London bleiben. Nehmen Sie einen Freund mit, wenn sie mögen.«

»Mein Freund, Pater Brown …«, hob der Anwalt an.

»Wenn Captain Musgrave tatsächlich die Güte hat«, unterbrach ihn Pater Brown ernst. »Ich darf vielleicht anmerken, dass ich bei Mr Granbys Nachforschung ein gewisses Eigeninteresse verfolge, und es würde mein Gewissen enorm erleichtern, wenn ich fahren könnte.«

Und so kam es, dass ein sehr eleganter Wagen mit einem ebenso eleganten Chauffeur am nächsten Tag durch die Moore von Yorkshire nordwärts schoss, beladen mit ein paar seltsam unvereinbaren Fahrgästen, einem Priester, der aussah wie ein schwarzes Bündel, und einem Anwalt, der selbst in diesem Fall die Angewohnheit hatte, auf seinen eigenen Füßen herumzulaufen, anstatt auf fremden Rädern durch die Gegend zu brausen.

In einem der großen Täler von West Riding unterbrachen sie ihre Reise auf höchst angenehme Weise, aßen und übernachteten in einem gemütlichen Gasthof und fuhren früh am nächsten Morgen die Küste von Northumbrien entlang, bis sie eine Gegend erreichten, die einem Labyrinth aus Dünen und fruchtbaren Seewiesen glich, in dessen Mitte irgendwo das alte Grenzschloss lag, das auf so einzigartige und doch verschwiegene Weise ein Mahnmal für die alten Grenzstreitigkeiten geblieben war. Sie entdeckten es schließlich, indem sie einem Feldweg folgten, der entlang eines ausgedehnten Meeresarms verlief, der sich ins Landesinnere wand, irgendwann in eine Art wilden Kanal verwandelte und schließlich in den Wallgraben des Schlosses mündete. Das Schloss war tatsächlich ein Schloss, im Geviert zur Festung ausgebaut, so wie die Normannen eben überall von Galiläa bis Schottland Schlösser erbauten. Fallgitter und Zugbrücke waren wirklich und wahrhaftig vorhanden, ein Umstand, der ihnen mehr als deutlich vor Augen geführt wurde durch einen Vorfall, der ihren Eintritt verzögerte.

Sie bahnten sich einen Weg durch hohes, wild wucherndes Gras und Disteln, bis sie an den Rand des Wallgrabens kamen, der das Gebäude wie ein schwarzes Band umschloss. Welkes Laub und Algen schwammen auf dem Wasser, es sah aus wie Ebenholz, in das ein goldenes Muster eingelegt war. Kaum ein, zwei Yard jenseits des schwarzen Bandes befanden sich die gegenüberliegende grüne Böschung und die mächtigen steinernen Säulen des Eingangstors. Doch offenbar näherte sich dieser einsamen Festung nur selten ein Besucher, denn als der ungeduldige Granby zu den vage erkennbaren Gestalten hinter dem Fallgitter hinüberrief, schienen diese beträchtliche Mühe zu haben, die große rostige Zugbrücke überhaupt herabzulassen. Sie bewegte sich ein Stück, kippte wie ein riesiger umstürzender Turm von oben auf sie zu und blieb dann hängen, stak in bedrohlicher Neigung mitten in die Luft.

Der ungeduldige Granby, der am anderen Ufer herumhüpfte, rief seinem Reisegefährten zu:

»Oh, wie ich diese ewig Gestrigen verabscheue! Wahrscheinlich ist es einfacher zu springen.«

Und mit unverwechselbarer Hitzigkeit sprang er tatsächlich und landete leicht strauchelnd, aber sicher auf der anderen Seite. Die kurzen Beine Pater Browns waren zum Springen nicht geschaffen. Doch mehr als das der meisten Menschen war sein Naturell dazu geschaffen, geräuschvoll in sehr trübe Wasser zu geraten. Die Flinkheit seines Gefährten verhinderte, dass er gar zu tief hineinfiel. Doch als er an dem grünen, glitschigen Ufer emporgezogen wurde, hielt er mit gesenktem Kopf inne und starrte auf einen bestimmten Punkt an der grasbedeckten Böschung.

»Studieren Sie die Botanik?«, fragte Granby gereizt. »Nach Ihrem jüngsten Tauchversuch in den Wundern der Tiefe bleibt uns keine Zeit, um seltene Pflanzen zu sammeln. Los, kommen Sie, verdreckt oder nicht, wir müssen dem Baronet unsere Aufwartung machen.«

Nachdem sie bis ins Schloss gekommen waren, wurden sie recht höflich von einem alten Diener in Empfang genommen, übrigens dem einzigen, der weit und breit zu sehen war. Sie brachten ihr Anliegen vor und wurden in einen langen, eichengetäfelten Raum mit altmodisch vergitterten Fenstern geführt. An den dunklen Wänden hingen, ordentlich aufgereiht, Waffen aus vielen verschiedenen Jahrhunderten, und neben dem riesigen Kamin stand wie eine Schildwache eine vollständige Ritterrüstung aus dem vierzehnten Jahrhundert. In einem zweiten langen Raum dahinter konnte man durch die halbgeöffnete Tür die dunklen Farben einer Ahnengalerie erkennen.

»Ich habe das Gefühl, als ob ich in einen Roman, nicht in ein Haus geraten wäre«, bemerkte der Anwalt. »Ich hatte ja keine Ahnung, dass jemand heute noch auf diese Art die ›Geheimnisse von Udolpho‹* bewahrt.«

»Ja«, bestätigte der Priester, »der alte Gentleman lebt seinen historischen Wahn offenbar konsequent aus; und diese Dinge sind auch keine Fälschung. Die hat jemand aufgestellt, der nicht glaubt, dass alle mittelalterlichen Menschen zur selben Zeit gelebt haben. Manchmal setzt man eine Rüstung aus unterschiedlichen Teilen zusammen, aber diese hier hat einen und denselben Mann von Kopf bis Fuß bedeckt, und zwar vollständig. Wie Sie sehen, ist es eine Art späte Turnierrüstung.«

»Ich glaube eher, unser Gastgeber zählt zur späten Art«, brummte Granby. »Er lässt uns verdammt lange warten.«

»An einem Ort wie diesem muss man damit rechnen, dass alles langsamer geht«, erwiderte Pater Brown. »Ich

* Berühmter Schauerroman von Ann Radcliff (1794–1823). Anm. d. Ü.

denke, es ist sehr anständig von ihm, uns überhaupt zu empfangen: da kommen zwei vollständig Fremde, um ihm höchst persönliche Fragen zu stellen.«

Als der Herr des Hauses erschien, hatten sie in der Tat keinen Grund, sich über den Empfang, den er ihnen bereitete, zu beklagen; vielmehr wurde ihnen bewusst, dass die Traditionen von Herkunft und Anstand etwas Aufrechtes hatten, das dafür sorgte, dass die angeborene Würde des Geschlechts in dieser unmenschlichen Einsamkeit bewahrt wurde, und das nach jahrelanger Abgeschiedenheit und ewiger Trübsal. Der Baronet schien wegen des seltenen Besuchs weder überrascht noch verlegen zu sein; und obwohl sie den Verdacht hegten, dass er seit dem Viertel einer Lebenszeit in seinem Haus keinen Fremden mehr zu Gesicht bekommen hatte, benahm er sich, als hätte er kurz zuvor noch Herzoginnen hinausgeleitet. Als sie die höchst private Natur ihres Anliegens zur Sprache brachten, reagierte er weder scheu noch ungehalten; nach einer kleinen Bedenkpause schien er einzusehen, dass ihre Neugier unter diesen Umständen gerechtfertigt sei. Er war ein dünner, scharfsinnig wirkender alter Herr mit schwarzen Augenbrauen und einem langen Kinn, und obwohl sein sorgfältig gelocktes Haar zweifellos eine Perücke war, war er weise genug, die graue Perücke eines älteren Mannes zu tragen.

»Was die Frage betrifft, die Sie vordringlich zu interessieren scheint«, sagte er, »so ist die Antwort darauf in der Tat sehr einfach. Ich beabsichtige ganz zweifellos, meinem Sohn meinen gesamten Besitz zu vermachen, so wie mein Vater ihn mir vermachte; und nichts – ich betone ganz bewusst, nichts – könnte mich dazu veranlassen, hier anders vorzugehen.«

»Ich bin Ihnen für diese Information zutiefst dankbar«, entgegnete der Anwalt. »Doch Ihre Freundlichkeit ermutigt mich, darauf hinzuweisen, dass Sie die Sache sehr entschieden zum Ausdruck bringen. Ich will nicht andeuten, dass es auch nur im Geringsten wahrscheinlich ist, dass Ihr Sohn etwas tun könnte, das Sie seine Eignung für diese Bürde anzweifeln ließe. Trotzdem könnte er …«

»Exakt«, erwiderte Sir John Musgrave trocken, »er könnte. Eher untertreiben Sie, wenn Sie behaupten, er könnte. Darf ich Sie bitten, einen Augenblick mit mir in das nächste Zimmer zu kommen?«

Er führte sie in die angrenzende Ahnengalerie, von der sie bereits einen Blick erhascht hatten, und blieb feierlich vor einer Reihe vom Alter geschwärzter, Ehrfurcht gebietender Porträts stehen.

»Dies ist Sir Roger Musgrave«, sagte er und deutete auf eine langgesichtige Person mit schwarzer Perücke. »Er war einer der übelsten Lügner und Schurken in der ehrlosen Zeit von Wilhelm von Oranien, er verriet zwei Könige und trieb zwei Ehefrauen in den Tod. Das ist sein Vater, Sir Robert, ein vollendet aufrechter Kavalier der alten Schule. Das ist sein Sohn, Sir James, einer der edelsten Märtyrer der jakobinischen Zeit und einer der ersten Männer, die den Versuch unternahmen, die Kirche und die Armen zu entschädigen. Ist es von Belang, dass das Haus Musgrave seine Macht, seine Ehre und seinen Einfluss von einem ehrenwerten Mann an den nächsten weitergab und dazwischen zuweilen ein unehrenwerter stand? Edward I. hat England gut regiert. Edward III. bedeckte England mit Ruhm. Und dennoch gründete der zweite auf dem ersten Ruhm durch die Schändlichkeit und Idiotie von Edward II. hindurch, der um Gaveston scharwenzelte und vor Bruce* davonlief. Glauben Sie mir, Mr Granby, die Größe eines großen Geschlechts und seiner Geschichte besteht aus mehr als den einzelnen Männern, die diese Linie zufällig fortführen, selbst wenn sie ihm nicht zur Ehre gereichen. Unser Erbe wurde vom Vater an den Sohn weitergegeben, und vom Vater an den Sohn soll es auch künftig weitergegeben werden. Seien Sie versichert, meine Herren, und Sie mögen auch meinem Sohn versichern, dass ich mein Vermögen nicht an ein Heim für entlaufene Katzen vererben werde. Musgrave wird es bis ans Ende aller Tage an Musgrave vererben.«

»Ja«, murmelte Pater Brown nachdenklich, »ich verstehe, was Sie meinen.«

»Und wir werden mehr als erfreut sein«, sagte der Anwalt, »Ihrem Sohn eine derartig erfreuliche Zusicherung zu übermitteln.«

»Sie mögen die Zusicherung übermitteln«, entgegnete ihr Gastgeber ernsthaft. »Er darf sicher sein, was

---

* Piers Gaveston (1284–1312) war der Geliebte des homosexuellen Königs Edwards II. – Robert Bruce (1274–1329) war während des Schottischen Unabhängigkeitskrieges gegen England (1296–1306) Anführer der schottischen Aufständischen. Von 1306 bis zu seinem Tod war er König von Schottland. Anm. d. Ü.

immer geschieht, das Schloss, den Titel, das Land und das Vermögen zu bekommen. Bei dieser Vereinbarung gibt es nur einen kleinen Zusatz rein privater Natur: Ich werde unter keinen Umständen und solange ich lebe jemals wieder mit ihm sprechen.«

Der Anwalt verharrte in derselben respektvollen Haltung, jetzt aber starrte er ihn respektvoll an.

»Doch was um Himmels willen …«

»Ich bin ein Privatier«, fuhr Musgrave fort, »und außerdem der Hüter eines großen Erbes. Und mein Sohn hat etwas so Schreckliches getan, dass er nicht länger – ich will nicht sagen ein Gentleman –, sondern ein menschliches Wesen ist. Es ist das schlimmste Verbrechen der Welt. Entsinnen Sie sich, was Douglas sagte, als Marmion*, sein Gast, ihm die Hand schütteln wollte?«

»Ja«, antwortete Pater Brown.

»›Meine Schlösser sind meines Königs allein, vom Türmchen bis zum untersten Stein. Douglas' Hand ist gänzlich sein.‹«, zitierte Musgrave.

Er wandte sich um und führte seine ziemlich verdutzten Besucher zurück in den anderen Raum.

»Ich hoffe, Sie werden eine Erfrischung zu sich nehmen«, sagte er in derselben gleichmütigen Art. »Sollten Sie Zweifel über Ihren weiteren Verbleib haben, wäre ich hocherfreut, Ihnen die Gastfreundschaft des Schlosses für die Nacht anzubieten.«

»Ich danke Ihnen, Sir John«, erwiderte der Priester tonlos, »aber ich glaube, wir sollten besser gehen.«

---

* Gleichnamige Ballade von Sir Walter Scott (1771–1832). Anm. d. Ü.

»Ich werde unverzüglich die Brücke hinunterlassen«, sagte ihr Gastgeber; und wenige Augenblicke später hallte das Knarzen jener riesigen und hoffnungslos altmodischen Vorrichtung wie das Mahlen einer Mühle durch das Schloss. So verrostet die Zugbrücke war, dieses Mal funktionierte sie reibungslos, und sie fanden sich abermals auf dem grasbedeckten Ufer jenseits des Wallgrabens wieder.

Granby wurde plötzlich von einem Schauder erfasst.

»Was zum Teufel hat sein Sohn bloß getan?«, rief er.

Pater Brown gab keine Antwort. Doch als sie mit dem Wagen wieder losgefahren waren und ihre Reise bis zu einem nahegelegenen Dorf namens Graystones fortgesetzt hatten, wo sie im Gasthof »Sieben Sterne« abstiegen, erfuhr der Anwalt leicht erstaunt, dass der Priester nicht beabsichtigte, wesentlich weiter zu fahren. Mit anderen Worten: Er war offenbar fest entschlossen, in der Gegend zu bleiben.

»Ich bringe es nicht über mich, die Sache einfach auf sich beruhen zu lassen«, gestand er ernst. »Ich werde den Wagen zurückschicken; Sie natürlich werden aus gutem Grund mitfahren wollen. Ihre Frage ist beantwortet; jetzt geht es nur noch darum, ob ihre Firma es sich leisten kann, die Aussichten des jungen Musgrave mit Geld zu beleihen. Aber meine Frage ist noch unbeantwortet, und sie lautet, ob er ein geeigneter Ehemann für Betty ist. Ich muss versuchen, herauszufinden, ob er wirklich etwas Schreckliches getan hat oder ob es sich um die Einbildung eines betagten Irren handelt.«

»Aber wenn Sie ihm auf die Schliche kommen wollen, warum heften Sie sich dann nicht an seine Fersen?«, wandte der Anwalt ein. »Warum sollten Sie in diesem verkommenen Nest bleiben, das er so gut wie nie aufsucht?«

»Was hätte es für einen Zweck, sich an seine Fersen zu heften?«, gab der andere zurück. »Es hat keinen Sinn, auf einen eleganten jungen Mann in der Bond Street zuzugehen und zu sagen: ›Verzeihen Sie, aber haben Sie ein Verbrechen begangen, das zu grauenvoll ist, um von einem menschlichen Wesen ausgeführt zu werden?‹ Sollte er verdorben genug sein, es zu begehen, dann ist er sicherlich auch verdorben genug, es abzustreiten. Und wir wissen nicht einmal, was es ist. Nein, es gibt nur eine Person, die darüber Bescheid weiß und die in einem weiteren Anfall von gediegener Exzentrik *vielleicht* davon erzählt. Für den Augenblick werde ich in seiner Nähe bleiben.«

Und Pater Brown blieb wirklich in der Nähe des exzentrischen Baronets und begegnete ihm tatsächlich bei mehr als einer Gelegenheit, beiderseits mit ausgesuchter Höflichkeit. Denn trotz seines hohen Alters war der Baronet sehr rüstig und ein leidenschaftlicher Spaziergänger, man konnte ihn häufig durch das Dorf und entlang der Felder stapfen sehen. Nur einen Tag nach ihrer Ankunft sah Pater Brown, der gerade aus dem Gasthof auf den kopfsteingepflasterten Marktplatz hinaustrat, die dunkle, vornehme Gestalt an ihm vorbei in Richtung Postamt eilen. Er war in sehr dezentes Schwarz gekleidet, doch im hellen Sonnenlicht wirkte sein ausdrucksstarkes Gesicht noch einnehmender; mit seinem silberfarbenen Haar, den dunklen Augenbrauen und dem langen Kinn, erinnerte seine Erscheinung irgendwie an Henry Irving[*] oder einen anderen berühmten Schauspieler. Trotz seiner altersgrauen Haare strahlten seine Gestalt und sein Gesicht Kraft aus, und seinen Spazierstock schwang er eher wie eine Keule als eine Gehhilfe. Er grüßte den Priester und sprach mit derselben Art von Freimütigkeit, die schon seine gestrige Enthüllung gekennzeichnet hatte.

»Sollten Sie weiterhin an meinem Sohn interessiert sein«, sagte er und gebrauchte das Wort »Sohn« mit eisiger Gleichgültigkeit, »so werden sie ihn kaum zu Gesicht bekommen. Er hat soeben das Land verlassen. Unter uns – ich hätte auch sagen können, ist aus dem Land geflohen.«

»Tatsächlich?«, gab Pater Brown mit ernstem Blick zurück.

»Irgendwelche Leute namens Grunov, von denen ich nie gehört habe, sind mir wegen seines Verbleibs auf die Nerven gegangen, ausgerechnet die«, fuhr Sir John fort, »und ich bin gerade unterwegs, um ihnen ein Telegramm zu schicken, in dem ich mitteile, dass er postlagernd in Riga weilt, soweit ich weiß. Selbst das war ein Ärgernis. Ich war deswegen gestern schon da, kam aber fünf Minuten zu spät, das Postamt hatte bereits ge-

[*] John Henry Bodribb (1838–1905), 1895 zu Sir Henry Irving geadelt, war einer der berühmtesten Schauspieler der viktorianischen Ära. Anm. d. Ü.

schlossen. Bleiben Sie lange hier? Ich hoffe, Sie statten mir einen weiteren Besuch ab.«

Als der Priester dem Anwalt von seiner kurzen Unterredung mit dem alten Musgrave im Dorf berichtete, war dieser zugleich verwirrt und interessiert.

»Wieso ist der Captain geflüchtet?«, fragte er. »Wer sind die anderen Leute, die hinter ihm her sind? Wer zum Teufel sind die Grunovs?«

»Zur ersten Frage, ich weiß es nicht«, erwiderte Pater Brown. »Möglicherweise ist seine geheimnisvolle Sünde ruchbar geworden. Dann würde ich vermuten, dass ihn die anderen Leute deshalb erpressen. Und zu dritten, ich glaube, ich weiß es. Diese schreckliche dicke Frau mit dem gelben Haar heißt Madame Grunov und der kleine Mann gilt als ihr Gatte.«

Am nächsten Tag kam Pater Brown ziemlich erschöpft zurück; er ließ seinen dicken schwarzen Schirm fallen wie ein Pilger seinen Stab niederlegt. Er wirkte niedergeschlagen. Doch das war wie so oft bei seinen kriminalistischen Nachforschungen. Es war nicht die Schwermut des Fehlschlags, sondern die des Erfolgs.

»Es ist ein ziemlicher Schock«, sagte er düster; »aber ich hätte es mir denken können. Ich hätte gleich darauf kommen können, als ich zum ersten Mal hineinging und das Ding dort stehen sah.«

»Als Sie was sahen?«, forschte der Anwalt ungeduldig.

»Als ich sah, dass nur eine Ritterrüstung dastand«, entgegnete Pater Brown.

Beide schwiegen, und der Anwalt starrte seinen Freund nur an, bis dieser erneut das Wort ergriff:

»Erst neulich wollte ich meiner Nichte erzählen, dass es zwei Arten von Männern gibt, die lachen können, wenn sie allein sind. Man könnte fast behaupten, dass ein Mann, der so etwas tut, entweder sehr anständig oder sehr niederträchtig ist. Er vertraut den Witz entweder Gott oder dem Teufel an, verstehen Sie. Aber so oder so hat er ein Innenleben. Nun, es gibt tatsächlich Menschen, die dem Teufel einen Witz anvertrauen. Es kümmert sie nicht, wenn niemand den Witz versteht; wenn niemand überhaupt in der Lage ist, den Witz als solchen zu erkennen. Der Witz genügt sich selbst, sofern er nur ausreichend finster und bösartig ist.«

»Aber wovon reden Sie überhaupt?«, wollte Granby wissen. »Über wen sprechen Sie? Ich meine, über welchen der beiden? Wer ist die Person, die einen finsteren Witz mit Seiner Satanischen Majestät macht?«

Pater Brown sah ihn mit einem gespenstischen Lächeln an.

»Ah«, sagte er, »das ist ja der Witz.«

Beide schwiegen erneut, doch diesmal schien das Schweigen eher voll und bedrückend als einfach nur leer zu sein; es schien sich über sie zu senken wie die Dämmerung, die sich allmählich vom Abendlicht in Dunkelheit verwandelte. Pater Brown saß mit aufgestützten Ellenbogen unbeirrbar da und fuhr mit gleichbleibender Stimme fort:

»Ich habe die Familie Musgrave überprüft«, sagte er. »Es handelt sich um einen robusten, langlebigen Menschenschlag, und selbst unter normalen Umständen würde ich schätzen, dass Sie auf Ihr Geld eine ganze Weile warten müssen.«

»Davon sind wir ausgegangen«, erwiderte der Anwalt; »aber trotzdem kann es ja nicht ewig dauern. Der alte Mann ist fast achtzig, auch wenn er noch herumläuft und die Leute hier im Gasthof lachen und behaupten, dass sie nicht glauben, dass er jemals das Zeitliche segnet.«

Mit einer für ihn durchaus seltenen, abrupten Bewegung sprang Pater Brown auf, legte die Hände auf den Tisch, beugte sich vor und blickte seinem Freund ins Gesicht.

»Das ist es«, rief er leise, aber aufgeregt. »Das ist das einzige Problem. Das ist die einzige echte Schwierigkeit. Wie wird er sterben? Wie in aller Welt soll er sterben?«

»Was in aller Welt meinen Sie?«, fragte Granby.

»Ich meine«, tönte die Stimme des Priesters durch den dunkel werdenden Raum, »dass ich das Verbrechen kenne, das James Musgrave begangen hat.«

Seine Stimme war so frostig, dass Granby einen Schauder kaum unterdrücken konnte; er murmelte eine weitere Frage.

»Es war wirklich das schlimmste Verbrechen der Welt«, fuhr Pater Brown fort. »Zumindest wurde es von vielen Gemeinschaften und Zivilisationen als solches eingestuft. Seit frühester Zeit wurde die Tat von Stämmen und Dorfgemeinden mit einer fürchterlichen Strafe belegt. Wie dem auch sei, ich weiß jetzt, was der junge Musgrave tatsächlich getan hat und warum.«

»Und was hat er getan?«, fragte der Anwalt.

»Er tötete seinen Vater«, antwortete der Priester.

Jetzt erhob sich auch der Anwalt von seinem Stuhl und starrte stirnrunzelnd über den Tisch.

»Aber sein Vater ist im Schloss«, rief er scharf.

»Sein Vater liegt im Schlossgraben«, entgegnete der Priester, »und ich war ein Narr, dass ich es nicht sofort wusste, als mich etwas an dieser Rüstung irritierte. Erinnern Sie sich nicht, wie der Raum aussah? Wie äußerst sorgfältig alles geordnet und drapiert war? Da hingen zwei überkreuzte Streitäxte auf der einen Seite des Kamins und zwei auf der anderen Seite. Da hing ein rundes schottisches Schild an der einen Wand und noch eins an der anderen. Und da stand auf einer Seite der Feuerstelle eine Schildwache, doch der Platz auf der anderen Seite war leer. Niemand kann mir weismachen, dass jemand, der den ganzen Raum mit so übertriebener Symmetrie eingerichtet hat, diese eine Stelle unsymmetrisch ließ. Es gab mit ziemlicher Sicherheit eine zweite Schildwache. Und was ist aus ihr geworden?«

Er hielt einen Augenblick inne und fuhr dann in sachlicherem Tonfall fort:

»Wenn man einmal darüber nachdenkt, ist es ein sehr guter Mordplan, außerdem löst er das ewige Problem der Beseitigung der Leiche. In dieser kompletten Turnierrüstung könnte eine Leiche über Stunden verborgen werden, sogar über Tage, während das Dienstpersonal ein- und ausgeht, bis der Mörder die Rüstung einfach mitten in der Nacht hinausschleppen und im Wallgraben versenken kann, ohne zudem die Brücke zu überqueren. Und die Chancen standen durchaus gut für ihn!

Denn sobald die Leiche in dem stehenden Gewässer erst einmal verwest wäre, würde früher oder später nichts als ein Skelett in einer Rüstung aus dem vierzehnten Jahrhundert übrig bleiben, und es ist sehr wahrscheinlich, dass man solche Dinge im Wallgraben eines alten Grenzschlosses findet. Und vermutlich würde dort niemand nach irgendetwas suchen, und wenn er es täte, fände er dort eben nichts als das. Ich habe dafür sogar Beweise. Als Sie nämlich fragten, ob ich nach einer seltenen Pflanze suchte, war es in vielerlei Hinsicht eine Rarität, wenn Sie mir den Scherz erlauben. Ich sah zwei Fußabdrücke, die sich so tief in die feste Böschung gegraben hatten, dass ich sicher war, dass der Mann, der sie hinterließ, entweder sehr schwer war oder etwas sehr Schweres getragen hatte. Im Übrigen lehrt uns der kleine Vorfall, als ich meinen legendären, graziösen Katzensprung vollführte, noch etwas anderes.«

»Mir schwirrt der Kopf«, sagte Granby, »aber allmählich beschleicht mich eine Ahnung, um was es in diesem ganzen Albtraum geht. Was ist jetzt mit Ihnen und Ihrem Katzensprung?«

»Als ich heute im Postamt war«, sagte Pater Brown, »ließ ich mir unauffällig die Aussage bestätigen, die der Baronet mir gegenüber gestern gemacht hatte, dass er am Tag zuvor kurz nach Dienstschluss dort gewesen sei – das heißt, nicht nur am Tag unserer Ankunft, sondern genau zu unserer Ankunftszeit. Verstehen Sie nicht, was das bedeutet? Es bedeutet, dass er gar nicht da war, als wir eintrafen, er kam zurück, während wir auf ihn warteten, deshalb mussten wir auch so lange warten. Als ich das erkannte, sah ich plötzlich ein Bild vor mir, das die ganze Geschichte erzählte.«

»Und«, fragte der andere ungeduldig, »wie lautet sie?«

»Ein alter Mann von achtzig Jahren kann laufen«, sagte Pater Brown. »Er kann sogar viel laufen und zwischen Feldern herumschlendern. Aber ein alter Mann kann nicht *springen*. Er wäre sogar ein noch unbeholfenerer Springer als ich. Dennoch musste der Baronet, als er zurückkam, während wir warteten, auf die gleiche Weise ins Schloss gelangen wie wir – indem er über den Wallgraben sprang –, denn die Brücke wurde ja erst später heruntergelassen. Ich vermute, er selbst hat daran herumhantiert, um unliebsame Besucher aufzuhalten, nach der Schnelligkeit zu urteilen, mit der sie repariert wurde. Aber das ist nicht wichtig. Als ich das Fantasiebild vor Augen hatte, die schwarze Gestalt mit den grauen Haaren, die mit Anlauf über den Graben springt, wurde mir schlagartig bewusst, dass es sich um einen jungen Mann handelte, der sich als alter Mann verkleidet hatte. Das ist die ganze Geschichte.«

»Sie meinen«, sagte Granby langsam, »dass dieser reizende Jüngling seinen Vater umbrachte, die Leiche erst in der Rüstung und dann im Wallgraben versteckte, sich verkleidete und so weiter?«

»Sie sahen einander sehr ähnlich«, versetzte der Priester. »Wie stark ihre Ähnlichkeit war, konnten Sie an den Familienporträts erkennen. Und dann sprechen Sie von Verkleidung. Doch in gewisser Weise ist jede Form von Kleidung eine Verkleidung. Der alte Mann verkleidete sich mit einer Perücke, der junge Mann mit einem fremdländisch aussehenden Bart. Wenn er sich rasiert und die Perücke auf sein kurz geschorenes Haupt gesetzt hatte, sah er mit ein wenig Make-up genau aus wie sein Vater. Jetzt verstehen Sie natürlich auch, warum er so ausnehmend höflich war, sie am nächsten Tag im Wagen kommen zu lassen. Weil er selbst in dieser Nacht den Zug nahm. Er kam vor Ihnen an, beging sein Verbrechen, verkleidete sich und war bereit für die Erbschaftsverhandlungen.«

»Ach«, sagte Granby nachdenklich, »die Erbschaftsverhandlungen! Sie glauben natürlich, dass der echte alte Baronet ganz anders verhandelt hätte.«

»Er hätte Ihnen unumwunden mitgeteilt, dass der Captain keinen Penny erben würde«, erwiderte Pater Brown. »Das Komplott, so seltsam es klingen mag, war die einzige Möglichkeit, seinen Vater davon abzuhalten, Ihnen das zu sagen. Aber ich will, dass Sie die Gerissenheit dessen verstehen, was er ihnen am Ende gesagt hat. Sein Plan schlug mehrere Fliegen mit einer Klappe. Diese Russen erpressten ihn wegen irgendeiner Schurkerei; vermutlich wegen Verrat während des Krieges. Er entkam ihnen mit einem Schlag und scheuchte sie auf der Jagd nach ihm wahrscheinlich nach Riga. Doch die schönste Raffinesse von allen war diese Theorie, die er verbreitete; über die Anerkennung seines Sohnes als Erben, aber nicht als menschliches Wesen. Begreifen Sie nicht, dass damit einerseits die Zahlung *post mortem* gesichert und anderseits eine Art Lösung gefunden war für das, was bald die größte Schwierigkeit von allen sein würde?«

»Ich sehe mehrere Schwierigkeiten«, sagte Granby. »Welche meinen Sie?«

»Ich meine, wenn der Sohn nicht einmal enterbt wurde, hätte es ziemlich komisch ausgesehen, wenn Vater und Sohn einander nie trafen. Eine persönliche Fehde war die ideale Antwort darauf. Also blieb nur noch eine Schwierigkeit, wie ich schon sagte, und wahrscheinlich beschäftigt sie den Gentleman eben jetzt. Wie in aller Welt soll der alte Mann sterben?«

»Ich weiß, wie er zu sterben verdiente«, meinte Granby.

Pater Brown schien ein wenig verwirrt und fuhr gedankenverloren fort:

»Und doch steckt noch etwas anderes dahinter«, sinnierte er. »In seiner Theorie gab es einen Punkt, den er besonders schätzte, weil ... nun, weil er theoretischer ist. Er verschaffte ihm ein geradezu krankhaftes intellektuelles Vergnügen, Ihnen in der einen Rolle mitzuteilen, dass er in der anderen Rolle ein Verbrechen begangen hatte – eben weil es tatsächlich der Fall war. Das ist es, was ich mit teuflischer Ironie meine; mit dem Witz, den man dem Teufel erzählt. Soll ich Ihnen etwas sagen, was sich anhört wie das, was man normalerweise ein Paradox nennt? Selbst die Wahrheit zu sagen, ist manchmal ein Machwerk des Teufels. Vor allem, wenn man sie so sagt, dass jedermann sie missversteht. Darum mochte er die Posse, sich als ein anderer auszugeben, um sich dann selbst in den schwärzesten Farben zu schildern – was er ja auch war. Und darum hörte ihn meine Nichte in der Bildergalerie auch ganz allein vor sich hin lachen.«

Granby zuckte leicht zusammen, wie ein Mensch, der mit einem Schlag wieder auf den Boden der Tatsachen zurückgeholt wird.

»Ihre Nichte!«, rief er. »Wollte ihre Mutter nicht, dass sie Musgrave heiratet? Eine Frage des Rangs und des Vermögens, vermute ich.«

»Ja«, entgegnete Pater Brown trocken. »Ihre Mutter sprach sich sehr deutlich für eine Vernunftehe aus.«

Quellenverzeichnis

Die hier versammelten Geschichten erschienen auf Englisch zuerst in nachfolgend aufgeführten Bänden und waren teils zuvor in verschiedenen Zeitschriften veröffentlicht worden.

THE INNOCENCE OF FATHER BROWN (1911)

Das blaue Kreuz (engl. *The Blue Cross* in: *The Story-Teller*, September 1910; Erstdruck als *Valentin Follows a Curious Trail* in: *The Saturday Evening Post*, 23. Juli 1910)

Die verdächtigen Schritte (engl. *The Queer Feet* in: *The Story-Teller*, November 1910; Erstdruck in: *The Saturday Evening Post*, 1. Oktober 1910)

Der Hammer Gottes (engl. *The Hammer of God* als *The Bolt from the Blue* in: *The Saturday Evening Post*, 5. November 1910)

THE WISDOM OF FATHER BROWN (1914)

Das Paradies der Diebe (engl. *The Paradise of Thieves* in: *McClure's Magazine*, März 1913)

Der Salat des Oberst Cray (engl. *The Salad of Colonel Cray*)

Das sonderbare Verbrechen des John Boulnois (engl. *The Strange Crime of John Boulnois* in: *McClure's Magazine*, Februar 1913)

THE INCREDULITY OF FATHER BROWN (1926)
Das Hundeorakel (engl. *The Oracle of the Dog* in: *Nash's Pall Mall Magazine*, Dezember 1923)

THE SECRET OF FATHER BROWN (1927)
Das schlimmste Verbrechen der Welt (engl. *The Worst Crime in the World*)